# Le Prisonnier chanceux

ou

## Les Aventures de Jean de La Tour-Miracle

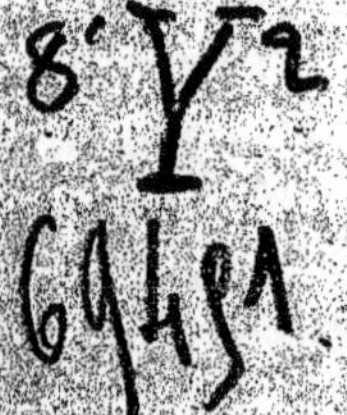

# DU MÊME AUTEUR

*Essai sur l'inégalité des races humaines* (Firmin Didot).
*Les Religions et les philosophies dans l'Asie centrale* (Crès).
*Trois ans en Asie* (Bernard Grasset).
*Histoire des Perses* (épuisé).
*Traité des écritures cunéiformes* (épuisé).
*Deux études sur la Grèce moderne* (épuisé). (Plon-Nourrit).
*Histoire d'Ottar Jarl* (épuisé) (Perrin).
*La Troisième République française et ce qu'elle vaut*, étude (épuisé)
*Voyage à Terre-Neuve* (épuisé).
*La Renaissance*, scènes historiques (Plon-Nourrit).
*La Fleur d'Or* (Bernard Grasset).

*Ternove*, roman (nouvelle édition, Perrin).
*Nouvelles asiatiques* (nouvelle édition, Perrin ; — édition de luxe, épuisé, Crès).
*Souvenirs de voyage*, nouvelles (Bernard Grasset).
*Les Pléïades*, roman (édition de luxe au Sans Pareil ; — édition ordinaire, Crès).
*L'Abbaye de Typhaines*, roman (N. R. F.).
*Adélaïde* suivi de *Mademoiselle Irnois*, nouvelles (N.R.F.).
*Nicolas Belavoir*, roman (en préparation, Bernard Grasset).
*Scaramouche*, nouvelle inédite (édition de luxe, Pichon ; édition ordinaire, en préparation, Crès).

*Amadis*, poème (Plon-Nourrit).
*L'Aphroessa*, poèmes (épuisé).
*Les Adieux de Don Juan*, poème (épuisé).
*Chronique rimée de Jean Chouan*, poème (épuisé).
*Alexandre le Macédonien*, tragédie (inédit en France).

*Correspondance Alexis de Tocqueville, Arthur de Gobineau* (Plon-Nourrit).

# Le Prisonnier chanceux

ou

## Les Aventures de Jean de La Tour-Miracle

PARIS
BERNARD GRASSET
61, RUE DES SAINTS-PÈRES
1924

# AVANT-PROPOS DE L'ÉDITEUR

*Le Prisonnier chanceux est le premier grand roman qu'ait écrit Gobineau, et on peut véritablement le considérer comme inédit ; car s'il parut dans la* Quotidienne *en 1846, sous le titre de* Les Aventures de Jean de la Tour-Miracle, *surnommé le Prisonnier chanceux, il ne fut tiré en volume qu'à un nombre d'exemplaires très restreint (tout au plus une centaine) chez l'éditeur Chlendowski, 8, rue du Jardinet, au commencement de 1847.*

*Il ne faudrait pas croire qu'il s'agît d'une œuvre de jeunesse, exhumée à titre de curiosité littéraire. Gobineau, alors âgé de 30 ans, était dans la pleine maturité de son talent,* Scaramouche *avait paru dans l'*Unité *trois ans auparavant, et c'est l'année suivante en 1847 que furent publiés :* Ternove *dans le* Journal des Débats, Mademoiselle Irnois *dans le* National, *et* Nicolas Belavoir, *roman non encore édité dans l'*Union *où parut également l'*Abbaye de Typhaines *en 1848.*

*A cette époque, le romancier travaillait déjà à son fameux* Essai sur l'Inégalité des Races Humaines *dont la première partie parut en 1853.*

*C'est en 1849 que le comte de Gobineau entrait dans la carrière diplomatique, et il devait abandonner com-*

plètement le roman jusqu'en 1874 où il publia Les Pléïades.

Le Prisonnier chanceux est un roman d'aventures dont l'action se passe en France pendant les guerres de religion ; — c'est une œuvre vivante, écrite d'un style alerte et où les personnages sont campés de main de maître.

# Le Prisonnier chanceux

ou

## Les Aventures de Jean de La Tour-Miracle

---

## CHAPITRE PREMIER

Où l'on apprend les affreux soupçons que s'attira, dès son jeune age, le héros de cette histoire, et les projets qu'il avait formés

Vers le commencement de l'année 1563, il existait devers les parages de la province de Guienne, un château qui, pour n'être pas le plus admirable de tous les châteaux, n'en présentait pas moins aux yeux une fort belle apparence. On n'y voyait pas, à la vérité, ces merveilleux efforts de l'architecture, qui, grâce au fini du travail, changent de grossiers moellons en pierres précieuses ; mais, en revanche, on pouvait y admirer la solidié et l'épaisseur des bons gros murs, qui, d'après leur mine, devaient déjà avoir compté plusieurs siècles et qui étaient, certes, bien résolus à en voir pas-

ser plusieurs autres sans s'ébranler. Point d'or-
nements futiles, point de luxueuses dépen-
dances ; un bon manoir de campagnard, et
voilà tout ; un logement vaste et commode
pour le seigneur et sa famille, et de la place
pour les gens et pour les chevaux. Que fallait-
il de plus ? Aussi le château de la Tour-Miracle
était-il avec raison trouvé fort beau par tous
les habitants du pays.

Il était plus estimé encore par son proprié-
taire, messire Aurèle-Agrippa de la Tour-
Miracle, baron de Frostac, lequel perpétuait,
en cette antique demeure, les souvenirs de
toute sa race. Il aimait, lorsque quelqu'un de
ses amis lui faisait la faveur de louer son château, il aimait à parler de l'affection tendre que
tous ses ancêtres avaient nourrie, ainsi qu'il
faisait lui-même, pour ces vénérables toits, et
il assurait qu'un homme d'honneur ne devait
pas moins tenir à la demeure où ses ancêtres
avaient vécu qu'aux enfants qui devaient conserver son nom. Il appuyait son opinion par
beaucoup de motifs qui seraient un peu longs à
déduire. D'ailleurs il raisonnait sur bien d'autres sujets encore, et, entre autres, passait peu
de jours sans se féliciter d'être né gentilhomme
et non pas grand seigneur.

— Je considère, disait souvent messire
Aurèle-Agrippa à son curé, la position d'un
grand seigneur comme très délicate et il me

semble difficile de n'y pas laisser un peu de sa bonne renommée. D'abord, il faut faire une grande dépense pour soutenir dignement l'éclat de son nom ; il faut donc avoir de l'argent et le grand besoin d'argent entraîne à bien des choses scabreuses ; tandis qu'un simple gentilhomme, comme je suis, peut aller les coudes percés sans que personne s'en scandalise, et consacrer tout son bien au service du roi et du pays. Voyez tous les la Tour-Miracle ! Avec qui n'ont-ils pas guerroyé? Contre les Anglais, contre les Espagnols, contre leurs voisins, et, ce qui n'est pas toujours le plus beau de leur histoire, contre le roi, leur suzerain ! Mais comme de bons gentilhommes qu'ils étaient, lorsqu'ils se voyaient battus, ils pouvaient aller gagner leur pain en portant leur épée ailleurs, et venaient ensuite trouver leurs vieilles pierres. Tandis que s'ils avaient été de grands seigneurs, ils auraient dû se battre contre beaucoup moins de gens, ou bien ils ne seraient plus aujourd'hui existants. Car la richesse veut être conservée par des précautions d'un genre qui ne sont pas dans le goût de ma famille.

Tels étaient à peu près les discours de messire Aurèle-Agrippa pour louer la médiocrité dorée de sa fortune ; pourtant, il n'aurait pas fallu prendre ces discours trop au pied de la lettre. Ce vieux seigneur avait jadis ardemment recherché les grandeurs du monde, et il y avait dans sa philosophie, comme c'est l'usage, un peu plus de résignation dépitée que de simple et naturelle conviction.

Dès l'âge de seize ans, il avait jadis quitté le vieux manoir, et les guerres d'Italie avaient vu ses premières prouesses. Il était brave, bien fait de sa personne, riche, c'était beaucoup pour réussir à la cour ; aussi ses espérances avaient-elles été d'abord démesurées, puis les années venant sans apporter aucune marque solide de la faveur royale, messire Aurèle-Agrippa avait commencé à s'apercevoir que ses grands avantages devaient être neutralisés par quelque grand défaut. Il chercha long-temps l'enclouure et ne put jamais parvenir à la trouver ; un ami qu'il avait, prétendit le mettre sur la voie, le baron se fâcha tout rouge et, en tuant son ami en duel, se priva de jamais rien connaître sur les causes de l'oubli dans lequel on le laissait.

La pure vérité était que le seigneur Aurèle-Agrippa était aussi impérieux que brave, et railleur et taquin et contredisant en toute occasion ; il était de plus fort entêté et lorsqu'il s'était mis en tête une opinion, il n'était dans le royaume de puissance telle, fût-ce celle du roi, qui pût le décider à en démordre.

Aussi ne se fit-il des amis que parmi les gens de guerre, tout prêts à excuser les emportements de son humeur pour les services qu'il savait rendre, les courtisans le fuyaient comme la fièvre quartaine et s'il n'avait, par un caprice de la fortune, trouvé grâce devant les yeux de M^me Diane de Poitiers, il n'aurait jamais rien obtenu de la cour. Mais cette illustre favorite estimant plus ses vertus réelles que ses vices d'extérieur, le prit en gré, lui fit donner le collier de l'Ordre et, marque plus grande encore de sa faveur, lui conseilla fortement d'aller vivre dans ses terres, attendu que son caractère n'était pas fait pour rien obtenir des grandeurs convoitées.

Messire Aurèle-Agrippa fut assez sage pour en croire sa protectrice. De retour dans son pays, il se maria, et quinze jours après la noce, il vivait à couteaux tirés avec sa femme qui, au bout d'une année de mariage, mourut en laisant un fils. Le vieux seigneur considéra toujours cette double circonstance comme la plus heureuse rencontre qui se fût trouvée en sa vie entière.

A cette époque, il fit un voyage à la cour, et ce fut le dernier ; il voulut que M^me Diane tînt son fils sur les fonts du baptême, ce à quoi elle consentit avec une bonne grâce qui lui aurait acquis le vieux gentilhomme si déjà la chose n'eût été faite. La cérémonie terminée, messire Aurèle-Agrippa revint bien vite à son château avec son fils Jean, et fort honoré de tous ses voisins, pour sa naissance et pour sa qualité de chevalier de l'Ordre et pour son expérience militaire, il vit commencer une vieillesse respectée, et telle que chacun peut y porter envie.

Alors il prétendit mettre à profit les belles connaissances que lui avaient fait acquérir ses voyages. Le digne chevalier avait beaucoup vu, et dans le commerce des honnêtes gens qu'il avait fréquentés, il avait appris à juger des choses d'une manière qui ne sentait point son campagnard. Il conçut la grande et difficile entreprise d'écrire pour son fils et pour le public un commentaire sur les grandes affaires auxquelles il avait pris part, et il fut grandement encouragé dans cette idée par son curé et par le prieur des bénédictins de Saint-Gilles dont le couvent était situé à quelques lieues de chez lui.

Dès lors commença pour le vieux gentilhomme une existence pleine du charme tranquille et doux qui sied à la vieillesse. Chaque jour, il s'occupait de l'instruction de son fils, puis de la composition de son merveilleux ouvrage. Chaque soir, sauf un accident imprévu, on voyait arriver au château le curé et le prieur, que le baron recevait auprès d'une table aussi finement servie qu'on le pouvait alors faire en province. Il eût fallu voir ces trois beaux vieillards ainsi réunis pour se faire une image de ce

que peut être un tranquille bonheur au déclin
de la vie. De bon vieux vin scintillant dans les
verres, de bons fauteuils bien rembourrés, la
fenêtre ouverte à l'air parfumé du soir en été,
et, en hiver, un grand feu bien flambant, tout
cela rendait les conversations douces et inter-
minables. Les coudes sur la table ou le dos
bien appuyé à la tapisserie des sièges, on se
livrait, sans crainte, à toutes les séductions de
la pensée. Maintes fois, dans ces entretiens,
on refit l'État et même l'Europe, oh mon Dieu!
comme des politiques de village pourraient
faire aujourd'hui. Point de journal, il est vrai,
pour servir de thème aux rêveries ; mais on ne
manquait pas de nouvelles. Le château n'était
pas tellement perdu qu'il n'y passât de temps
en temps quelque colporteur heureux de
vendre à prix modique, outre sa toile et ses
épingles, de ces chiffons de papier, aujourd'hui
si précieux, où on lisait les terribles événements
survenus en Allemagne à la suite du schisme ;
les plus récentes horreurs commises par le
Turc en Hongrie, les énormités des corsaires
d'Alger ; comme quoi un enfant à deux têtes
était né à Dortmunde, en Hollande ; comme
quoi un épouvantable incendie avait ravagé la
célèbre ville de Copenhague, dans le royaume
de Danemarck, et d'autres faits non moins
mémorables. Voilà comme messire Aurèle-
Agrippa passait des années. Au moment où

commence cette histoire, il avait atteint de son âge la soixante-dixième, et il voyait s'élever à côté de lui, plein de force et de santé, son fils qui atteignait précisément la vingtième. Il est temps de présenter ce fils au lecteur, mais il n'est pas, ce semble, de meilleure manière d'introduire un héros, que de le montrer dans l'action, et comme l'occasion se présente, nous ne la manquerons pas.

Un soir donc que le baron et ses deux vieux amis étaient réunis autour de la table du souper, messire Aurèle-Agrippa s'écria :

— Messires, je vais vous lire ce soir les trois derniers chapitres de mon livre huitième, relatant les événements de la guerre de Piémont. Je ne doute pas que vous n'en soyez très satisfaits.

— Je le prévoyais d'avance, répondit le curé ; mais, monsieur le baron, avant de commencer cette très utile et très agréable lecture, permettez-moi de vous parler d'un sujet qui n'est pas moins intéressant, j'ose le dire.

— Oh ! oh ! répondit le gentilhomme, est-ce que vous composeriez aussi quelque savant ouvrage sur un sujet quelconque ?

— Point, il s'agit de vous toucher quelques mots au sujet de votre fils Jean.

— Ah ! ah ! reprit le baron, en posant ses coudes sur la table et en regardant le curé ; je vous avoue, mon père, que je trouve comme vous qu'il y a lieu de parler sur ce sujet, et comme vous m'avez aidé dans l'éducation assez honnête que j'ai voulu donner à mon fils, il me paraît tout simple de vous consulter sur des soupçons...

— Précisément, dit le curé, je suis dans la même idée que vous, et j'aurais à vous soumettre des doutes...

— Absolument comme moi? répondit le baron. Convenez que c'est fort singulier, et que de prime abord, sans rechercher davantage, nous pouvons déclarer qu'il y a dans la conduite de ce jeune homme des obscurités qui me donnent lieu de le traiter très sévèrement.

— Un moment, monsieur le baron, s'écria le prieur ; jusqu'ici mon confrère et vous, n'avez encore parlé que des doutes et des soupçons, et déjà vous vous hâtez de songer à des châtiments? C'est aller un peu plus vite que la justice ne voudrait. Je connais le seigneur Jean, votre fils, dès son plus bas âge, et c'est un jeune homme tout à fait franc, ouvert, qui, j'ose le dire, est aussi bon catholique que personne dans les environs, et qui, en fin de compte, ne peut jamais que vous faire le plus grand honneur.

— Tout ce que vous venez de dire, monsieur le prieur, s'écria le curé, est d'une vérité incontestable ; il n'en est pas moins certain que la conduite de Jean est... singulière et qu'on m'a rapporté de lui des choses...

— Mais enfin que vous a-t-on rapporté, repartit le prieur ?

— Sans doute, parlez, mon père, j'expliquerai après vous ce qui me choque en lui.

Après ces paroles du baron, le curé toussa légèrement, avança la tête du côté de ses deux auditeurs et mettant sa voix à un diapason très peu élevé, il parla ainsi :

— Vous savez, messieurs et respectables amis, que les bruits les plus sinistres courent dans tout le canton, et même dans toute la province. Des gens qui ne s'inquiètent pas aisément, assurent que les huguenots sont tout disposés à rompre la paix, et plusieurs paysans sont venus même me dire que des réunions nocturnes ont eu lieu et ont lieu dans différents endroits du pays. Comment se fait-il donc que Jean soit toujours par vaux et par chemins et qu'à l'heure où je parle, c'est-à-dire, si j'en crois cette horloge, à neuf heures bien sonnées, il ne soit pas encore rentré au logis ? Voilà ce que j'avais à vous dire et qui me paraît, monsieur le baron, digne de toute votre sollicitude. On sait combien les hérétiques ont d'adresse pour attirer à eux les jeunes âmes ignorantes, et je crains plus encore que l'attrait d'une vie aventureuse n'agisse fortement sur l'esprit de votre fils qui ne rêve que chevalerie et coups d'épée.

— Ce en quoi il se montre fort judicieux, répondit le baron, puisque sa naissance l'oblige à passer sa vie sous le harnois. Mais je ne me doutais pas, je l'avoue, qu'il pût songer à se faire huguenot ; si j'étais certain que cette idée lui fût jamais venue, je le jetterais de mes propres mains dans un cul de basse-fosse que le fondateur du château a fait construire, il y a quelque cinq cents ans, et qui n'a jamais servi.

— Vous allez un peu vite, monsieur le baron, interrompit le prieur en souriant, et il faut au moins laisser au pécheur la possibilité de se repentir.

— Bah ! continua messire Aurèle-Agrippa, il aurait tout le temps de se repentir entre les vieilles pierres. Mais ce n'est pas de cela qu'il s'agit, je ne crois pas que mon fils, qui a l'honneur d'être filleul de M<sup>me</sup> Diane, ait jamais songé à déserter la foi catholique. J'ai bien des soupçons sur son compte, mais ils ne vont pas jusque-là.

— Faites-nous donc part de vos soupçons, dit le curé, nous verrons peut-être un moyen de les ajuster avec les miens et d'en tirer une vérité.

— Eh bien, mes pères, je crois que mon fils Jean a des rapports avec des voleurs de grande route.

— De grande route, s'écrièrent les deux prêtres consternés !

— De grande route, répéta le baron, et je ne crois pas, à vous parler franc, qu'il y ait sujet de vous épouvanter ainsi ; j'ai connu, à la cour, dans ma jeunesse, de fort honnêtes gens qui avaient fait un peu ce métier et qui s'en étaient trouvés fort bien. Rien ne forme les soldats destinés à faire la guerre en partisans comme cette école. Quoi qu'il en soit, mon fils Jean me paraît en très mauvaise compagnie ; il fait ses expéditions avec son domestique Pierrot.

— Qui ne m'a jamais plu, dit le curé.

— Qui porte sur la figure l'empreinte d'une mauvaise conscience, dit le prieur.

— Et que j'aurais déjà fait pendre, continua le baron, s'il n'était le frère de lait de Jean. Enfin, je suis inquiet et mécontent. Je ne sais pas pourquoi mon fils court toute la journée et toute la soirée, si ce n'est pour faire de méchants coups, et j'ai peur, en le traitant avec sévérité, ou de le pousser à des résolutions plus fâcheuses encore que sa conduite actuelle, ou bien de donner matière au bavardage et à la médisance de tous les alentours. Je suis donc fort embarrassé ; mais j'ai découvert encore un plus grand sujet d'inquiétudes que toutes les courses de mon scélérat de fils ; apprenez, mes pères, qu'il fréquente très assidûment la maison de ce misérable M. de Castillac !

— Preuve qu'il penche vers l'hérésie, s'écria le curé.

— Preuve plus grande encore qu'il tourne au brigandage, interrompit le baron avec l'emportement qui lui était naturel, et que les années n'avaient pas détruit en lui. M. de Castillac n'est pas un huguenot, c'est un déterminé batteur d'estrade qui ne connaît ni ami, ni ennemi.

— Je suis très sûr de ce que j'avance, répliqua le curé ; M. de Castillac peut cacher, s'il lui plaît, les relations qu'il entretient avec les chefs de la nouvelle religion, mais je n'en suis pas à apprendre ses faits et gestes, et je sais très bien ce qu'il faut savoir à ce sujet.

— Ne contestez pas davantage, dit le prieur ; voici que M. de la Tour-Miracle tient notre homme pour un turbulent, et que M. le curé le croit hérétique ; sans me prononcer sur ces deux avis, il me semble que l'on peut déclarer hardiment la compagnie de M. de Castillac très mauvaise pour Jean. J'espère qu'il n'a suivi encore aucun mauvais conseil ; mais dans tous les cas, mon avis est qu'il ne peut rester ici davantage, et qu'il faut l'envoyer au loin.

— Voilà précisément le point sur lequel je voulais vous consulter, mes pères, reprit messire Aurèle-Agrippa. Point ne me soucie que mon fils devienne ici quelque sacripant, comme les temps de guerre civile où nous avons déjà vécu en ont fait tant dans nos campagnes ; je crois donc aussi, comme le très révérend prieur, qu'il faut l'envoyer au loin. Mais où ? là se trouve la difficulté.

— A la cour, dit le curé, c'est la place d'un homme comme lui, et je ne doute pas qu'il n'y fasse une belle fortune.

Messire Aurèle-Agrippa secoua lentement la tête.

— Depuis vingt ans, dit-il, je ne connais plus personne à la cour, et dans ce pays-là, on n'avance que par les amis qu'on possède ou qu'on peut acheter. Mon fils Jean n'est pas en position d'y réussir, et plutôt que de le voir traîner misère dans les cours du Louvre, j'aimerais mieux, oui ma foi presque mieux, le voir se promener, bras dessus, bras dessous, au sortir de l'église avec M. de Castillac.

— Mais, fit observer le prieur, si vous envoyiez notre jeune homme à sa marraine, M^me Diane ? elle saurait probablement que faire de lui.

— Voilà une idée merveilleuse, dit le baron, et je suis surpris qu'elle ne me soit pas encore venue. Qu'en dites-vous, monsieur le curé ?

— Je la crois excellente.

— Pardieu ! je vais écrire tout de suite à M^me Diane et dès demain matin, monsieur mon fils, de gré ou de force, partira pour lui porter ma lettre.

En parlant ainsi le vieux seigneur s'était levé et s'étant approché d'une petite table où était placée une écritoire, il se mit sans délai à écrire l'épitre qui devait servir de point de départ à la carrière de son fils.

En ce moment on entendit dans les corridors du château, le bruit de pas rapides et fermes.

— Voilà Jean, dit le prieur.

En effet, la porte de la salle s'ouvrit et un beau grand jeune homme parut. Il avait la taille fine et souple ; sa poitrine large annonçait la vigueur ; ses yeux pétillaient de vivacité et d'esprit, ses lèvres souriaient joyeusement sous une fine moustache ; il avait l'air d'un paladin, d'un amoureux, d'un bon compagnon, de tout ce qu'on voudra ; mais il n'avait la mine ni d'un brigand ni d'un sombre hérétique.

En entrant dans la salle, il ôta respectueusement le chapeau couvert de plumes qui lui cachait le front, et salua son père et les deux ecclésiastiques.

Les trois vieillards comprirent à l'instant qu'il avait quelque chose à dire ; mais il était visiblement embarrassé, intimidé, et pendant quelques secondes il joua avec ses plumes, avec le pommeau de son couteau de chasse, sans trouver de paroles pour exprimer ce qu'il voulait dire. Mais enfin, il prit son parti, et s'avançant vers son père avec une certaine timidité qui n'était pas sans grâces, il lui dit :

— Monsieur, je ne sais pas comment le respect que je vous dois, ordonne de se conduire dans la circonstance où je me trouve. Je vous supplie d'être assuré de toute ma vénération et de me pardonner si je commets quelque faute. Mais je viens vous supplier de permettre mon mariage avec M$^{lle}$ de Castillac.

Le baron fit un geste de surprise qui bientôt devint un geste d'indignation, tandis que les deux ecclésiastiques, le prieur surtout, qui gâtait un peu le fils de son ami, levèrent les yeux au ciel avec une vive expression de chagrin.

# CHAPITRE II

Jean était plus amoureux qu'hérétique ; ce
qui le mit dans une très mauvaise passe.

Messire Aurèle-Agrippa était trop en colère
pour ne pas faire du bruit.

— Vaurien, cria-t-il à son fils, où as-tu pris
l'audace de me faire une pareille demande? Ne
sais-tu pas bien ce que c'est que ce scélérat de
Castillac? Ignores-tu que les catholiques le
prennent pour un huguenot, les huguenots
pour un espion et tous les honnêtes gens pour
un bandit? Et tu oses bien venir me parler
d'un mariage avec sa fille ? Mais j'aimerais
mieux, coquin, te voir mort sur le champ que
gendre d'un homme dont la fin ne peut être
que très déshonorante !

Jean écoutait la tête basse et dans une attitude respectueuse, ce qui ne l'empêchait pas
de solliciter du regard l'intervention des deux
prêtres. Voyant enfin que son père était arrivé
au bout de sa période et que nul allié ne se
déclarait en sa faveur, il se décida à risquer
une réponse.

— Permettez-moi de vous faire observer, monsieur, dit-il d'une voix très soumise, que j'aime de tout mon cœur M^lle de Castillac et que rien n'égale ses vertus, ainsi que peut le témoigner le révérend prieur.

— Je conviens, dit le bon père, que cette jeune personne est d'une grande piété et qu'on la respecte autant par tout le pays que son père est peu estimé.

— Eh ! monsieur, dit Jean avec l'air de bonne humeur qui le quittait rarement, je n'ai pas la moindre envie d'épouser le père, mais seulement la fille.

— Voilà une discussion oiseuse, s'écria messire Aurèle-Agrippa en frappant du pied ; n'insistez pas, drôle ! car vous n'épouserez point la personne dont vous parlez, si vertueuse qu'elle puisse être et le serait-elle encore vingt fois plus. Le fait est bien résolu, et je ne changerai pas d'avis, soyez-en sûr. Contentez-vous donc, au lieu de faire des rêves ridicules, de répondre catégoriquement à mes questions. Où courez-vous tous les jours? où passez-vous toutes les soirées?

Jean baissa les yeux vers le plancher, se mordit la lèvre et ne souffla pas mot.

— Mon cher enfant, dit le curé, ceci est très grave, je vous l'assure, et si l'on vous interroge, c'est tout à fait dans votre intérêt. Vous pouvez d'ailleurs vous expliquer sans nulle crainte, car vous ne voyez ici qu'un père dont la tendresse vous est connue et de vieux amis bien éprouvés. Parlez donc et ne nous cachez rien.

Jean fit un salut très poli, mais continua à garder le silence, et son attitude témoigna suffisamment qu'il était décidé à ne pas parler.

— C'est à merveille, monsieur, grommela le baron ; vous vous obstinez à me résister, je ne chercherai pas davantage à vous mettre dans votre tort. Je me résous à ignorer que vous hantez des brigands, que vous connaissez un homme mésestimé de tous vos amis, il m'est assez de savoir que vous avez prétendu épouser sa fille. Maintenant vous allez connaître ma volonté. Demain matin, au point du jour, vous partirez pour Anet. Voici une bourse qui contient l'argent dont vous avez besoin ; voici une lettre que vous remettrez à M$^{me}$ Diane, votre marraine, je ne vous en dis pas plus. Je suppose que vous n'avez nulle envie de résister. Dans tous les cas, sachez bien que ce serait inutile et que si vous ne partez pas de bonne grâce, corbleu ! je vous ferai partir de force.

Ici, messire Aurèle-Agrippa s'interrompit pour attendre une réponse. Jean salua profondément son père.

— C'est bien, monsieur, dit le vieillard d'un ton plus doux ; allez prier ces deux messieurs de vous donner leur sainte bénédiction et retirez-vous dans votre chambre. Je vous verrai avant votre départ.

Jean sortit d'un pas très lent, et tant qu'il fut dans le voisinage de la salle où se tenait son père, il marcha de l'allure d'un homme qui va paisiblement se coucher. Mais lorsque l'on ne put plus l'entendre, il se mit à courir, entra promptement dans sa chambre, en ferma la porte à clef derrière lui et s'élança à la fenêtre qu'il ouvrit avec précaution.

— Pssst ! fit-il.

— Me voici, monsieur, répondit un homme caché dans l'herbe qui se leva à son appel.

— Pierrot, dit Jean d'une voix rapide, il n'y a pas de temps à perdre. Les domestiques ont fermé les portes et il faut que je sorte. As-tu nos chevaux dans le voisinage ?

— Monsieur, les voici à deux cents pas, sous les arbres.

— C'est à merveille, attends-moi donc !

Il courut à son lit, en noua les draps l'un à l'autre avec une dextérité qui prouvait une certaine habitude, les attacha à sa fenêtre et se laissa glisser jusqu'au sol.

— Maintenant, Pierrot, hâtons-nous !

— Où allons-nous, monsieur ?

— Où diable veux-tu que j'aille, si ce n'est à Castillac ?

— Hum ! il est bien tard pour faire la cour

aux dames ; savez-vous que onze heures sont passées ?

— Passées ou non, il faut que je voie Magdelaine. Es-tu à cheval, car on ne se voit pas dans un creux ?

— Oui, monsieur.

— En route donc !

Les deux coureurs de nuit partirent au galop. Ils allèrent ainsi pendant une bonne heure sans se parler ; mais au bout de ce temps, Jean retint un peu la vive allure de son cheval et dit à son compagnon.

— Explique-moi un peu, si toutefois c'est possible, ce que comprend mon père sous les expressions énigmatiques qu'il a employées aujourd'hui en me parlant. Il m'accuse de fréquenter des brigands ? Sais-tu bien que j'ai déjà eu quelques doutes sur les honnêtes gens parmi lesquels nous sommes tombés une ou deux fois déjà et que tu m'as paru parfaitement connaître ?

— Il n'y a rien d'étonnant à ce que je les connaisse, répondit Pierrot, puisque ce sont de pauvres bohémiens qui sont là errants dans les bois depuis plus de vingt ans. Je les connais dès ma naissance.

— Tes bohémiens, mon cher Pierrot, répondit Jean, ont de mauvaises mines, et je les crois capables de faire de méchants coups.

— C'est leur métier, monsieur. Mais vous

savez aussi bien que moi combien ils ont toujours été polis envers vous?

— Je ne le nie pas. Comprends-tu aussi pourquoi mon père veut absolument que ce bon gros M. de Castillac soit un scélérat?

— Ceci est plus clair, répondit Pierrot avec assurance, et moi-même je vous ai dit souvent qu'il s'était fait une très mauvaise réputation. Depuis un mois, il passe pour être l'espion des catholiques et pour trahir les protestants dont il était l'ami lors de la guerre.

— Au moins, dit Jean, trahit-il pour une bonne cause ; quand je serai son gendre, ce qui finira bien par arriver en dépit de toutes les oppositions, j'aurai peu de peine à lui inspirer de meilleurs sentiments.

— Vous, monsieur? répondit Pierrot, voilà une singulière idée ; M. de Castillac est né traître et traître il mourra, je vous le jure ; tous les discours que vous pourriez lui faire, seraient-ils plus éloquents que les sermons de monseigneur l'archevêque lui-même, n'y feraient rien.

— Allons donc, Pierrot, dit Jean en levant les épaules, vas-tu aussi te ranger du parti des vieilles gens? Fais attention que par ce mot je n'entends pas désigner monsieur mon père auquel je rends le plus profond respect.

— Vous respectez monseigneur le baron, j'en conviens, répliqua Pierrot, mais voilà que vous courez la nuit, hors de chez vous, pour braver toutes ses défenses. À votre place et si j'avais du bien pour vivre honnêtement, je ne ferais pas l'amour avec M^{lle} Madgelaine, puisqu'on vous l'a défendu.

— Mon pauvre Pierrot, je n'y puis mais ; l'amour me tient le cœur, et j'aurais beau me démener, je ne réussirais jamais à me retirer de son pouvoir.

Ici Jean soupira profondément ; il soupira, mais non point d'un air morose et désagréable, sentant le *De Profundis* ; il soupira comme il sied à un jeune, beau, brave, spirituel et loyal garçon qui n'a que de justes pensées dans l'âme et que l'espérance n'abandonne jamais, même devant de bonnes raisons.

Pierrot ne répondit pas à son maître, en aucune occasion il n'osait le contredire ; il l'aimait beaucoup, ayant sucé le même lait que lui, et bien que passant pour un gaillard très rusé, très fourbe et très hardi dans les villages des environs, il était doux et candide comme une jeune fille sitôt qu'il se trouvait auprès de Jean et ne cessait de lui prodiguer les meilleurs conseils, dont ce dernier ne faisait pas toujours son profit, comme par exemple, dans la circonstance actuelle.

La nuit était admirable ; c'était une nuit d'automne, pure, belle et chaude encore ; les étoiles scintillaient avec bonne grâce, et c'était plaisir que de courir les aventures aux rayons argentés que la lune jetait complaisamment sur les feuilles des arbres, sur les buissons, et çà et là sur les cailloux dont la route sinueuse était jonchée trop abondamment sans doute au gré des chevaux qui, à tout moment, s'y heurtaient et en faisaient jaillir des étincelles.

Arrivés près d'un vieux chêne noueux, les voyageurs découvrirent au-dessus des branches d'une futaie, le toit pointu d'une tour, et Jean arrêta sa monture. Pierrot en fit autant.

— J'avoue, dit le jeune homme, qu'arrivé au terme de ma course, je suis un peu embarrassé sur ce que je viens faire.

— En effet, monsieur, répliqua Pierrot, que venez-vous faire à Castillac? Vous ne pensez pas, sans doute, à voir M^{lle} Magdelaine cette nuit?

— Je le veux, au contraire, répondit Jean de la Tour-Miracle. Mon père prétend me faire partir demain matin pour revenir, Dieu sait quand ; il faut absolument que je voie Magdelaine et que je lui parle.

— Comment parviendrez-vous jusqu'à elle, monsieur?

— Par son balcon, et je ne serai pas, si j'en crois les romans, le premier cavalier amoureux qui aura choisi cette route. J'avoue seulement que j'ai grand'peur qu'elle ne s'effraie, et qu'elle ne s'irrite. Pourtant je ne puis me décider à obéir à mon père, sans tenter au moins un moyen d'avoir un meilleur sort.

— Ah ! monsieur, dit le fidèle serviteur, ne faites pas de folie, je vous en conjure. Si vous entrez dans la chambre de cette jeune demoiselle à l'heure qu'il est et qu'on vous aperçoive, savez-vous bien que son père a le droit de tirer sur vous comme sur un renard, et si un malheur arrive, messire Aurèle-Agrippa lui-même, jurera que ce fut bien fait, tout en vous pleurant ?

— Tu me rends du courage, Pierrot, dit Jean en sautant à bas de son cheval qu'il attacha par la bride à une grosse branche.

— Patientez au moins dit Pierrot, jusqu'à ce que j'aie vu si dans ces bois il ne se trouve pas, par hasard, quelques bohémiens dont le secours pourrait vous être utile en cas de danger.

— Maître Pierrot, vous avez des relations qui me déplaisent, et dont je vous demanderai plus de compte, un jour que j'en aurai le temps. Laissez dormir vos bohémiens, et suivez-moi.

Pierrot baissa la tête et descendit de sa monture qu'il lia à côté de celle de son maître.

Jean traversa la route, suivit un sentier à peine frayé dans l'herbe, et parvint au pied d'un grand mur tout couvert de mousse et de pariétaires. Sans s'arrêter à considérer ces jolies plantes, attendu qu'un amoureux n'est herboriste qu'à certaines heures, Jean mit son pied droit dans un trou, sa main gauche dans un autre ; se hissa ainsi vers la crête de la muraille, y parvint après quelques efforts, bien qu'elle fût d'une hauteur très raisonnable, et descendit dans le jardin qui entourait le manoir de Castillac, en exécutant la même manœuvre de l'autre côté du mur. Pierrot s'était montré non moins agile que son maître.

— Maintenant, dit le valet, nous voici dans la gueule du loup.

— Orientons-nous, murmura Jean à voix basse, la chambre de Magdelaine est dans la tourelle de droite. Viens de ce côté.

Les deux aventuriers se trouvèrent, en peu d'instants, sous une étroite fenêtre que l'amoureux couva du regard.

— J'ai peur d'effrayer Magdelaine, dit Jean à voix basse; comment faire?

Il resta quelques instants pensif ; puis il se mit à chanter à demi-voix. Il n'était pas encore parvenu à la moitié de sa romance, qu'une lumière brilla dans la chambre. La fenêtre s'ouvrit avec précaution, et une voix douce et effrayée lui dit :

— Au nom du ciel, quelle folie ! Ne savez-vous pas que mon père, lorsqu'il est ici, passe la nuit à rôder partout, craignant les surprises de ses ennemis? Retirez-vous ! Vous ne vous doutez pas des dangers que vous affrontez !

— S'il y a du danger à vous aimer, chère Magdelaine, répondit Jean, il y a plus de douleur encore ! Laissez-moi ne faire attention qu'à la douleur.

— Ah ! retirez-vous, je vous en conjure !·

— Non, pour tout un empire ! répondit Jean avec enthousiasme ; jusqu'à ce que vous m'ayez dit que vous m'aimez et que vous me permettez d'aspirer à votre main !

— Je ne le dirai jamais, répartit Magdelaine, parce que je sais que votre père ne voudrait pas de moi pour sa fille.

— Vous vous trompez grandement ; mon père n'a pas des sentiments pareils.

— Je ne me trompe pas, répartit la voix tremblante de la jeune fille; je connais les motifs qui dicteraient le refus du baron et je les honore. Ne pensez plus à une passion inutile; et si jamais vous avez senti quelque estime pour moi, retirez-vous ! Vous me perdez et vous risquez votre vie.

— Est-ce là, ingrate, répliqua Jean avec colère, la récompense d'une si pure, d'une si vive tendresse ? Qui jamais vous aimera comme moi ? Pourquoi me fermer votre cœur ?

— Je ne puis jamais être à vous, répondit Magdelaine d'une voix faible.

— Je suis venu pour vous prouver le contraire ; sachez que mon père veut que je parte dès qu'il sera jour, pour ne plus revenir peut-

être que dans de longues années... Eh bien !
si vous voulez me suivre...

— Quelle indignité, répondit Magdelaine !
Retirez-vous, monsieur de la Tour-Miracle, ou
moi-même je fais appeler mon père.

— Eh bien ! appelez ; je vais appeler moi-
même, s'écria l'amoureux en parlant à haute
voix, puisque vous ne voulez pas m'aimer,
puisque vous ne voulez pas me suivre, j'aurai
le plaisir de me faire tuer sous votre fenêtre,
et nous verrons si vous en dormirez mieux.

— Par le diable, monsieur, dit Pierrot en se
mêlant tout à coup au dialogue, ne plaisantez
pas ainsi, j'ai entendu quelque chose remuer
dans les arbres du verger, et nous pourrions
bien en voir sortir une paire de balles à notre
adresse. Allons, venez, puisque Mademoiselle
ne veut pas vous entendre, il faut vous réserver pour la convaincre une autre fois.

— Chère Magdelaine, reprit Jean, sans faire
attention aux craintes très légitimes de son
valet, puisque vous voulez que je me retire,
dites-moi du moins quelques mots qui me
donnent de l'espérance. Que voulez-vous que
je fasse, si je pars certain de votre indifférence ?
Il vaut mille fois mieux mourir ? Répondez-
moi, je vous en supplie, m'aimez-vous ?

Il y eut un moment de silence, pendant lequel Jean attendit avec anxiété l'arrêt qu'il
venait de solliciter ; Pierrot de son côté écou-

tait avec une angoisse non moins grande, s'il n'entendait pas crier sur le sable des allées le pas du terrible M. de Castillac.

Enfin Magdelaine répondit d'une voix assez ferme :

— Non, Jean, je ne vous aime pas ; je ne puis aimer que mon mari et vous ne le serez jamais !

Sans doute à cette déclaration désespérée, Jean allait faire quelque réponse qui aurait à son tour nécessité une réplique et ainsi de suite, comme se passent les choses dans ces sortes d'entretiens, mais le vigilant Pierrot saisit tout à coup le bras de son maître et s'écria :

— Cette fois, monsieur, je ne me trompe point, voici M. de Castillac à moins de cinquante pas de nous. Si vous n'avez pas d'armes, nous sommes perdus, car je n'ai que des pistolets.

— J'ai mon épée, répondit Jean d'un air fort tranquille, et je ne m'en soucie point, je suis décidé à me laisser tuer comme un agneau puisque Magdelaine ne veux pas m'aimer.

— Insensé, fou que vous êtes, s'écria la désolée Magdelaine, à quoi bon toutes ces bravades? Je vous aime, mais cachez-vous !

— Ah ! vous l'avez donc dit enfin ! vous m'aimez ! Songez que je vous en ferai souvenir avant peu?

— Oui, oui, je vous aime, mais fuyez !

Jean la salua profondément, puis enfonçant joyeusement son feutre sur l'oreille, il regarda autour de lui, pour s'assurer des moyens de faire retraite. Il comprit à l'instant qu'il était trop tard. A dix pas de lui se tenait M. de Castillac, un mousqueton à la main. C'était un homme gros et court, à la face rouge et bourgeonnée, aux yeux faux et cruels ; mais qui semblait d'une force prodigieuse.

— Eh ! eh ! dit-il en regardant le jeune homme à la clarté de la lune, je ne me trompe point, c'est M. Jean de la Tour-Miracle qui vient, profitant d'une belle nuit, pour faire sa cour à ma fille. Ceci n'est pas mal avisé, poursuivit-il du même ton goguenard, en secouant la mèche enflammée de son arme. Malheureusement, je n'aime pas les coureurs de nuit, et quand je les trouve chez moi, j'ai l'habitude d'en faire prompte justice. Bonsoir, mon petit monsieur, vous n'avez pas voulu dormir cette nuit dans votre lit, je vais vous envoyer dans un autre, et je suis certain d'avance que monsieur votre père m'approuvera beaucoup.

Après avoir prononcé ces mots qui se faisaient assez comprendre, M. de Castillac coucha en joue sa victime qui le regardait fièrement sans pâlir, et il l'ajusta.

Magdelaine poussa un grand cri !

# CHAPITRE III



La situation de Jean va de mal en pis, jusqu'a ce qu'une circonstance bien impré-
vue l'améliore tout a coup.


Au moment où M. de Castillac allait faire
feu, son arme lui fut arrachée par une main
vigoureuse, qui, s'emparant du mousqueton,
lui fit décrire une courbe dans l'air et l'envoya
tomber dans les herbes humides. Jean ne fut
pas moins surpris que M. de Castillac, dont
toute la physionomie était un mélange d'étonnement, de fureur et de crainte. Il ne fut cependant pas malaisé de reconnaître l'auteur de
cette diversion, puisque ce n'était autre que
Pierrot.

Ce valet, dès qu'il avait aperçu le père irrité
de Magdelaine, s'était jeté de côté, et bien que
sa présence n'eût pas d'abord échappé au porteur de mousqueton, la vue de Jean et l'envie
charitable de mettre promptement fin à l'existence terrestre de ce séducteur, avaient favorisé l'absence du pauvre hère qui ne jouait en
tout ceci qu'un rôle très inférieur. Mais, lui,

au lieu de prendre la fuite, comme tout autre domestique l'aurait probablement fait à sa place, se glissa derrière M. de Castillac et n'hésita pas à intervenir de la manière décisive que l'on vient de voir.

De sorte que le possesseur du manoir restait là, désarmé, en présence d'un jeune homme qu'il avait voulu mettre à mort et d'un serviteur résolu sans doute à obéir à son maître. Pour un guerrier qui naturellement était plus féroce que brave, il y avait de quoi prendre sérieusement l'épouvante.

Mais Jean ne laissa pas au beau-père qu'il convoitait le temps de faire des réflexions trop désagréables. Aussitôt qu'il le vit désarmé, il ôta gaillardement son chapeau, et s'avançant vers lui :

— Pardonnez, monsieur, s'écria-t-il au zèle malentendu de ce maraud pour ma personne ! Si j'ai eu le malheur de vous déplaire, j'ai mérité mille morts, et ce me serait un honneur infini que de voir trancher mes jours par votre main. Mais permettez-moi cependant de vous déclarer que je n'ai prétendu rien faire ici pour vous offenser ; j'aime mademoiselle votre fille, il est vrai, mais je l'aime comme elle le mérite, avec le plus ardent désir de devenir son époux.

— J'ai quelque peine, monsieur, répondit le seigneur de Castillac, à ajouter foi à vos protestations ; d'ailleurs je n'ignore pas que messire Aurèle-Agrippa est mon ennemi et se fait l'écho trop complaisant des calomnies qui me poursuivent.

— Permettez-moi de rester neutre entre deux personnes que je respecte profondément. Je vous jure, sur l'honneur, qu'en venant ici, je ne voulais que faire mes adieux à mademoiselle votre fille dont je suis trop inhumainement traité, et je vous répète que mon unique désir est d'obtenir sa main.

M. de Castillac parut réfléchir un instant à tout ce que Jean lui déclarait ; mais par le fait, il avait en tête d'autres idées qu'il s'expliquait à lui-même par ce monologue muet et par conséquent très rapide.

— Ce jeune homme n'obtiendra jamais de son père un consentement convenable à cette union qui, d'ailleurs, me conviendrait à merveille, vu la fortune et la naissance des la Tour-Miracle. Je ne l'aurai jamais pour gendre ; ce serait dès lors une très bonne affaire que de l'avoir pour prisonnier. L'esclandre en tournerait fort à mon avantage ; je ferais payer une grosse rançon, et lorsque le vieux baron médirait de moi, on le croirait moins, parce qu'il serait notoirement mon ennemi pour une affaire où j'ai le droit de mon côté.

M. de Castillac fit quelques pas en avant, et, prenant un air aussi gracieux que possible :

— Allons, décidément, dit-il, je ne suis pas

fâché que ce brave garçon m'ait empêché de tirer sur vous. Je crois, comme vous le dites, qu'il y a plus d'étourderie que de méchanceté dans votre fait, et nous pourrons nous entendre. Si vous voulez m'attendre ici quelques instants, je vais aller seller mon cheval et chercher la clé de la porte du jardin, et nous sortirons ensemble pour avoir occasion de causer de nos affaires.

— Très volontiers, monsieur, répondit Jean.

Et le fourbe Castillac partit en lui recommandant encore de l'attendre.

— Cela ne me plaît point, murmura Pierrot, quand le maître du logis se fut éloigné.

— Qu'appréhendes-tu, repartit Jean ?

— Beaucoup de choses ; je connais l'homme à qui nous avons affaire, et je suis bien surpris s'il ne machine rien contre nous. Mon avis serait de regagner le mur sans bruit, et de nous en retourner chez nous.

— Tu te moques, je crois ; penses-tu que je vais, pour tes terreurs imaginaires, renoncer à mon bonheur au moment peut-être où il se trouve une façon, un biais pour l'obtenir ? Non, non, n'espère pas cela. La seule chose qui m'afflige, c'est que, depuis l'apparition de son père, ma chère Magdelaine s'est retirée de sa fenêtre, et, je le crains bien, de sa chambre, car je ne vois plus briller de lumière.

Au moment où il parlait ainsi, la lumière reparut. Magdelaine se pencha à la croisée et s'écria :

— Mon Dieu, Jean, c'est assez de folie ; mon père est occupé à réveiller et à armer ses gens ; il a envoyé chercher les paysans du village ; on va vous arrêter, si vous ne fuyez pas.

— Ne vous le disais-je point ! s'écria Pierrot. Allons, venez !

— Je reste, répliqua Jean ; M. de Castillac pourrait avoir sujet de m'accuser de lâcheté, et je perdrais ainsi ma chère Magdelaine ? Oh ! non, deux pareils malheurs ne m'arriveront point, et surtout à la fois.

Il parlait encore qu'à toutes les issues du jardin parurent des hommes armés les uns de hallebardes, les autres de mousquets, et le plus grand nombre de fourches ; c'était une levée en masse.

— Ceci devient grave, dit Jean.

Pierrot s'arrachait les cheveux ; Magdelaine avait disparu.

L'héritier de la Tour-Miracle eut promptement résolu ce qu'il voulait faire, il dit à son valet : Suis-moi sans perdre de temps. Et aussitôt, s'aidant d'une treille appliquée contre le mur, il grimpa jusqu'à la fenêtre de la chambre de Magdelaine, qui n'était pas à plus de dix pieds du sol, et Pierrot le suivit. Il sauta dans l'appartement avec son valet, courut à la porte, la ferma à clef, poussa tous les meubles devant cette issue, en manière de barricade, et s'écria :

— Nous voici maintenant en état de parlementer, car on ne peut guère nous aborder que par la fenêtre. Donne-moi un de tes pistolets et ne tirons qu'à la dernière extrémité.

Dans ce moment, la troupe assiégeante, le seigneur de Castillac en tête, arrivait au pied de la muraille et contemplait avec stupeur la manœuvre hardie et l'air résolu des deux aventuriers.

Malgré l'inquiétude fort justifiée où l'on doit être sur le sort de l'amoureux Jean et de son valet, il est absolument nécessaire de les quitter pour voir ce qui se passait pendant ce temps au château de la Tour-Miracle.

La conversation avait continué entre les trois respectables amis et chacun avait dit son mot sur l'obstination singulière de Jean à ne pas avouer où il passait son temps.

— A coup sûr, s'était écrié le curé, ce mystère est bien fait pour nous donner de l'inquiétude, car votre fils, monsieur le baron, est en général assez confiant et d'humeur trop joyeuse pour que les secrets ne lui échappent pas avec facilité. Pour moi, je crains qu'il n'y ait quelque anguille sous roche ; je vous le dis parce que j'en suis sûr. Le pauvre royaume de France va se trouver avant peu comme une nef battue par tous les vents. Il circule des bruits sinis-

tres ; l'hérésie relève la tête ; dans beaucoup
d'endroits, les habitants catholiques ont été
battus ou insultés ; je suis convaincu que les
gens de la religion vont essayer d'une nouvelle
révolte et je tremble que Jean ne se soit laissé
persuader d'entrer dans leurs trames coupables.

— Pensez ce qu'il vous plaira, répondait le
vieux messire Aurèle-Agrippa avec humeur,
mais permettez à ma vieille amitié de vous dire
que vous n'entendez rien à tout ceci, ce qui
n'est pas la faute de votre esprit mais celle de
votre robe. Depuis que je sais que mon drôle
est amoureux, je n'ai plus d'autre inquiétude
sur son compte que de le faire partir et promptement ; et ce n'est pas seulement pour qu'il
ne commette pas de sottises, c'est pour qu'il
ne coure pas de dangers ; car je sais combien
M. de Castillac me veut de mal et mon niais de
fils s'étant mis dans ses mains, je craindrais
qu'il ne lui arrivât malheur et que mon ennemi
ne se vengeât de moi sur lui. Croyez-le, mes
pères, quand un homme est amoureux, je le
sais par expérience, si bon catholique qu'il ait
toujours été jusque-là, il devient plus contraire
que jamais à l'hérésie. Car qu'est-ce que l'hérésie, je vous prie? Une grande folie?

— La plus grande et la plus triste de toutes
les folies, répondit le curé en branlant la tête
d'un air mélancolique.

— Eh bien, l'amour est une folie qui n'est pas moins grande, et lorsqu'elle s'est emparée une fois d'une jeune tête, elle n'y laisse aucune place aux autres folies. Soyez donc sûrs, mes pères, que mon fils Jean n'est point hérétique, ni tenté de le devenir.

— Allons, je vous crois, pour ma part, répliqua le prieur en se levant ; mais l'heure est avancée, et je pense qu'il est plus que temps de rentrer chez nous, monsieur le curé.

— Sans doute, sans doute. Je crois que messire Aurèle-Agrippa ouvre la bouche pour nous offrir son hospitalité ; mais c'est demain fête et nos devoirs nous appellent chacun, près du troupeau qui nous est confié. J'aurais voulu cependant faire mes adieux encore une fois, à ce petit Jean que j'ai vu naître.

— J'avoue que j'ai la même pensée, dit le prieur.

— Rien n'est plus facile que de vous satisfaire, mes pères ; nous allons envoyer chercher mon fils.

— Non pas, non pas, s'écria le curé, vos domestiques sont probablement endormis, car notre conférence s'est prolongée bien tard, et Jean lui-même se sera couché. Attendre qu'il ait eu le temps de se relever et de s'habiller, nous mènerait trop loin, nous irons donc le surprendre dans sa chambre, s'il vous plaît.

— Je suis à vos ordres, mes pères, répondit

le baron, quoiqu'il me semble que vous faites
là un bien grand honneur au petit malheureux
qui ne le mérite guère, surtout en ce moment.

Le baron s'était armé d'un flambeau d'argent, et il précéda ses hôtes pour leur montrer
le chemin. On arriva ainsi à la chambre de
Jean, où l'autorité paternelle trouvant la porte
close, la jeta par terre sans cérémonie et trouva
ce qu'elle devait trouver, à savoir le lit vide et
les draps pendant jusqu'au bas de la muraille.

Ce fut un moment de grand étonnement.
Les deux bons prêtres, qui avaient vécu, l'un
dans le profond repos d'un cloître, l'autre dans
la paix d'un presbytère de campagne, avaient
peine à se figurer que la folie de l'amour pût
emporter à ce point un jeune homme que de
lui faire commettre de pareilles énormités.
Messire Aurèle-Agrippa trouvait le fait très
explicable, mais y voyant une atteinte à l'obéissance qui lui était due, il était devenu pourpre
de fureur, et proférait à demi-voix des excla-
mations dont la présence de ses vénérables
amis l'empêchait de dévoiler toute l'énergie.
Enfin sa colère ne pouvant plus se contenir,
commença à s'exhaler.

— Le pendard ! s'écria-t-il. Je devine bien
où il est allé, et je vais courir l'y chercher.

— Où est-il? demanda le prieur.

— Au château de Castillac, répondit le père,
et Dieu sait ce que cette amourette lui aura

rapporté ! Peut-être une balle dans les reins.
Ma foi ! j'en serais ravi, continuait messire
Aurèle-Agrippa tout en descendant lestement
l'escalier et en se dirigeant vers l'écurie, suivi
de ses deux amis, résolus à ne point l'abandonner dans cette conjoncture.

Tout en grommelant, il réveilla ses valets, fit
équiper son cheval et les mules des deux ecclésiastiques, et partit en grand désordre, oubliant
de dire à ses gens de le suivre, et jurant que ce
qu'il désirait avec le plus d'ardeur, c'était de
retrouver son fils estropié à tout jamais.

Ce fut dans de pareilles dispositions, que le
curé et le prieur s'efforçaient en vain d'adoucir,
que le baron se mit en route.

Il commençait à faire grand jour lorsque le
vénérable corps d'armée parut devant le château de Castillac. En homme de guerre consommé, messire Aurèle-Agrippa voulut qu'on
abordât l'ennemi avec précaution pour ne pas
être surpris soi-même, et s'avançant ainsi à pas
de loup, après avoir quitté leurs chevaux, les
trois amis trouvèrent la porte du jardin grande
ouverte et le jardin occupé par une dizaine de
paysans, qui, fourches en mains, faisaient la
garde sous une fenêtre à laquelle apparais-
saient les deux assiégés, tenant chacun un
pistolet et jurant leurs grands dieux qu'ils
casseraient la tête au premier manant assez
étourdi pour oser tenter l'escalade.

Du reste, la garnison, quoique peu nombreuse, avait tout l'air de prendre gaîment le siège ; Jean riait tout en menaçant et Pierrot échangeait avec les assaillants une multitude de quolibets, qui, s'ils ne faisaient pas un extrême honneur à son bon goût, attestaient du moins son sang-froid.

Malgré sa grande colère, messire Aurèle-Agrippa prit quelque plaisir à ce spectacle ; il sourit dans sa barbe en voyant son fils si déluré en face du péril.

— Avançons, mes pères, dit-il, et tirons de peine ces deux gaillards qui, je vous le promets, n'ont pas d'indulgence à attendre de ma faiblesse paternelle. Corbleu, quand mon fils sera hors des mains de cette canaille, il se verra dans les miennes qui ne lui vaudront guère mieux.

En parlant ainsi, le baron s'était avancé de quelques pas, et sans daigner mettre la main à son épée, il cria aux paysans de sa voix de tonnerre :

— Voulez-vous bien vous retirer, coquins, et laisser ce gentilhomme, qui à l'honneur d'être mon fils, descendre paisiblement de cette bicoque où la trahison sans doute a réussi à l'amener comme un sot qu'il est ! Si vous m'obligez à aller à vous, je vous avertis que vous trouverez ma main lourde !

— Mes bons et chers amis, se hâta d'ajouter

le curé, d'un ton plus conciliant, obéissez ;
vous ne pouvez que vous en trouver bien. Vous
savez que notre sainte religion interdit toute
violence. S'il arrivait ici un malheur, combien
n'aurions-nous pas sujet de le déplorer? Laissez donc ce jeune seigneur rejoindre monsieur
son père, et s'il a fait quelque faute, tenez-
vous sûrs qu'il sera puni, sans qu'il soit nécessaire que vous vous y brûliez la main.

Les paysans, en reconnaissant le baron de la
Tour-Miracle et les deux prêtres avaient fait
un mouvement de retraite assez prononcé.
Etait-ce par crainte des emportements bien
connus de messire Aurèle-Agrippa ou par respect pour l'habit ecclésiastique? il n'importe
pas de le démêler. Quoi qu'il en soit, le baron,
charmé de son succès, allait ordonner à son fils
de venir le rejoindre, quand on entendit tout
à coup partir de la chambre occupée par Jean
et par Pierrot un bruit épouvantable. C'étaient
la porte et la barricade qui tombaient sous
quelques bons coups de hache ; une ou deux
mousquetades retentirent, et Jean et Pierrot,
forcés dans leur asile, sautèrent dans le jardin,
abattirent qui d'un coup d'épée, qui d'un coup
de bâton deux paysans moins alertes à se dé-
rober que les autres, et coururent se réfugier
derrière un orme assez épais pour leur servir
de rempart pendant quelques instants, sinon
contre le nombre trop considérable de leurs

ennemis, du moins contre les balles qui, partant de la fenêtre, vinrent, en effet, s'enterrer dans le tronc rugueux de l'arbre protecteur.

Aussitôt que la fumée fut dissipée, on vit à la fenêtre le traître Castillac entouré de trois valets tous armés comme lui de mousquets encore fumants.

— Bravo ! Jean, s'écria messire Aurèle-Agrippa ; tiens bon, mon enfant ; nous allons les voir venir.

Et sans consulter son âge, il vint d'un bon pas se ranger au côté de son fils, l'épée au poing.

On peindrait difficilement le désordre qui régnait dans ce lieu naguère si paisible. Les deux paysans abattus par Jean et par Pierrot n'avaient peut-être pas grand mal, mais ils poussaient de véritables hurlements ; leurs camarades exaspérés et voyant le petit nombre auquel ils avaient affaire, brandissaient leurs fourches et s'excitaient les uns les autres. Le curé et le prieur priaient, suppliaient, menaçaient et parlaient d'excommunication ; enfin M. de Castillac, à la fenêtre, entouré de l'élite de ses troupes, restait bouche béante, d'abord, en voyant que sa formidable décharge, au lieu d'abattre quelqu'un, semblait avoir évoqué un combattant de plus et un combattant qu'il était ravi de trouver en son pouvoir.

Il commanda à haute voix à ses hommes de recharger leurs armes et la sienne.

— Mes pistolets ne peuvent plus servir, dit Jean d'un air piteux ; avez-vous les vôtres, monsieur ?

— Non, répondit messire Aurèle-Agrippa, nous allons passer un méchant quart d'heure. Il faut pourtant faire bonne mine à mauvais jeu. Après tout, peut-être, nous manqueront-ils encore !

Il n'était pas probable que cet espoir se réalisât, car si les balles n'avaient pas atteint leur but la première fois, c'était grâce à l'orme épais qui les avait reçues dans son armure, et les paysans s'avançaient pour déloger les la Tour-Miracle et les forcer de se découvrir. Castillac et les siens n'attendaient que ce moment pour faire feu ; le prieur et le curé voyant leurs efforts inutiles se confondaient en cris et en lamentations, quand on entendit tout à coup des voix sévères et mâles qui criaient : « Arrêtez ! arrêtez ! ou vous êtes tous morts ! »

Et l'on vit à la porte du jardin une troupe de cavaliers, bien montés, bien armés. A leur tête était un seigneur de bonne mine, au teint basané, à l'œil fier et qui ne paraissait pas d'humeur à souffrir une contradiction.

—M. de Castillac n'eut pas plutôt envisagé ce nouveau venu qu'il pâlit extrêmement et releva le canon de son arquebuse. Ses acolytes en firent autant.

# CHAPITRE IV



Le chef des cavaliers qui venaient d'intervenir si à propos dans les affaires de messire
Aurèle-Agrippa et de son fils amoureux, était
un homme d'une quarantaine d'années pour
le moins, et avait une fort grande apparence.
Sa barbe noire et frisée, sa moustache troussée
suivant la mode du temps, ses yeux brillants,
fiers et hardis, son teint rudement basané,
montraient assez que ce n'était pas un compagnon habitué à passer son temps dans les
boudoirs ; d'un autre côté, ses sourcils épais et
froncés, sa lèvre serrée, son nez fin et recourbé
comme celui d'un oiseau de proie ne donnaient nullement envie de rire. Du reste, son
armure et son casque étaient richement damas-
quinés, et il portait au cou le collier de l'Ordre
du Roi ; c'était visiblement un seigneur d'importance.

Dans la suite de ce personnage, on distinguait quatre ou cinq gentilshommes. Le reste
se composait de soldats, de valets et de deux

gaillards à mine patibulaire dont l'aspect sembla produire un effet terrifiant sur les villageois, qui cherchèrent soudain à gagner au pied ; mais le chef des arrivants s'écria :

— Par la mort dieu ! aussi vrai que je m'appelle Montluc, je fais éventrer incontinent le premier qui bouge d'une semelle !

Messire Aurèle-Agrippa n'avait pas attendu cette exclamation caractéristique du vieux soldat pour s'avancer vers lui.

— Ah ! monsieur de Montluc, s'écria-t-il, permettez que je vous embrasse pour le service signalé que vous venez de me rendre ainsi qu'à mon fils. Sans vous, j'étais, je crois, méchamment occis par ces misérables !

— Monsieur, répondit le terrible capitaine gascon, soyez sûr que ce m'est une grande joie que d'être bon à un ancien et honorable ami. Depuis nos guerres d'Italie, je ne vous avais jamais oublié et je suis d'autant plus content d'avoir pu vous servir, que je vais précisément avoir besoin de votre assistance.

— Demandez, monsieur de Montluc, s'écria le seigneur de la Tour-Miracle ; eh ! n'est-ce pas entre nous à la vie et à la mort depuis le siège de Sienne dont il doit vous souvenir ?

— Morbleu, s'il m'en souvient ! répondit Montluc en souriant, mais ce n'est pas de cela qu'il s'agit ici. Capitaine Fleurdelys, dit-il en se tournant vers un des gentilshommes de sa suite, faites avancer M. de Castillac et ses domestiques et ses paysans et garrotter les derniers ; leur interrogatoire en sera plus facile, car ajouta-t-il en revenant à messire Aurèle-Agrippa, votre affaire, mon bon ami, n'est qu'une preuve de plus, j'imagine, des grandes calamités brassées sournoisement contre ce royaume de France.

Le seigneur de la Tour-Miracle écouta ces dernières paroles avec quelque étonnement, il avait de bonnes raisons pour croire que le danger qu'il avait couru ainsi que son fils s'expliquait assez sans qu'il fût besoin de recourir à de meilleures définitions que celle dont il avait connaissance, et il s'avouait de plus que si M. de Castillac avait pris les choses d'une manière un peu vive, on ne pouvait, en bonne conscience, le trouver très coupable.

Ce fut donc avec une extrême surprise qu'il vit tout à coup Montluc sauter en bas de son cheval, s'avancer comme un furieux au-devant de Castillac qu'amenaient deux soldats, et dire à ce pauvre homme, en le secouant rudement par le collet.

— Félon ! traître ! oses-tu bien paraître devant moi, après m'avoir amusé depuis quinze jours par tant de faux rapports ! Sais-tu bien, malheureux, que dans ma vie j'ai étranglé de mes propres mains plus de trente coquins qui valaient mieux que toi ?

M. de Castillac était pâle comme un linge, et tant que le terrible Montluc le secoua, il n'essaya pas de parler ; mais lorsque la main de fer du capitaine lui eût permis de reprendre quelque équilibre, il s'écria d'une voix lamentable :

— Je vous assure, monseigneur, que vous êtes dans l'erreur sur mon compte et que je ne pouvais pas prévoir ce qui arrive !

— Parle ouvertement, maudit, qu'on te comprenne, cria Montluc avec deux ou trois gros jurons, et ne crains pas de tout dire devant ces gentilshommes et même devant ces manants, puisque, aussi bien, le mal est fait ! Il faut que vous sachiez, monsieur de la Tour-Miracle, que les huguenots sont en pleine révolte ; que, partout, ils ont pris les armes, et que l'existence ou la liberté du roi, de la reine et de tous les seigneurs catholiques de ce royaume courent, en ce moment, les plus grands dangers. On veut nous massacrer tous, entendez-vous bien ? et il est de bonnes gens qui ont pensé d'abord, dans cet honnête projet, à votre pauvre serviteur. Mais ils sont fous, ceux qui s'imaginent me prendre endormi ! Voilà M. de Castillac qui m'écrit tous les jours, depuis un mois, qu'il surveille les gens de la religion et qu'il est sûr de leur innocence ; comment se fait-il donc que j'apprenne ce matin que Montauban est soulevé et que Lectoure est sur le point d'être livré par son gouverneur, Fontrailles !

Le baron, les deux ecclésiastiques furent confondus de cette terrible nouvelle; Jean, lui-même, en oublia pour un instant ses amours ; une guerre civile était chose de si grande conséquence, elle importait à tel point aux petits comme aux grands, qu'on ne pouvait en aucune façon se cuirasser d'indifférence. Pour M. de Castillac, il était plus pâle et plus troublé que jamais ; il regardait autour de lui, comme un homme qui se sent sur le point de faire ses adieux à la terre et il cherchait évidemment une justification. Le temps pressait, car M. de Montluc attendait et commençait visiblement à perdre patience.

M. de Castillac fit un effort et s'exprima ainsi :

— Monseigneur, je suis parfaitement innocent ; seulement, j'ai été trompé. Ces gens de la religion sont retors comme de beaux diables, et ils auront découvert sans doute que j'avais cet honneur d'être de vos plus fidèles amis. Aussi m'ont-ils su cacher leurs trames, que je n'ai pu connaître qu'hier au soir. Je fus désespéré, je vous le jure par tous les saints, quand je me vis ainsi dans la nasse, et d'autant plus, qu'ignorant le lieu de votre séjour (vous êtes d'humeur si voyageuse !) je ne pouvais songer à vous faire part immédiatement, comme il l'au-

rait fallu, de ce que je venais d'apprendre. Je
prévoyais bien qu'on saurait vous inspirer
d'injustes soupçons à mon égard. Maintenant,
je vous vois, et bien que vous sachiez les choses
à peu près, je suis certain de pouvoir vous instruire encore de plus d'un détail intéressant ;
alors vous ne suspecterez plus ni mon zèle ni
ma fidélité !

— Ouf ! dit Montluc, fais donc promptement ton rapport affreux bavard, car il me
tarde de savoir si je te pendrai ou ne te pendrai pas, et dans tout ce que tu viens de dire,
je parierais gros qu'il n'y a pas un mot de vrai.

— C'est ce dont vous pourrez juger à l'instant, répondit Castillac, en respirant comme
un homme soulagé. Envoyez seulement deux
de vos gens avec un des miens dans la cave
du château, et on vous ramènera quelqu'un
dont le témoignage sera tout puissant pour
établir ma véracité.

— Ainsi soit, répondit Montluc ; capitaine
Fleurdelys, allez dans la cave avec deux soldats, et ramenez-nous qui vous y trouverez.

L'anxiété des assistants était grande. Le
capitaine Fleurdelys, suivi de ses hommes et
précédé d'un domestique, entra dans le manoir.
Chacun gardait le silence en attendant leur
retour, mais avant qu'on ne les ait vu reparaître,
Magdelaine de Castillac sortit du château, et
d'un air timide mais cependant plein de fer-

meté, sans regarder ni son père, ni Jean, ni le seigneur de la Tour-Miracle, elle s'avança vers M. de Montluc, et lui ayant fait un salut respectueux, elle demanda la permission de lui soumettre quelques observations sur ce qui allait se passer.

M. de Montluc, à l'aspect d'une femme, avait froncé le sourcil. Il avait maugréé entre ses dents, mais lorsque Magdelaine fut près de lui, il s'inclina pour lui rendre son salut et lui dit :

— Parlez promptement, mademoiselle, car nous n'avons pas de temps à perdre.

— Monseigneur, répondit Magdelaine, je comprends moi-même, combien ma présence est ici déplacée. Pourtant une compassion que vous trouverez sans doute très légitime, et non seulement la compassion, mais l'amour de la justice me forcent à intercéder en faveur d'un malheureux...

M. de Montluc attendait la fin pour répondre, mais Castillac rougissant de colère, s'avança vers sa fille et la prenant par le bras.

— Rentrez chez vous, mademoiselle, lui dit-il, vous n'avez rien à voir dans les affaires des gens de guerre, et lorsque M. de Montluc, agit pour le service du roi, personne ne doit oser lui donner des conseils, et surtout une mijaurée comme vous.

Cette brusque apostrophe ne déconcerta

pas Magdelaine, mais se contentant de jeter sur son père un regard de reproche, elle continua en s'adressant à Montluc :

— Nous sommes peut-être au début d'une nouvelle guerre civile, monseigneur, et il serait digne des catholiques de donner l'exemple de la clémence.

— Il paraît décidément, dit Montluc, en se frottant les mains, que nous allons avoir quelqu'un à pendre.

— Monseigneur, continua Magdelaine sans se décourager, je suis bonne catholique, et je sais que ces révérends pères pourront vous dire comme moi, que le meurtre n'est pas agréable à Dieu.

— Sans doute, monseigneur, dit le curé en s'avançant à son tour, le Christ, notre sauveur, nous a appris la miséricorde, et il faut suivre toujours un si bel exemple.

Dans ce moment, le capitaine Fleurdelys, ses soldats et le domestique sortirent du manoir, entraînant après eux un prisonnier.

C'était un homme d'une trentaine d'années ; mais il y avait déjà des teintes grisonnantes dans ses cheveux bruns et abondants. Il avait les lèvres minces, l'air sombre, et était entièrement vêtu de noir.

— Ton nom ? dit rudement Montluc.

— Gaspard Lescout, de Montauban, répondit froidement le captif.

— Ta profession ?

— Ministre du saint Evangile.

— A merveille ; j'aime mieux prendre les trompettes et les drapeaux de l'ennemi que ses mousquets. Comment te trouves-tu ici ?

— C'est l'infâme Castillac qui m'a persuadé hier à notre conventicule de venir me cacher dans sa maison. Je devais prêcher ce matin devant un grand nombre de fidèles en armes.

— Eh bien ! tu prêches, comme je te l'ai promis, dit Castillac en riant.

Montluc ne trouva pas la plaisanterie mauvaise, et regarda plus favorablement le serviteur dont il avait douté.

— Monsieur de Castillac, dit-il, je suis un peu prompt à m'emporter et je vous en demande excuse. Où avez-vous saisi hier ce vilain masque ?

— Monseigneur, dans une réunion tenue à deux lieues d'ici, et où je suis sûr qu'il y a dans ce moment un bon nombre de huguenots réunis pour marcher sur Lectoure.

— Ah ! cornes du diable ! dit Montluc en tressautant sur son cheval. Il fait bon se dépêcher ! Combien sommes-nous ?

— Nous étions trente en arrivant, dit le capitaine Fleurdelys.

— Venez-vous avec nous, messire Aurèle-Agrippa ?

— Quelle demande ! répondit le vieux ba-

ron ; j'irai jusqu'au bout du monde pour combattre les ennemis du roi et de la foi, et surtout quand vous commandez. Mais si vous
voulez que nous passions par ma maison, je
prendrai mes armes, mon fils prendra les
siennes, et nous trouverons encore six bons
gaillards à cheval pour nous accompagner.

— C'est faire une demi-lieue de plus, dit
Castillac.

— N'importe, dit Montluc, d'ailleurs, vous,
notre ami ? Vous ne nous quittez pas ?

— Non, monseigneur, et j'emmène trois
domestiques à cheval.

— Loué Dieu ! s'écria le chef catholique,
nous voilà plus qu'il ne faut pour exterminer
tous les hérétiques et les malpensants du
royaume ! Et à propos, vous Castillac, et vous,
mon compère, vous étiez là à vous quereller.
J'espère que vous allez vous donner la main ?

— Ma foi, monsieur, dit le seigneur de la
Tour-Miracle au vieux Castillac qui s'avançait
avec un empressement marqué, je ne vous aime
point, je l'avoue ; mais comme je suis dans
mon tort à cause de mon fils Jean, et que les
affaires du roi doivent d'ailleurs passer avant
tout, je vous donne volontiers l'accolade à condition qu'il ne sera pas question de mariage
entre nos deux familles.

Jean tourna les yeux amoureusement vers
Magdelaine ; mais la jeune fille ne portait nulle

attention à ce qui se passait. Absorbée dans d'horribles pressentiments, elle contemplait le prédicateur huguenot, d'un air de profonde pitié, et des larmes coulaient sur ses joues pâles. Un moment, Jean se flatta de l'espérance que les yeux de la jeune dame allaient venir à lui, car elle regarda de son côté ; mais il vit bientôt qu'il se trompait. Magdelaine cherchait le regard du curé et, lorsqu'elle l'eut rencontré, elle parut solliciter vivement l'attention du vieux prêtre qui, sans affectation, se rapprocha d'elle et la conduisit vers le prieur, demeuré sur l'arrière-plan, pendant toute cette scène. Là, les deux ecclésiastiques et la compatissante jeune fille se parlèrent à voix basse et non sans vivacité.

Personne, du reste, ne prenait garde à eux.

— Allons, messieurs, dit Montluc, nous n'avons pas de temps à perdre. Capitaine Fleurdelys, faites détacher ces paysans. Allez mes bons amis, mes braves manants, je suis bien aise de n'avoir pas à vous châtier. Faites en sorte que nous n'ayons jamais ensemble que des rapports d'amis ! Conduisez-vous toujours en bons et loyaux sujets du roi ! Maintenant, partez, drôles ! vous n'avez que faire ici.

Les villageois n'attendirent pas un second commandement, et les moins diligents disparurent, en courant comme des daims, au milieu des bois.

— Hâtons-nous, hâtons-nous, messieurs, et mes enfants, continua Montluc, en s'adressant aux gentilshommes et aux soldats, faites approcher mes deux camarades.

Ceux que le capitaine appelait ses *deux camarades*, étaient les mêmes hommes dont nous avons remarqué les physionomies dignes du gibet, au commencement de ce chapitre. Nous ne nous sommes trompés que sur un point ; au lieu d'être destinés à la potence, au moins pour le moment, leur profession était d'y accrocher les autres.

Ces deux aimables personnages descendirent promptement de leurs chevaux et parurent devant Montluc, les manches retroussées et tenant chacun dans les mains un bon coutelas bien large et bien affilé et un paquet de cordes neuves.

Montluc se caressa le menton de l'air d'un gastronome qui va décider entre deux flacons de crus différents. Le coutelas le tentait ; cependant son goût, certainement inné, pour la corde, l'emporta encore cette fois.

— Messieurs, dit-il, rien n'est si agréable à l'œil qu'une belle pendaison. Prédicant, mon ami, je suppose que tu ferais des façons pour recevoir les conseils de ces vénérables prêtres. Il est donc presque inutile de t'en parler. Cependant je ne veux pas qu'il soit dit que je t'ai empêché de te convertir. Veux-tu te confesser ?

— Non, tyran, répondit le ministre d'un air farouche, et je te cite au tribunal d'en haut !

— Pauvre diable, répondit Montluc, je suis bon chrétien, et j'y ferai meilleure mine que toi. Allons, Jacquot, allons, Mitaine, liez-lui les mains derrière le dos et en besogne, voilà une belle branche de chêne ! elle semble faite exprès.

Les deux bourreaux s'approchèrent de leur victime qui les regarda d'un œil légèrement égaré, les lèvres blanches, mais aussi un sourire de dédain sur la bouche et la tête haute. Des témoins de cette scène, presque tous avaient déjà assisté à trop de scènes de ce genre pour en être bien troublés. Le capitaine Fleudelys rajustait son manteau sur ses épaules, sans penser autrement à ce qui allait advenir, et le seigneur de la Tour-Miracle, que tout cela ramenait aux jours de sa jeunesse, contemplait l'opération avec un intérêt visible. Jean était le seul avec Pierrot qui montrât quelque trouble; mais malgré la jeunesse de notre héros, on se tromperait fort si l'on supposait que sa sensibilité fût aussi ébranlée que le serait celle d'un homme de nos jours en pareille occurrence.

L'habitude lui manquait et voilà tout.

Jacquot monta dextrement sur l'arbre ; Mitaine passa le cordeau autour du cou de l'infortuné patient, et en jeta le bout à Jacquot.

Jacquot fit tourner le chanvre fatal autour de la branche. Mitaine tira ; Jacquot sauta sur les épaules du ministre ainsi suspendu ; le cou du malheureux craqua... et une violente convulsion des jambes annonça que l'opération était terminée.

— Bien fait, mes vilains, dit Montluc. Et vous messieurs et mes enfants, les éperons dans le ventre de vos montures ; je veux savoir dans deux heures si les huguenots tiennent devant les bons catholiques, et dans quatre si Lectoure est réellement pris.

Ayant ainsi parlé, il partit au galop avec toute sa troupe et ses nouvelles recrues.

Il ne resta que M<sup>lle</sup> Magdelaine, le prieur, le curé et le pendu.

# CHAPITRE V



On avait à peine cessé d'entendre le galop
des chevaux, que le curé, tirant de sa poche un
couteau à lame courte, releva sa robe, et aidé
par le prieur, se hissa sur l'arbre. Il coupa la
corde fatale ; le pendu tomba lourdement
sur l'herbe de la pelouse, et Magdelaine s'empressa d'apporter les médicaments que toute
maison bien fournie renfermait alors. Le
prieur, un peu chirurgien, un peu médecin et
très charitable, chercha, avec un zèle empressé,
s'il ne pourrait retrouver encore quelque étin-
celle de vie dans le malheureux qui gisait à ses
pieds ; mais, hélas ! jamais Jacquot, jamais
Mitaine n'avaient manqué leur coup : c'était
la justice que leur rendait constamment leur
redoutable maître ; et le pauvre ministre devait encore, malgré les efforts soutenus des
trois bonnes âmes, servir de preuve à l'habileté
des bourreaux de Montluc.

Tous les efforts devaient être inutiles, et lorsqu'il fut devenu impossible de le dissimuler, le curé s'en alla requérir les paysans, pour qu'ils eussent à creuser le dernier asile de Gaspard Lescout. Il fallut encore déployer beaucoup d'éloquence pour décider les manants à faire preuve de bonne volonté : l'œuvre méritoire qu'on leur demandait leur répugnait singulièrement, car ils craignaient de passer quelque jour pour huguenots, et d'avoir, en cette qualité, affaire à Jacquot et à Mitaine.

Enfin, malgré ces frayeurs, quelques écus distribués par M^lle de Castillac rendirent le courage aux plus hardis, et le prédicateur fut enterré chrétiennement. On prononça sur sa tombe les prières que l'Eglise accorde à ceux qui se sont séparés d'elle, et le jour était déjà avancé quand ces pieux devoirs furent menés à leur fin.

— Mes pères, dit alors Magdelaine aux deux ecclésiastiques, vous paraissez l'un et l'autre singulièrement fatigués. Permettez-moi de vous offrir la maison pour vous reposer ; j'ai donné l'ordre de préparer à la hâte un repas qui sera sans doute indigne de vous être offert, mais qui peut-être contribuera à vous rendre des forces, si vous daignez l'accepter.

— Merci, ma fille, dit le curé ; nous n'avons guère le temps de nous arrêter nulle part, le vénérable prieur et moi ; nos moines et nos

paroissiens doivent avoir conçu d'étranges
inquiétudes ; et dans l'embrasement subit qui
dévore le pays, ils craignent sans doute, en ce
moment, que nous ne soyons tombés aux mains
des huguenots, comme ce malheureux Gaspard Lescout est tombé au pouvoir des catholiques. Il faut donc que nous allions rassurer nos
ouailles. Cependant, avant que de vous quitter,
nous aurions bien quelques petites demandes à
vous faire.

En disant ces mots, le curé souriait avec bon-
homie, et le prieur, arrêté à quelques pas, de-
vinant la pensée de son ami, se rapprocha de
Magdelaine, un peu surprise, et ne sachant
où devaient aboutir les questions.

— Parlez, mon père, dit-elle enfin, je suis
toute prête à vous répondre. De quoi s'agit-il
et en quoi puis-je vous servir?

— Dites-nous franchement, ma fille, continua le curé, ce que vous pensez de l'affection
dont Jean de la Tour-Miracle paraît vous
poursuivre. Vous rougissez? Il ne faut pas
rougir, mais seulement nous parler avec sincé-
rité. Je vous connais depuis trop longtemps
et trop bien pour avoir supposé un seul instant,
de votre part, une seule démarche dont vous
ayez à concevoir du repentir. Mais qui sait
jusqu'où va la fragilité du cœur? N'avez-vous
pas écouté plus qu'il ne l'aurait fallu l'héritier
de messire Aurèle-Agrippa?

Magdelaine baissait la tête avec cette confusion modeste que de pareilles questions doivent toujours faire naître. Le bon curé, dans son innocence campagnarde, n'y entendait pas beaucoup malice, et il faillit presque s'impatienter en voyant que la réponse se faisait attendre.

Mais enfin M<sup>lle</sup> de Castillac se remit, et quoique parlant un peu bas, fit comprendre de tous points ce que l'on devait penser de l'amour que Jean avait conçu pour elle.

— Il y a quelques mois, mon père, dit-elle en s'adressant au curé, M. Jean de la Tour-Miracle vint ici avec un certain Pierrot, qui est son domestique, et qui a des affaires avec mon père.

— Comment, interrompit le prieur, un valet du baron de la Tour-Miracle peut-il entretenir des relations avec un homme qu'à tort ou à raison son maître considère comme un ennemi?

— Ce n'est pas à moi, répondit Magdelaine un peu fièrement, à scruter la conduite de M. de Castillac.

— Vous avez raison, mon enfant, repartit le curé ; cependant, je ne puis m'empêcher de partager la surprise et l'inquiétude du prieur. Ce Pierrot est un homme sur lequel il court d'assez mauvais bruits, et je crains bien qu'il n'ait entraîné l'inexpérience de Jean dans de tristes chemins.

Magdelaine regarda le prêtre avec une expression de doute et de chagrin. Il eut semblé à un observateur habile, que le désir d'approfondir cette question nouvelle l'emportait en ce moment sur la volonté de taire les méfaits paternels. Cependant, soit que la froide raison et le devoir plus froid encore l'aient emporté sur un sentiment assez tendre, soit que Magdelaine fût honteuse elle-même de ce qu'elle avait pensé, elle ne dit point ce qui était sur ses lèvres et se contenta de calmer, autant qu'elle devait le faire, les soupçons du curé.

— Ce que je sais, continua-t-elle, c'est que M. Jean, en venant ici, n'y apportait aucune espèce de projet. C'était le plus souvent au retour de chasse, et tandis que Pierrot s'entretenait avec mon père ; il se reposait sur le banc devant la maison, caressant ses chiens et plaisantant avec ceux qui se trouvaient là ; car M. Jean est fort aimé de tous les paysans, envers lesquels il se montre très bon et très affable.

— Je sais cela, mon enfant ; mais enfin, ces jeux avec les paysans ne vous regardaient pas, et je ne conçois point encore d'où l'amour est venu.

— M. Jean, continua humblement Magdelaine, a bientôt cessé de s'occuper de ses chiens et de ses valets ; il n'a plus parlé qu'à moi, il ne venait plus ici sans m'apporter mille

choses curieuses ; souvent même, j'ai appris...
par hasard, qu'il passait la soirée à rôder autour du manoir, et enfin, il m'a avoué un jour
qu'il m'aimait.

— Et qu'avez-vous répondu, ma chère fille ?
Soyez ici plus sincère encore que dans tout le
reste, si cela est possible ; car, voyez, c'est le
point important. Je vous ai toujours connue si
pure, si noble de cœur, que je ne douterai pas
un instant de ce que vous m'avouerez.

Magdelaine hésita un peu, mais elle reprit
bientôt d'une voix ferme :

— Je savais ce que je devais faire. La déclaration subite que je recevais me troubla d'abord.
Je ne m'y attendais pas, je ne croyais point que
cela dût jamais venir ; peut-être aussi dans
cette ignorance où j'étais des sentiments de
celui qui me parlait, avais-je pris trop de plaisir ; je vous parle ici comme à mon confesseur,
mon père, et je ne redoute pas non plus la présence du vénérable prieur.

— Continuez, ma fille, dit ce dernier, il n'est
rien jusqu'ici dans vos discours qui ne vous
rende plus chère à vos vieux amis.

— Eh bien ! Je m'étais sans doute trop com-
plue à voir ce jeune homme. Il me dit enfin
beaucoup de choses que j'ai oubliées. Je sais
quelle est ma position, quel triste avenir m'est
réservé. Depuis deux ans, je ne songe plus au
monde, car je ne pourrais plus y paraître

qu'avec la rougeur sur le front. Aussi ne pou-
vais-je hésiter dans la réponse que demandait
M. de la Tour-Miracle. Je lui ai dit que je ne
l'aimais pas.

Magdelaine, en prononçant ces mots, en
rappelant ce souvenir trop récent encore,
sentit son cœur se serrer et sa force faiblir.
Pourtant, elle se raidit contre elle-même, et,
au dehors, on ne put s'apercevoir de son émotion qu'à une certaine pâleur qui envahit son
visage.

— Cette réponse, dit le curé, était aussi posi-
tive qu'on la pouvait jamais faire et notre
étourdi s'en est sans doute mal accommodé.
Que vous a-t-il dit? Il a sans doute essayé
d'ébranler votre résolution?

— Il a dit beaucoup de folies que je ne me
rappelle pas, continua Magdelaine avec un
sourire mélancolique ; il m'a juré qu'il saurait me forcer à l'aimer et il m'a quittée en
m'annonçant son prochain retour. Comme je
ne lui ai pas déclaré, ce qui est trop connu d'ailleurs, mais ce que lui ignore, les motifs de ma
conduite, je crains qu'il n'exécute une des menaces qu'il m'a faites, de me demander à mon
père. S'il fait cette faute, ce me sera un chagrin
de plus ; il n'y aura plus de repos dans cette
maison et M. de Castillac ne manquera pas de
se mettre en guerre avec le seigneur de la
Tour-Miracle pour arracher son consente-

ment. Heureusement, M. Jean ne m'a pas dit encore qu'il eût rien fait de ce côté.

— M. Jean est le plus grand fou qui existe, répondit le curé ; du reste, ma fille, il ne vous tourmentera plus ; d'ici à bien longtemps du moins, car il part aujourd'hui, et les voyages le distrairont, sans doute, de ses pensées actuelles.

— M. de Montluc voudra peut-être le retenir dans le pays, dit Magdelaine presque sans y penser.

— Espérons qu'il ne le fera pas ; mais adieu mon enfant. Je suis heureux de vous laisser aussi sage, aussi digne de vous que je vous ai toujours vue. Ne vous tourmentez pas ; n'ayez aucune inquiétude sur votre avenir. Au point où monsieur votre père en est venu, et par les malheureux temps qui se préparent, vous ne pouvez rester ici. Le prieur et moi nous allons songer à vous ; avant peu nous nous reverrons, et sans doute vous serez contente de ce que nous aurons à vous annoncer.

La conversation se termina ainsi.

M<sup>lle</sup> de Castillac se mit à genoux et reçut la bénédiction de ses pieux amis. Puis bientôt elle se trouva seule.

Elle monta dans sa chambre, y resta pensive un instant devant le désordre qui y régnait. Un sourire triste vint se jouer entre ses lèvres, tandis que deux larmes descendaient lentement le long de ses joues. Un des pistolets de

Jean gisait sur le plancher ; elle le ramassa, le considéra pendant quelques secondes, et le serra précieusement ; puis, comme honteuse de ce qu'elle venait de faire, elle se mit tout à coup à ranger les meubles épars, avec une grande activité, et en chantant un air de danse.

Les demoiselles de ce temps-là ne ressemblaient pas de tous points à celles de celui-ci. (Je ne prétends dire du mal de personne !) Elles n'étaient pas de nature si frêle et n'attendaient pas toujours leurs femmes de chambre pour se tirer d'affaire. Les vertus du ménage étaient indispensables même aux plus grandes dames, et Magdelaine qui, après tout, n'était fille que d'un gentilhomme de campagne, excellait dans tous les soins domestiques. Aussi la tâche qu'elle s'était imposée fut-elle bientôt accomplie. Tout se trouva en place en moins de rien ; le forgeron du village vint rétablir la porte que M. de Castillac avait fait enfoncer et quand la nuit tomba, rien n'indiquait que le manoir et le jardin eussent vu dans la matinée les événements tragiques qui ont été racontés, eussent vu un siège en miniature, un combat et la pendaison d'un homme. Magdelaine, retrouvant sa solitude habituelle, alla s'asseoir dans l'embrasure d'une fenêtre, et sans doute la rêverie, une rêverie dangereuse ou désolante, allait encore l'envahir, mais elle la repoussa en prenant son missel. Elle se mit à lire et à prier avec ferveur.

Cependant, à deux lieues de là, ainsi que Castillac en avait informé M. de Montluc, dans une espèce de plaine entourée de toutes parts par des vignes et des bois, une troupe de protestants étaient, dans la matinée, réunis en cercle, tenant leurs chevaux par la bride, et assis ou demi-couchés par terre. La plupart, gentilshommes et bourgeois, étaient revêtus d'armures complètes et chaussés de grandes bottes de buffle ; plusieurs avaient le casque en tête, d'autres ne portaient qu'un chapeau de feutre orné de plumes ; les soldats tenaient en main de longues lances ou des arquebuses ; un plastron de fer leur couvrait la poitrine. Tous ces gens écoutaient avec recueillement la parole d'un ministre, armé comme eux de pied en cap, et qui, la Bible ouverte à la main, leur prêchait son texte avec énergie.

— Mes frères, s'écriait le prédicant, vous êtes semblables à Gédéon et à ses soldats. Gédéon, c'est M. de Veninac. Montrez-vous, bons guerriers, et ne ménagez pas vos tyrans ! Vous savez bien comme les Hébreux ont exterminé les Ammonites, et les Moabites, et les Ammalécites ! Prenez garde qu'à votre tour, il ne vous échappe un seul de vos ennemis, car celui-là suffirait pour créer une nouvelle engeance de persécuteurs, comme un seul brin de chiendent suffit à couvrir toute une plaine

et à y étouffer les bonnes semences. Je vous
ordonne surtout, mes frères, de ne faire aucun
quartier à cette noblesse babylonienne ! Savez-vous comment elle fait la pourpre de ses
manteaux ? c'est avec le sang des saints !
Puisque les Médicis, les Guise et toute leur
séquelle ne veulent pas exécuter les édits, et
continuent leurs trames, la dernière heure a
sonné pour eux ! Je vous annonce que l'ange
du Seigneur m'est apparu ; il avait dans la
main droite une pertuisane, et dans la main
gauche une trompette ! Il m'a dit : Lève-toi,
Théophile Oudart, et marche avec mes élus,
car je vous ai donné tout le royaume de France !

Cette harangue tombait toute brûlante dans
les oreilles et sur les cœurs de l'auditoire,
composé d'ailleurs de gens échauffés de reste.
Toute la bande qui était là réunie, était un de
ces rassemblements, comme il s'en fit alors sur
tous les points du royaume, rassemblement
qui, pour sa part, devait se réunir à d'autres
de même espèce, formés dans les autres parties du pays, et qui avait pour but de marcher
sur Lectoure, dont la trahison du gouverneur
promettait de livrer l'entrée.

Lorsque le prédicateur eut fini son sermon,
M. de Veninac, gros soldat joufflu qui avait
été comparé à Gédéon, frappa du pied avec un
juron assez peu hébraïque, déclara que le moment de partir était arrivé.

— Si M. de Fontrailles nous a tenu parole, s'écria-t-il, rien ne doit nous empêcher de nous mettre en route, car nous allons entrer dans Lectoure comme on entre dans son lit. Soyez tranquille, monsieur le ministre, tous les catholiques auront bientôt leur compte ; c'est moi, Barnabé de Veninac, qui vous en donne ma parole, et depuis les consuls de la ville jusqu'au dernier petit enfant, il n'en échappera pas un pour prohiber les prêches ou tourmenter jamais les honnêtes gens.

Un murmure approbateur couvrit cette belle promesse, et chaque cavalier protestant se mit en mesure de monter à cheval. Chacun arrangeait sa bride ou resserrait les sangles de la selle, quand un soldat qu'on avait mis en faction accourut en criant : Voici les Romains, alerte! Ils accourent au galop comme des furieux !

— Tant mieux, dit Veninac, en enfourchant sa bête et en lui faisant faire une volte rapide, nous allons les envoyer à Satan, leur grand-père !

La troupe fut bientôt formée. Tout le monde était à cheval, le ministre comme les autres. Ces soldats huguenots étaient bons guerriers, ayant servi déjà ailleurs, et sachant de point en point ce que c'est que combat, escarmouche, mêlée ou bataille. Cependant, quand ils virent apparaître la troupe catholique,

du reste un peu moins nombreuse que la leur,
il y eut dans leurs rangs un mouvement d'inquiétude bien marquée.

— Capitaine, dit un des gentilshommes,
cette rencontre-ci ne sera point plaisante, je
crois ; car à moins qué je n'y voie goutte, c'est
Montluc lui-même qui galope en tête de ces
malandrins.

— Hum, dit Veninac, je le crois comme vous
mais puisque Montluc n'a pas peur, je ne vois
pas pourquoi nous serions plus effrayés que lui.

Le capitaine Barnabé de Veninac parlait
ici du fond du cœur ; c'était un vieux brave,
peu fanatique, car ainsi qu'il le disait lui-
même, il n'était pas très versé dans la théolo-
gie, mais grand pillard et bon serviteur de la
reine de Navarre.

— Allons, dit-il, mes amis, n'attendons pas
le choc de Montluc et courons au-devant de
lui. L'attaquant est toujours le vainqueur.

Les huguenots s'ébranlèrent, mirent leurs
lances en arrêt ou se préparèrent à faire feu de
leurs arquebuses.

Mais les catholiques leur épargnèrent une
bonne moitié du chemin. Jean, couvert d'une
belle armure qui avait appartenu à son père,
cavalcadait tout plein de joie à côté du capitaine Fleurdelys et prêtait grande attention aux
bons conseils que le vieux cavalier lui donnait
par phrases courtes, tout en galopant.

— Allons, jeune homme ! ne courez pas trop vite, vous arriverez, soyez-en sûr ! assurez bien votre lance ! Prenez-la à bonne hauteur ! soutenez votre cheval ! Ah ! cent mille diables ! ne vous emportez pas !

Jean avait tout un monde d'agitation dans la tête et dans le cœur ; quel est le héros qui a pu aborder sans hésitations sa première bataille? On n'en saurait guère nommer. Jean pensait que tous les chevaliers des temps anciens, et tous ses ancêtres, avaient les yeux fixés sur lui du haut du ciel, au moment où il allait faire un grand exploit, comme il n'en doutait pas. Il accourait donc tout fier et tout ému au milieu de sa brigade ; l'image de Magdelaine voltigeait aussi dans sa tête, on le peut croire.

Les deux troupes se rencontrèrent bravement. La mousqueterie fit peu de mal dans les rangs des catholiques ; mais plusieurs protestants tombèrent en bas de leurs chevaux. Montluc criait : En avant ! en avant ! et chaque cri, chaque imprécation que poussait ce vaillant chef était accompagné de grands coups d'épée distribués à tort et à travers avec une vigueur et une valeur sans pareilles. Le capitaine Fleurdelys et les autres ne s'épargnaient pas non plus.

Au bout de quelques minutes, il n'était personne qui ne vît son sang couler. Bras cassés, têtes rompues, la fête était complète car des deux côtés le courage et la ténacité se montraient égaux. Enfin Veninac comprit que la résistance était inutile et que, malgré la supériorité du nombre, ses gens devaient céder à la fortune de Montluc. Le brave protestant avait une réputation bien établie d'énergie et de valeur ; il ne se piqua point ici d'un enfantillage et désireux de conserver ses forces pour une meilleure occasion, il donna l'ordre de la retraite, et soutint à lui seul l'effort des assaillants. Jean s'élança sur lui au moment où il faisait volte-face pour rejoindre son monde ; mais ce trait d'audace ne réussit point. D'un revers de lame vigoureusement appliqué sur le casque du jeune homme, le capitaine Veninac jeta son adversaire sur l'herbe, et partit à fond de train en faisant la nique à Montluc.

— Voilà un brave petit bonhomme, dit le capitaine catholique en passant à côté de Jean qu'un soldat remettait sur ses pieds. Messire de la Tour-Miracle, votre fils vous a fait honneur aujourd'hui !

# CHAPITRE VI



### Jean a le tort de se laisser trop emporter par son courage, ce qui le met dans l'embarras.

Oh ! qu'un premier combat est chose émouvante et charmante pour un jeune esprit ! Comme toutes les forces de l'âme se réunissent pour savourer l'ivresse du danger et l'orgueil de la victoire ! Comme le cœur est plein de ce premier succès qui vous égale aux dieux, et comme un courage de vingt ans est fier en de pareilles rencontres de l'immortalité de la gloire ! On oublie aisément alors que le plus obscur soldat n'a pas moins d'intrépidité que vous, et que vous-même, témoin de sa valeur, vous n'y prenez pas garde ! Combien l'on ignore qu'avant et après Agamemnon, des braves ont vécu par milliers dans la victoire ; la défaite ou la mort demeure pour tout le monde et pour vous-même un mystère méprisé !

C'est une folie, sans doute, que cette ivresse et cette vanité. Mais cette ivresse est excusable entre toutes, et cette vanité est la plus honorable qui soit; sans elle, il y aurait peu de grandes actions et l'humanité ne verrait point de ces dévouements qui la servent en faisant braver la mort.

Du reste, Jean ne put avoir en conscience l'occasion de faire les réflexions quelque peu moroses qui sont inscrites ici. Le maréchal de Montluc était content de lui, et messire Aurèle Agrippa, tout en conservant les façons hautaines et cérémonieuses qu'un père ne doit perdre que le plus rarement possible, lui témoigna assez par son sourire qu'il partageait l'avis du général. On s'était mis sans hésiter à la poursuite des protestants. C'était le système de Montluc que de toujours frapper de terreur ses ennemis et de les mettre hors d'état de se rallier. Du reste, comme les fuyards prenaient la direction de Lectoure, la troupe catholique ne faisait en quelque sorte que garder son chemin en galopant sur leurs traces.

Jean, suivi de son fidèle Pierrot, pourchassait les vaincus avec non moins d'énergie que ses autres compagnons, mais aussi avec plus d'étourderie ; car bientôt entraîné sur les pas d'un cavalier qui semblait n'être pas mieux monté que lui, et qui avait peu d'avance, il oublia complètement de se tenir à portée des siens, et bientôt il se trouva engagé, à la suite du fugitif, dans un réseau de chemins creux, dont

il aurait eu quelque peine à retrouver l'issue.
Mais il n'y songeait pas même. Le retentisse-
ment des sabots du cheval qu'il poursuivait se
faisait entendre à quelque vingt pas devant
lui, et sûr d'atteindre le soldat, il tenait obstinément ses éperons dans le ventre de sa monture, décidé à ne pas rejoindre les siens avant
d'avoir mis le sceau à sa gloire par la capture
d'un prisonnier.

Enfin, arrivé à un petit carrefour, dans un
bois taillis, le cavalier protestant fit volte-face,
revint au pas au-devant de Jean, et lui tirant
très poliment son chapeau, lui dit avec beaucoup de grâce :

— Mon cher monsieur, je vous remercie
infiniment de la bonne volonté avec laquelle
vous m'avez suivi ; vous êtes mon prisonnier !

Jean trouva la plaisanterie détestable et
allongea au railleur un effroyable coup d'épée ;
mais, d'un revers, le protestant fit sauter l'arme
de la main de l'enthousiaste guerrier, et reprit :

— Vous n'êtes pas encore assuré contre
toutes les parades, mon jeune coq ; mais voyez,
la résistance serait ici inutile, et n'avez plus
qu'à vous rendre.

Jean, stupéfait, entendit aussitôt des cris
lamentables poussés derrière lui, et il vit
Pierrot jeté à bas de son cheval, désarmé et
entouré de soldats qui lui semblèrent n'atten-

dre qu'un ordre pour mettre la dague dans la gorge à ce pauvre serviteur.

— De qui ai-je l'honneur d'être prisonnier? dit Jean en baissant la tête avec désespoir.

— Du capitaine César de Bourbet, monsieur, répondit le gentilhomme, et je suis persuadé que vous ne serez pas mécontent de moi si seulement vous voulez me donner votre parole de ne pas chercher à fuir.

— Je m'en garderai bien, répondit l'héritier de la Tour-Miracle ; vos gens viennent d'être battus par M. de Montluc, et je ne doute pas qu'avant une heure ou deux je ne trouve une occasion de reprendre ma liberté.

Le capitaine s'approcha de lui et baissa la voix :

— Tenez, monsieur de la Tour-Miracle, lui dit-il, car je vous reconnais à votre ressemblance avec votre brave homme de père, si l'un de nos ministres était ici, il eût répondu à votre bravade inconsidérée en vous faisant mettre quelques balles dans la tête ; mais moi, je ne suis pas grand clerc, et il me souvient seulement d'avoir servi dans la compagnie d'hommes d'armes du bonhomme votre père. Ainsi, tenez-vous coi et soyez sûr que vous ne vous échapperez pas. Vos catholiques ont marché sur Lectoure; mon avis est qu'ils prendront la ville avant que Fontrailles ait pu nous la donner ; ainsi donc, je n'irai point m'y faire

mordre. Je pars tout bonnement pour Orléans, où je rejoindrai M. l'amiral et M. le
prince de Condé, qui m'avaient envoyé ici
pour suivre un peu les débuts de l'affaire.
Voyez donc ce qu'il vous convient de résoudre.
Si vous cherchez à m'échapper, je ne vous pro-
tégerai plus, et il serait dur, à votre âge, d'aller
voir si tôt qui, des catholiques ou des huguenots peut avoir raison.

Jean était entêté et ne pouvait digérer sa
défaite ; il ne répondit donc que par un geste
de mauvaise humeur et, sur l'ordre du capitaine Bourbet, deux soldats s'avancèrent, atta-
chèrent les bras du prisonnier récalcitrant, et
avec deux cordes lièrent la bride de son cheval à leurs propres brides, ensuite ils bandè-
rent les yeux de Jean.

Quand cette opération fut terminée, le
capitaine commanda de se mettre en marche
sans nul retard et Jean remarqua que ses gardiens se dirigeaient, autant qu'il pouvait en
juger, vers le Nord.

La nouvelle troupe protestante dans laquelle
Jean était tombé si mal à propos, ne ressemblait en rien à un rassemblement d'insurgés.
Elle était peu nombreuse, mais bien montée,
bien armée et bien militaire. Elle se composait
uniquement de soldats allemands, qu'on appelait reîtres, et elle ne comptait pas un seul
fantassin. Aussi marchait-elle avec beaucoup

de diligence, et on ne s'arrêta qu'une fois pour laisser reposer les chevaux et prendre quelque nourriture.

Le capitaine Bourbet s'approcha de Jean à cette halte et lui offrit en riant de boire un coup et de manger un morceau.

— Si vous n'étiez pas si obstiné, lui dit-il, je vous ferais ôter votre bandeau et délier les bras et les mains. Mais vous devez comprendre, mon bon ami, qu'apportant à monsieur l'amiral la nouvelle d'une petite défaite, il faut au moins que je lui amène le prisonnier d'importance que vous avez eu la bonté de me laisser faire. Je ne saurais donc trop m'assurer de vous.

Jean ne répondit pas à cette raillerie et l'on se remit en route, dans le même silence qu'auparavant.

Inutile de dire que notre héros faisait les plus tristes réflexions et maudissait de bon cœur son étourderie. Mais à quoi lui servaient les regrets ? Il essaya d'organiser à la hâte un plan d'évasion. Mais il put se convaincre de l'inutilité de ses tentatives ; ses gardiens étaient au moins aussi fins que lui ; car un simple mouvement qu'il essaya comme pour secouer les cordes qui liaient ses mains, lui attira de son gardien de gauche, un : « *Der Teufel !* ne pouchez pas, mon chentilhôme, ou che fous casse les reins ! »

Les paroles n'étaient pas aimables, la voix enrouée et brutale qui les prononçait l'était encore moins. Force était donc de se résoudre à supporter son sort avec constance et à attendre pour s'enfuir une meilleure occasion. D'ailleurs, Jean ne savait pas ce qu'était devenu Pierrot. Pendant la halte, il avait toussé avec affectation pour l'avertir; mais Pierrot n'avait pas répondu à l'appel. Le bon serviteur était-il mort, ou bien l'avait-on emmené d'un autre côté? C'est ce que le captif ne put apprendre en ce moment. Il se désola.

D'ailleurs, il se sentit bientôt fatigué, et rien n'abat le courage dans un jeune cœur comme la lassitude physique.

Une certaine fraîcheur qui commençait à remplir ces lieux boisés, donnait un malaise inconnu à son corps enfiévré par l'anxiété. La nuit était venue, sans doute, ou allait venir, et le prisonnier se demandait, non sans inquiétude, si l'on prétendait le faire voyager ainsi jusque et passé la matinée prochaine, sans prendre aucun repos.

Il avait déjà repassé dans sa tête toutes ces réflexions peu réjouissantes, et à force de fatigue, il commençait à sommeiller sur son cheval, quand tout à coup ledit cheval s'arrêta, et il n'entendit plus autour de lui que le piaffement de quelques montures et les chuchotements des soldats.

Un instant après, le bruit des éperons lui fit connaître que quelque cavalier avait mis pied à terre, et puis il entendit frapper à une porte et cette porte s'ouvrir et un colloque s'engager à voix basse. Ces préliminaires durèrent bien un gros quart d'heure. Enfin il entendit parfaitement l'ordre de mettre pied à terre, et aussitôt il fut enlevé de selle et conduit dans la maison, toujours garotté. On le mena dans un cabinet assez petit et vide de meubles, autant qu'il en pouvait juger par la sonorité du lieu ; on le fit asseoir sur une chaise, et là, au lieu de détacher ses mains, on lui attacha encore les pieds et on le laissa. La clef tourna dans la serrure en marquant deux bons tours.

— Diable ! pensa Jean, il paraît que je ne m'enfuirai pas encore de ce soir.

Une bonne heure se passa ainsi, et il s'endormit tout de bon ; malgré l'incommodité de sa situation, il rêva qu'il s'enfuyait et qu'il épousait Magdelaine. C'est le signe d'une âme ferme que de faire de bons rêves dans l'adversité. Il en était à se voir au pied de l'autel et à échanger son anneau contre celui de sa bienaimée, quand une voix rude, mais bienveillante, celle du capitaine Bourbet, lui dit, non plus dans le rêve, mais bien dans la réalité.

— Allons, monsieur, voilà qu'on vous détache, venez souper !

— Mon cher capitaine, répondit Jean mis

en meilleure humeur par sa vision, ce n'est pas de refus, et afin que vous me laissiez reposer à l'aise, je vous promets, si le souper est bon ainsi que le lit, de vous tenir compagnie jusqu'à demain matin.

— Voilà parler, répondit César de Bourbet, qu'on ôte le bandeau de Monsieur.

Le bandeau tomba à l'instant, et Jean se trouva en présence, outre cinq à six soldats et le capitaine, d'un jeune homme dont l'air assez froid et sévère ne lui plut pas précisément et d'une jeune dame qui ne lui inspira pas un jugement pareil tant s'en faut. Malgré son amour pour Magdelaine et sa fidélité incomparable, il ne put s'empêcher de se dire à lui-même à la première vue : « Voilà une jeune personne admirablement belle ! »

C'était, en effet, une ravissante créature. Elle était assez grande et bien prise dans sa taille, qui était fine et souple à ravir ; elle avait de très petits pieds, des mains blanches comme neige et ressemblant à deux bijoux ; un front pas très haut, mais arqué et couleur de l'ivoire que le temps n'a pas doré encore. Ses cheveux étaient noirs, épais et ondés ; son nez était romain ; sa bouche, entr'ouverte, montrait des perles gentiment entourées de corail ; et ses yeux ! pour ses yeux, toute description est impuissante ! Ils étaient pareils à ces miroirs que les oiseleurs font vibrer devant les oiseaux surpris et pris ; et pour rehausser encore tant de perfection, une vivacité, une grâce de gestes sans égale, et une expression de bonne humeur charmante qui teignait de rose tout ce visage.

Jean de la Tour-Miracle, il faut l'avouer encore, fut d'abord charmé ; mais ensuite il fut un peu ébloui. Il regarda plus que longtemps l'apparition divine qui venait le dédommager du monde des ténèbres où il avait vécu toute la journée ; et bientôt le jeune homme noir mit fin à sa contemplation en lui disant d'un ton d'impatience et de hauteur :

— Je suis fâché, Monsieur, de devenir votre hôte malgré vous ; cependant, soyez assuré que ma maison vous appartient en tant que le permet mon dévouement à notre sainte cause protestante. Si vous voulez me faire l'honneur de prendre place à ma table, je vous préviens que le souper est servi.

— Monsieur, répondit Jean médiocrement touché de ce ton d'arrogance, je n'ai point, je suppose, d'excuses à vous faire pour m'impatroniser chez vous sans invitation. Je mangerai sans scrupule, soyez-en sûr, le souper que je ne dois pas à votre bienveillance ; et ce que nous pouvons faire de plus sage, c'est de rester bons amis sans nous piquer par des airs ou des mots mal placés.

Le maître de la maison se mordit les lèvres et ne répliqua rien.

Le capitaine Bourbet avait déjà offert la main à la jeune dame, et l'on passa du cabinet dans une grande salle où était dressée une table avec quatre couverts. Deux vieux valets, à la mine non moins rébarbative que leur maître, servaient les hommes, et une jolie servante, en costume du Béarn, était debout derrière un fauteuil de velours vert sur lequel vint s'asseoir la jeune dame. A la droite de cette belle se plaça le capitaine, à sa gauche le prisonnier, et devant elle le jeune homme vêtu de noir, que Jean comprit bientôt, être son frère.

— Madame et monsieur, dit joyeusement le capitaine Bourbet en se versant à boire, vous ne serez pas étonnés si M. de la Tour-Miracle et moi faisons d'abord peu d'honneur à la conversation. Vous savez nos diverses aventures. Lui vainqueur et prisonnier ; moi vaincu, et pourtant... Mais voilà le front de mon captif qui se rembrunit. Je m'arrête ; qu'il suffise de dire qu'après avoir vu et fait tant de choses incohérentes en un seul jour, on a au moins tous les droits possibles à avoir grand faim.

Jean s'était mis sans honte en besogne, et le capitaine rivalisa bientôt de zèle avec lui ; il y avait cependant quelque différence dans la manière dont ils procédaient l'un et l'autre ; car tandis que l'attention de César de Bourbet se partageait uniquement entre un pâté de perdreaux et la bouteille, Jean, courtisan très empressé d'un énorme gigot et d'un flacon de vin d'Espagne, trouvait moyen de préluder, par quelques paroles avenantes, à la conversation qu'il méditait d'entamer avec la jeune dame, lorsque les réclamations de son estomac seraient devenues moins vives.

Vis-à-vis d'une femme à qui l'on voudrait plaire, la meilleure de toutes les situations est certainement celle d'un prisonnier. Le malheur, une position romanesque, tiennent lieu d'esprit, et au lieu que dans la vie ordinaire on est toujours contraint de préluder pour se rendre intéressant, tâche souvent fort difficile, l'intérêt pour un captif est d'avance tout fait, puissant, vif, attachant, et n'y aurait-il que de la curiosité dans l'âme d'une cruelle, encore faudrait-il que cette curiosité fût toute à vous. Aussi, les prisonniers qui se sont trouvés en présence des dames ont-ils eu généralement occasion de bénir leurs fers, souvent de les voir tomber, quelquefois même de les regretter.

Jean, tout jeune qu'il était, comprit d'instinct cette vérité, et trouva la conversation facile. Tandis que Bourbet soupait comme un loup, et riait, et plaisantait, avec la bonne humeur de l'homme qui a fait une excellente prise, le jeune homme vêtu de noir paraissait plongé dans de profondes méditations ; pour la jeune dame, elle était déjà fort à son aise avec Jean. Le costume de la camériste amena quel-

ques observations de la part du galant prisonnier sur les usages du Béarn, et son interlocu-
trice s'en montra assez instruite pour qu'il pût
supposer qu'elle faisait partie de la suite de la
reine Jeanne d'Albret. Il aurait bien voulu
faire quelques questions à ce sujet et sur d'autres points encore, mais il sentait que le terrain
n'était pas sûr ; d'ailleurs la belle personne, les
yeux sur son frère, avec une expression de
crainte, conduisait l'entretien et ne laissait pas
à Jean une seule occasion d'être indiscret.

On parlait donc des modes nouvelles, et de
la meilleure façon de porter la barette ou la
fraise, et des vers des poètes à la mode.

La dame vantait beaucoup Ronsard ; Jean
ne détestait pas du Bartas ; tous deux, ils
s'accordaient pour louer du Bellay ; enfin, ils
étaient en très bonne intelligence, et la Tour-
Miracle osa risquer un éloge détaillé des perfections de sa voisine, sujet délicat que les
mœurs du temps permettaient de traiter. Jean
était trop franc garçon pour n'avoir pas naturellement quelque chose de la galanterie
espagnole ; il s'en servait donc et la conversation allait au mieux, à la satisfaction des deux
interlocuteurs et du capitaine Bourbet qui n'y
voyait point de mal, quand un soldat entra
et vint parler à l'oreille de son chef. Celui-ci
s'écria :

— Fais entrer ce paysan ! Ai-je donc des

secrets pour M. de la Tour-Miracle? Il ne sera de longtemps en état de faire des rapports au vieux Montluc ! Amène-nous donc ton homme.

On fit entrer aussitôt une espèce de manant couvert de sueur et de poussière. Le drôle tira son bonnet et dit au jeune homme vêtu de noir :

— Les catholiques ont pris, ce matin, notre bon ministre, maître Gaspard Lescout, et ils l'ont pendu à un arbre. Ils étaient commandés par monseigneur de Montluc, le capitaine Fleurdelys et le seigneur de la Tour-Miracle.

Le jeune homme vêtu de noir poussa un cri effroyable, et se leva avec fureur en repoussant sa chaise et en serrant les poings.

La jeune dame se couvrit le visage des deux mains en s'écriant : « Quelle horreur ! »

Le capitaine Bourbet resta assis, les yeux fixés sur son hôte, et Jean, ne sachant ce qui allait arriver, se trouva tout interdit.

Il était évident que les paroles du villageois avaient produit sur les assistants une impression plus forte que ne l'eût fait la nouvelle d'une des rigueurs si communes dans ce temps, et dont abusaient les deux partis.

Le jeune homme vêtu de noir s'avança vers Jean, en le regardant d'une façon terrible. Il sembla quelques instants faire de vains efforts pour tirer des sons de sa gorge, enfin il s'écria d'une voix étranglée :

— Malheureux ! tu es au pouvoir du frère de Gaspard Lescout !

— C'est possible, répondit le capitaine Bourbet en se levant à son tour ; mais il est mon prisonnier, et vous ne toucherez pas à un cheveu de sa tête !

# CHAPITRE VII




Pierre Lescout ne parut pas avoir la moindre envie de reculer devant la déclaration du capitaine.

— Monsieur, lui dit-il, je vous crois trop honnête pour me disputer une juste vengeance. L'homme que voici est l'assassin de mon pauvre frère, et puisque j'ai le bonheur de l'avoir entre mes mains, ce serait une méchanceté noire que de me l'enlever.

Jean ne crut pas devoir rester plus longtemps témoin passif de cette scène assez intéressante pour lui. Il jeta les yeux sur la jeune dame, qui le regardait d'un air beaucoup moins farouche que Pierre Lescout, et puisant quelque espoir dans cette demi-bienveillance, il s'écria :

— Prenez garde, monsieur, d'être vous-même un assassin. Ce que ce faquin de paysan est venu vous raconter fort mal à propos, n'est pas vrai de tous points. Je ne puis nier que votre frère n'ait été mis à mort en ma présence, mais mon père et moi n'étions là que témoins et point juges ; c'est Mgr de Montluc qui a tout fait à son bon plaisir, et j'ai bien assez de mes péchés sans me soucier de prendre part à ceux du maréchal, qui doivent être plus gros.

— J'engagerais volontiers ma parole, dit le conciliant capitaine, que ce jeune homme est sincère. Je comprends que la mort du ministre vous chagrine ; mais, croyez-moi, tout s'oublie, bah ! Et si un homme a été pendu, c'est un malheur qu'il ne faut pas doubler en en pendant un autre inutilement.

La philosophie profonde dont cette réponse était empreinte ne parut pas satisfaire Pierre Lescout. Il frappa avec emportement sur la table.

— Capitaine, je vous somme de me remettre votre prisonnier.

Bourbet s'impatienta :

— Par tous les diables cornus, vous ne l'aurez pas ! Vous êtes aussi trop peu compréhensible, mon cher ami ! Un ministre est mort, c'est un malheur, mais il reste toujours beaucoup de prédicateurs, dieu merci, et je n'irai point vous livrer à sa place un homme que je compte présenter à M. l'amiral !

Il saisit Pierre Lescout par le bras, l'entraîna dans une encoignure de la vaste salle, et lui parla quelque temps avec vivacité.

Jean profita de ce moment pour se tourner vers la jeune dame. Elle avait déjà à peu près séché ses larmes, et elle jouait toute pensive avec les crépines pendantes aux bras de son fauteuil.

— Je suis désolé que vous soyez parente de maître Gaspard Lescout, dit Jean pour ajuster l'entretien.

— Je suis sa sœur, monsieur ; mais, ajoutât-elle, il y a longtemps que je ne l'avais vu, ce qui ne m'empêche pas de le regretter si fort, que je pleurerai toute ma vie.

Et elle versa quelques larmes. Jean fut beaucoup plus touché de cette douleur assez problématique, que du sombre désespoir du frère.

— Madame, s'écria-t-il, je vous jure, par tout ce qu'il y a de plus sacré, que je suis fort innocent dans tout ceci. Je vous supplie de me croire.

— Je vous croirais, monsieur, que cela ne vous avancerait à rien. Mon frère n'en agira pas moins à sa tête. Comme le capitaine a pris votre parti, je crois que vous êtes en sûreté !

— Tant mieux, reprit Jean, mais je ne mérite pas votre haine.

La jeune dame le regarda d'un air fort doux ; et malgré ce qu'il devait à Magdelaine, il oublia tout à fait que, dans la même chambre, on débattait sa vie et sa mort.

— Comment vous nommez-vous, madame, demanda-t-il à voix basse.

— Corisande de Peyrecave, répondit la sœur de Lescout, et mon mari est écuyer du prince de Béarn ; si vous allez jamais à la cour, nous nous reverrons, à moins que...

La belle dame ne prononça pas la fin de sa phrase d'une manière aussi douce que le commencement. Elle la hâta, au contraire, et son visage prit une expression de sombre chagrin. Jean comprit tout de suite que le capitaine et Pierre Lescout se rapprochaient.

— Puisque vous n'avez pas le sens commun, dit Bourbet, et que rien ne peut vous convaincre, sang Dieu ! je serai raisonnable pour vous. Il frappa fortement le plancher du talon de sa grosse botte, et deux soldats montèrent.

— Qu'on emmène le prisonnier dans l'écurie, qu'on lui fasse un lit sur la paille, et que nul de cette maison ne puisse arriver jusqu'à lui. D'ailleurs, je vais vous suivre et y veiller moi-même. Pour vous, monsieur de la Tour-Miracle, vous m'avez donné votre parole de ne pas chercher à fuir jusqu'à demain matin ; j'y compte et dans votre intérêt même, je vous conseille de la tenir.

Les deux reîtres firent signe à Jean de les suivre ; il obéit après avoir salué profondément Corisande qui ne lui rendit pas son salut, mais parut complètement absorbée dans son désespoir. Arrivé dans l'écurie, il se jeta sur deux bottes de paille et se mit à réfléchir à tout ce qui lui arrivait.

— Voyez, se disait-il, depuis hier matin que d'événements divers ! Hier au soir, j'étais prisonnier et me croyais au comble du malheur et maintenant voilà que je cours risque de finir par une mort misérable et cela, pour un crime que je n'ai pas commis ! Ce Bourbet est un gentilhomme bien magnanime ! je lui garderai toute ma vie une profonde reconnaissance ! et cette belle Corisande !... Quand je pense que si je n'avais pas cherché à enlever Magdelaine, je ne connaîtrais ni Montluc, ni Bourbet, ni cette belle dame ! que je n'aurais point vu de pendaison, de combat, que je ne courrais pas risque de la vie, et que je serais à cette heure, tranquillement endormi dans ma chambre au château de mon père.

Jean se mit à divaguer. Tout naturellement il compara Corisande à Magdelaine, et bien que décidé à rester fidèle jusqu'à la mort, il ne put faire que la comparaison ne tournât entièrement à l'avantage de sa nouvelle connaissance. Pour rendre justice à notre héros, cette conclusion ne lui plut point et lorsqu'il s'aperçut du tour que son esprit jouait à son cœur, il en fut très marri, mais le mal était fait et il ne lui resta plus qu'à se rejeter sur les vertus transcendantes de M^lle Magdelaine. Sur ce terrain son amour fut plus solide au pied et se pavana à loisir.

Il était plongé dans ces méditations passablement bigarrées sur sa vie, sa mort, sa captivité, ses amours, quand entra dans l'écurie le capitaine Bourbet. Ce brave officier était soucieux, et il vint s'asseoir à côté de Jean d'un air tout à fait méditatif.

— Mon bon ami, dit-il, j'aurais fort souhaité pour vous que cet animal de Gaspard Lescout eût été se faire pendre ailleurs qu'en votre présence. Dans ce moment, je puis bien vous défendre contre son enragé de frère, mais je ne vous cache pas que je n'ai que dix cavaliers avec moi, et que toute la huguenoterie du pays ne peut manquer de se mettre à nos trousses. Je ne suis pas connu dans le canton, et en vous défendant, je risque bien de passer moi-même pour catholique, et d'avoir une méchante affaire.

— Vous raisonnez très bien, capitaine, lui répondit Jean, qui avait, comme on a pu le voir, la dextérité d'esprit nécessaire pour découvrir souvent un bon côté dans les catastrophes. Je ne vois à tout ceci qu'un remède, c'est de me donner la clé des champs ; vous serez ainsi débarrassé de moi, et tandis que vous rejoindrez paisiblement monsieur l'amiral, je retournerai chez monsieur mon père.

— Vous oubliez, mon cher enfant, que nous avons marché lestement hier, depuis neuf heures du matin jusqu'à onze heures du soir, et fait bonne route. Vous êtes très loin de chez vous : tout le pays est soulevé en faveur de la cause protestante, et vous ne feriez pas une demi-lieue sans être pris et occis. Non, je ne veux pas vous abandonner. Ce qu'il faut faire, c'est de partir sans nul délai, avant que Pierre Lescout n'ait réuni assez de monde pour nous arrêter.

— Je suis prêt, répondit Jean, mais au point du jour, je ne vous renouvelle point ma parole de ne pas chercher à m'enfuir.

Le capitaine haussa les épaules et quitta son prisonnier. En quelques minutes, tout fut préparé pour le départ, les chevaux sellés, les cavaliers bottés et sanglés à nouveau. On vint près de Jean, on lui remit son bandeau sur les yeux et ses cordes aux bras; on le hissa sur sa monture entre ses deux gardes et l'on partit grand train.

Ce fut un voyage dans le même goût que celui de la veille. Pas un mot n'était prononcé qu'à voix basse; il était évident que le capitaine César de Bourbet savait maintenir une discipline exacte parmi ses hommes. C'était visiblement un homme habile que ce capitaine, et tandis que sa troupe arpente ainsi le pays avec notre héros, il ne peut être inutile de rechercher un peu d'où sortait ce brave M. de Bourbet que Jean, dans son enthousiasme, avait honoré de l'épithète de *Magnanime*.

Jules César de Bourbet était un gentil-homme de la Picardie, issu d'une famille ancienne, mais très pauvre. Jeune encore, il s'était engagé dans les bandes envoyées en Italie, et sa bravoure et sa vive intelligence l'avaient fait élever au grade d'enseigne. Bal-loté par les événements de la guerre, il avait encore servi en Hongrie contre les Turcs, en Allemagne contre les hérétiques, et il était revenu en France avec une réputation d'in-trépidité et de ruse qui devait en faire un ins-trument précieux pour les partis. Dans la première guerre civile, il avait été attaché au service du connétable de Montmorency; dans la seconde, il était aux gages de l'amiral, et partant dans le camp huguenot : c'est dire qu'il avait des opinions religieuses un peu flottan-tes, et que les discussions sur le dogme le tou-chaient moins que l'appât des grades, des faveurs et de l'argent.

L'intérêt que ce brave capitaine avait témoi-gné à Jean ne prenait pas uniquement sa source dans le souvenir d'une antique amitié pour le vieux messire Aurèle-Agrippa. Bourbet tenait à son prisonnier surtout parce qu'il pen-sait qu'en annonçant aux chefs de la ligue pro-

testante que leurs projets sur Lectoure avaient
dû échouer, il ne pouvait trop dans son intérêt
accumuler les motifs de consolation. Déjà il
était pourvu d'assez bonnes nouvelles ; les
soulèvements étaient bien organisés, les huguenots s'armaient partout avec un zèle sans
exemple ; mais il n'était pas fâché d'amener
encore avec lui l'héritier d'une des familles les
plus notables de la Gascogne, qui, s'il se faisait protestant, pouvait dans son pays, donner
à la cause encore plus de relief qu'elle n'en
avait. Or, passer d'une religion à une autre,
était aussi commun alors que de changer de
parti, et Bourbet ne doutait pas qu'une enseigne dans les gardes de M. de Coligny ou
dans les chevau-légers du prince de Condé ne
vainquît tous les scrupules de conscience que
pouvait avoir un homme jeune. Pour lui il
comptait tirer quelque honneur et beaucoup
de profit de sa recrue.

Voilà pourquoi le magnanime César de Bourbet tenait à son prisonnier.

On allait donc par monts et par vaux, et le
jour commençait à poindre, lorsque Jean sentit tout à coup que la troupe s'arrêtait. Les
cavaliers se mirent à parler entre eux vivement
et très haut ; infraction remarquable à la discipline; mais Jean ne comprenait pas leurs discours attendu que les reîtres ne se servaient
entre eux que de leur jargon allemand. Quel-

ques énergiques malédictions prononcées en
français lui révélaient la présence du capitaine.

Tout à coup on lui enleva son bandeau, et
Bourbet lui rendit son épée.

— Allons, maître têtu, dit l'officier, défen-
dez-vous ! car c'est pour votre cause que nous
allons nous faire exterminer. Je suis, du reste,
aussi fou que vous l'êtes, car j'aurais dû vous
livrer ; mais j'ai peine à renoncer à ce que je
me suis mis en tête !

Jean saisit son arme avec empressement ; il
regarda et vit que son escorte était rangée en
bataille. A deux cents pas environ, accourait
une bande de cavaliers, lancée à toute bride,
dans des dispositions certainement fort hos-
tiles. D'ailleurs, si l'on avait pu concevoir le
moindre doute à cet égard, ce doute eût été
promptement dissipé par la présence de Pierre
Lescout, à cheval, en tête de la bande.

Jean regarda autour de lui pour chercher de
l'œil s'il ne voyait point Pierrot ; mais il ne le
trouva pas.

— Allons, monsieur, lui dit Bourbet; il faut
nous montrer ce que vous savez faire.

— C'est bien mon intention, répondit fièrement le jeune homme.

Il jette les yeux sur le pays, et ne se recon-
naît pas. La nature était différente de celle qu'il
avait vue en Gascogne. Une contrée monta-
gneuse, des ravins, des bois profonds.

Quand les assaillants furent à portée, ils firent une décharge générale de leurs armes, mais n'atteignirent personne. Les reîtres, au contraire, blessèrent cinq ou six de leurs ennemis, et tirèrent leurs épées ; la mêlée fut vive, mais le nombre était trop inégal, et Bourbet, blessé au bras et au visage, renversé de cheval dit à Pierre Lescout qui lui tenait la pointe de son épée sur la gorge :

— Corps Dieu ! monsieur, prenez le prisonnier puisqu'il le faut, mais vous en aurez bon compte à rendre, ainsi que d'avoir osé m'arrêter en route !

— Cela me regarde, répondit le protestant. J'espère qu'on n'a pas tué l'assassin de mon frère ?

— Nous ne le trouvons pas parmi les morts, dit un des vieux domestiques qui avait servi à table.

— Ni parmi les vivants, non plus, à ce que je vois, s'écria Bourbet en riant aux éclats. Il paraît que mon prisonnier ne se souciait pas de votre compagnie.

— Cherchez-le ! mes amis, cherchez ce misérable ! reprit rapidement Pierre Lescout ; il ne saurait encore être loin. Je vous en supplie, par la mémoire de mon frère, trouvons-le !

Les protestants se mirent en devoir d'obéir à leur jeune chef, et le capitaine Bourbet, à moitié consolé de sa déconvenue par la leur, remonta à cheval avec six hommes qui restaient debout. Il ne s'amusa pas à voir si les autres étaient bien morts ou avaient besoin de secours, et il partit.

Les huguenots se dispersèrent, cherchant en tous lieux avec un soin extrême ; ils ne purent rien découvrir. La terre était ferme et ne gardait nulle empreinte de pas ; les bois étaient profonds et avaient bien des retraites. Après avoir cherché toute la journée, les huguenots se réunirent enfin dans une clairière où ils s'étaient donné rendez-vous. Leur mot à tous fut le même : Rien vu, rien entendu, rien trouvé !

Pierre Lescout, taciturne et morose, remercia brièvement ses amis du secours, hélas ! inutile qu'ils lui avaient prêté, et, avec eux, il s'éloigna de la forêt. Peu à peu, tout redevint tranquille ; le bruit des pas s'éteignit et on n'entendit plus que le mouvement des feuilles froissées par un vent doux, et le ramage des oiseaux.

Alors, les roseaux d'une petite rivière qui traversait le bois s'entr'ouvrirent et un homme passa la tête avec précaution, agitant les cimes branlantes des herbes aquatiques. C'était Jean.

Dès le début du combat, sans s'amuser à défendre ses gardiens, il s'était glissé au bas de son cheval, et avait gagné la forêt sans qu'on le vît ; certain que le parti vainqueur, quel

qu'il fût, voudrait le reprendre, il n'avait pas
jugé nécessaire de lui réserver cette satisfaction, et, pour être plus sûr d'échapper, il
s'était soumis à passer le jour dans l'eau jusqu'au cou, au milieu des herbes. Personne ne
l'eût trouvé là, à moins d'inspecter un à un
tous les roseaux de la rive, et encore, un mois
n'eût-il pas suffi à pareille tâche.

Quand la nuit fut close, Jean tint conseil
avec lui-même, et pensa à chercher au moins
une retraite plus sèche ; il se tira donc de son
asile. Arrivé sur le gazon du bord, il réfléchit
que son armure, outre qu'elle était d'un poids
fort gênant pour un piéton, ne pouvait que le
compromettre ; il la détacha donc pièce à pièce,
la chargea de grosses pierres, non sans de vifs
regrets pour les belles damasquineries qui la
couvraient, et la plongea au fond du ruisseau.

Cela fait, il se trouva en pourpoint de buffle,
ayant encore son morion en tête et son épée.
Fort triste alors, et songeant qu'il n'avait ni
déjeuné, ni dîné, ni soupé, mais toujours pensant à Magdelaine et un peu à la belle Corisande, il se mit à parcourir les bois avec des
précautions infinies.

Quelle dure chose que ces sortes de pèle-
rinages où l'on ne sait ni où l'on va, ni où l'on
peut aller ! Dure chose, en vérité ! Tout vous
menace ; chaque nouveauté semble un péril ;
la terre entière paraît conjurée pour votre

perte ; et contre tous les hasards, qu'avez-vous ? un corps épuisé par l'abstinence et un esprit émoussé par la tristesse.

Jean était fort mal à son aise lorsqu'il arriva devant une petite cabane couverte de feuillage ; il s'en approcha avec précaution et chercha, dans le mur de boue qui la formait, quelque fente par laquelle il pût reconnaître les lieux. Absorbé dans cette opération, il sentit soudain un coup, puis un froid pénible qui glissait le long de son épaule, et une voix rude lui cria :

— Ah ! brigand ! sont-ce les Guise qui t'envoient pour me tuer ?

Jean fit un saut en arrière et mit l'épée à la main. Il avait en face de lui un grand coquin de charbonnier armé d'un long couteau et qui se jeta sur le jeune homme pour l'éventrer. Mais Jean fit une feinte, et le grand charbonnier fut couché sur le sol, traversé par la lame du gentilhomme ; il poussa un cri lugubre :

— Tu sauves les Lorrains ! dit-il, et il ferma les yeux comme un homme qui meurt.

— Ma foi, se dit Jean, il vaut mieux tuer le diable que de se faire tuer par lui. Que voulait-il dire avec ses Guise ?

Sans approfondir la question (il avait mieux à faire), il entra dans la cabane dont il venait d'acquérir si bravement la propriété ; il y trouva un gros pain noir, un morceau de porc et un flacon d'eau-de-vie. En véritable affamé, il dévora tout, et un peu remis par ce repas, il se prépara à continuer sa route. Comme il sortait, il vit un bidet assez vigoureux, attaché au tronc d'un arbre.

— Eh ! se dit-il, cette bête m'aidera toujours à faire quelques lieues.

Il l'enfourcha et partit, songeant déjà, avec un esprit de constance au-dessus de tout éloge, que les choses n'allaient pas encore si mal qu'elles auraient pu aller.

# CHAPITRE VIII



Jean fait de bonnes connaissances, se charge d'une commission épineuse et continue ses voyages.

Jean galopa quelque temps avant de trouver l'issue de la forêt; ce ne fut guère qu'au grand jour qu'il dépassa les derniers bouquets d'arbres et se trouva dans le pays déboisé. Il est vrai que, pendant quelques heures, il avait dormi sous une roche, et ce temps si bien employé, joint au repas fait aux dépens du mystérieux charbonnier, l'avait si bien restauré, que ses forces étaient complètement revenues.

Il n'eut pas fait une lieue à découvert, qu'il aperçut un petit hameau, à l'entrée duquel un mauvais cabaret tout petit, suspendait une enseigne énorme, ornée de ces mots fallacieux qui sont d'un usage aussi antique que le royaume lui-même. *Bon logis à pied et à cheval.*

Jean, bien que vivement désireux de prendre langue quelque part, ne savait trop s'il devait se risquer dans un endroit habité; il ne rêvait que huguenots acharnés à sa perte, et volontiers croyait-il que la France était pleine de ses ennemis. Cependant comme il ne pouvait, en bonne conscience, passer sa vie entière au fond des bois, il se résolut à approcher le village d'aussi près que possible, et à faire ce qu'en termes de guerre on appelle une reconnaissance.

Il donna donc de l'éperon à sa bête et commença son expédition. Le sentier qu'il suivait le mena précisément sur la grand'route, et comme des buissons lui cachaient le débouché de son chemin, il arriva tout naturellement en face de deux soldats qui marchaient bon pas tout droit devers le village.

On sait assez ce que sont des soldats sans qu'il y ait ici grand besoin de décrire les nouveaux venus. Les guerriers que rencontrait Jean étaient deux rustres vigoureusement taillés, portant coiffe de fer, corselet rouillé, chausses trouées, immenses brettes et hallebardes non moins énormes. Ces deux honnêtes gens partirent d'un grand éclat de rire à la vue du voyageur.

— Ma foi, monsieur, dit l'un, on vous prendrait pour une écrevisse sans écaille !

— Je ne dis pas non, répondit notre héros gascon, mais on ne peut pas toujours avoir la cuirasse au dos.

— On peut du moins, assura effrontément l'autre drôle, en essayant de s'approcher, tirer sa bourse de sa poche et l'offrir à des amis.

— On le peut sans doute, répondit Jean, d'un air non moins dégagé, mais ce n'est pas mon usage ; je me contente d'avoir à la disposition de ces amis-là de bons pistolets bien chargés, et une lame d'une solidité passable.

Les soudards se mirent à rire.

— Je crois, monsieur, dit celui qui avait parlé le premier, que vous êtes un malin et un bon soldat : catholique, j'en jurerais sur votre mine, d'autant que vous n'avez ni écharpe ni casaque blanche. Eh bien, monsieur, nous sommes catholiques aussi, et tout à votre service. Mon compagnon s'appelle Broum, et moi Barbillon.

— Mes chers serviteurs, mettez-vous donc tous deux à ma droite et à dix pas de mon cheval, de cette façon-là nous pourrons causer sans nous gêner. Du reste, pour que la meilleure intelligence règne entre nous, je vais être très confiant.

A ces mots, il retint la bride de son cheval, redressant les étriers et mettant les mains dans ses poches ; il retourna l'étoffe de son haut de chausses et prouva d'une manière triomphante qu'il ne lui restait pas le plus petit morceau de monnaie. Tout ce qu'il possédait au moment de sa capture, avait passé dans les mains des reîtres du capitaine Bourbet avec une rapidité qui faisait le plus grand honneur à l'adresse de ces guerriers. A peine le prisonnier avait-il eu le temps de s'apercevoir qu'on visitait ses poches.

L'explication si franche que donnait Jean, parut faire une vive impression sur les soldats. D'abord ils cessèrent de l'appeler *Monsieur*, et ils mirent leurs hallebardes sur le dos avec la volonté la plus évidente de n'en pas faire usage. Dans ce temps de barbarie, on ne trouvait pas toujours des gens disposés à en tuer un autre par simple partie de plaisir.

Jean, voyant d'aussi complètes dispositions à la mansuétude, s'empressa de renouer la conversation.

— Mes camarades, vous êtes donc de bons catholiques ? J'en suis aise ; car, outre que j'ai une foi solide, j'ai des raisons très graves pour détester les huguenots et tout ce qui leur touche.

— Excepté, leurs chevaux, dit Barbillon d'un air capable, car à coup sûr, frère, tu n'as pas coutume de monter un pareil bidet pour suivre ta compagnie, et tu auras certainement recruté ta monture en chemin sans la payer cher.

— Ne nous mêlons pas des affaires d'autrui, répondit Jean ; ce bidet est à moi, et la preuve, c'est que je compte le vendre à qui le voudra.

— Notre capitaine te l'achètera peut-être pour porter ses valises, repartit Barbillon.

— Et quel est votre capitaine?

— C'est le seigneur de Brantôme. Un joli courtisan, bien frisé, bien pommadé, et toujours paré comme une châsse. Mais qui se bat comme un diable et fait pendre un homme pour moins que rien.

Au nom de Brantôme notre ami Jean avait tressailli de joie. Il se souvenait parfaitement d'avoir entendu son père faire de longues histoires sur ce gentilhomme. Il était même un peu son parent, et le caractère de franchise, de bonne humeur et d'esprit du chambellan de M. d'Alençon était d'ailleurs trop connu dans sa province pour que Jean pût douter un seul instant qu'il ne lui fût fait un accueil favorable aussitôt qu'il aurait décliné son nom. Jean entrevit avec bonheur la fin de son terrible isolement, il allait aussi apprendre où il se trouvait.

— Soldats, mes amis, s'écria-t-il, votre nouvelle me comble de joie. Il est inutile que je vous dise comment et pourquoi. Faites-moi seulement le plaisir de m'indiquer précisément où je pourrai trouver votre capitaine.

— Dans cinq minutes tu pourras lui offrir ta tête, répliqua Barbillon.

— Grand merci. Il est donc dans ce village?

— Avec toute la troupe, et deux cents hommes d'armes vont arriver encore dans la journée. Nous allons au camp devant Orléans.

— Peste, je vais être en bonne compagnie, se dit Jean.

Sans plus se soucier de ses interlocuteurs, il donna deux vigoureux coups de talon à son coursier rustique et fit bientôt son entrée dans le village. Un groupe de soldats était occupé à jouer aux boules sur la place, et une sentinelle qui se promenait de long en large, lui montra assez où il devait chercher le commandant.

Il mit donc pied à terre devant la porte de l'auberge et appelant un des soudards d'un air d'autorité qui allait assez mal avec son triste équipage :

— Eh ! l'ami, lui dit-il, va dire au seigneur de Brantôme que M. Jean de la Tour-Miracle est en bas et voudrait lui parler. Vas et reviens vite.

Le maraud fut bien quelque peu étonné de l'arrogance du nouveau venu. Mais dans les temps de guerre civile, on a mille raisons pour ne pas juger des gens sur l'apparence ; le plus grand seigneur peut se laisser découvrir sous la veste du dernier paysan. C'est pourquoi la commission de Jean fut faite sans retard, et deux minutes après, un valet de chambre descendit et vint se planter devant la porte de l'auberge.

— Est-ce vous, mon gentilhomme, dit-il à Jean, qui êtes M. de la Tour-Miracle?

— N'en doutez pas, mon garçon, et je voudrais parler au seigneur de Brantôme.

— Il est en ce moment à se faire friser, mais vous pouvez entrer, car il explique à son barbier combien il vous aime. Seulement il assure que vous avez la barbe grise, et je vous vois la moustache blonde.

— C'est qu'il me confond avec monsieur mon père. A qui pourrai-je donner mon cheval à tenir sans crainte qu'il soit volé?

— J'y aurai l'œil, répondit le valet ; donnez toujours la bride à Barbillon qui est derrière vous.

— Ah ! c'est mon ami Barbillon? Eh bien, tiens-moi mon cheval, camarade ; j'ai confiance dans mon ancienne connaissance.

Jean entra dans la maison et monta l'escalier, non sans jeter un regard douloureux sur le désordre irrémédiable de sa toilette. Les Naïades de la rivière où il avait passé tout un jour, avaient couvert le drap de son pourpoint et le cuir de ses bottes d'une égale couche de limon, et pour toute compensation des broderies dont elles avaient à jamais terni l'éclat, elles avaient incrusté çà et là des fragments d'herbes aquatiques. Pour surcroît de luxe, la mousse de la forêt sur laquelle Jean avait dormi s'était montrée généreuse à son tour en prêtant à notre héros nombre de brins d'herbes et de feuilles mortes. C'était un véritable homme des bois.

Dans l'impossibilité de déguiser de si grands vices de sa toilette, Jean se contenta de friser sa moustache. Le valet qui le guidait ouvrit la porte de la grande chambre de l'auberge située au premier étage, et le chevalier aventureux se trouva en face du capitaine Brantôme.

Ce gentilhomme qui s'est fait une réputation si grande par ses écrits, ne songeait pas encore, tant s'en faut à prendre la plume. Il était jeune et s'occupait beaucoup plus de ses plaisirs, surtout des faveurs de la cour et de sa réputation militaire, que du culte des muses. Son aspect plaisait tout d'abord. Brantôme n'était pas très grand, mais sa taille était bien prise ; son teint paraissait animé, ses yeux semblaient pleins de feu et d'ardeur ; il avait le nez recourbé qui appartient aux natures courageuses, des moustaches noires relevées en croc et frisées, et des cheveux bruns, touffus, que le barbier ou perruquier, comme on voudra, s'occupait en ce moment à mettre dans le plus bel ordre possible.

La toilette de Brantôme était presque terminée ; il avait un pourpoint feuille morte brodé d'argent, des hauts-de-chausses de même couleur avec des rubans couleur de feu, des bas rouges, une fraise à l'espagnole. C'était là un costume galant, on en conviendra ; mais comme Brantôme n'était pas moins bon soldat qu'excellent petit-maître, tout son harnais de guerre était très bien fourbi et resplendissant, rangé sur plusieurs chaises, avec son buffle.

Lorsque Jean entra, Brantôme se levant, fit quelques pas au-devant de lui :

— Qu'est-ce là, mordiou? s'écria-t-il d'un air étonné. On m'avait annoncé le seigneur de la Tour-Miracle et je le vois en effet, mais bien rajeuni !

— Je suis le fils de messire Aurèle-Agrippa, répondit Jean avec déférence, et je viens, monsieur, réclamer votre protection.

— Mes services sont à vous, repartit Brantôme en embrassant le jeune homme, pourvu que vous ne me demandiez rien contre le service de mes maîtres, ces divinités que je vénère ! De quoi s'agit-il? D'abord, ce me semble, d'avoir un habit et probablement un déjeuner? Christophe ! donne ce qu'il faut pour changer à ce gentilhomme ; quant au repas je sais qu'il est prêt et nous allons y faire honneur. Avant que vous n'ayez un autre costume, mon bon ami, je ne vous écouterai pas ; ce n'est donc point la peine de me tant remercier.

Jean s'empressa de satisfaire son hôte généreux, et lorsqu'il eut repris la forme d'un être civilisé, il s'empressa de revenir auprès de Brantôme qui était déjà à table et qui l'invita à suivre son exemple tout en parlant. Jean obéit et fit le récit de ses aventures. En amant discret et en esprit rusé, il ne parla ni de Magdelaine ni de Corisande, mais il n'épargna point le détail de ses hauts faits pendant la bataille où commandait Montluc, de son ennui pendant sa captivité et de son adresse lors de sa fuite. Comme Brantôme était gascon aussi bien que Jean, cette conversation dans le style héroïque trouva un auditeur très bénévole et très attentif.

Lorsque Jean eut fini son odyssée, Brantôme lui dit :

— Que puis-je maintenant faire pour vous ?

— Beaucoup, monsieur, et vous aurez des droits éternels sur ma reconnaissance. D'abord, où suis-je ?

— Pas très loin d'Angoulême.

— Oh ! oh ! mais je voudrais bien retourner chez moi.

— Voilà qui est fort difficile, je ne vous le cache point. Tout le pays est soulevé derrière nous, et vous courez grand risque de retomber en captivité ! Si les huguenots vous reprennent, ils ne manqueront pas de vous occire pour venger la mort de Gaspard Lescout. C'était, de son vivant, un parleur très en renom parmi les hérétiques du Midi. Retourner chez vous est donc une entreprise de chevalier de la Table-Ronde, ni plus ni moins.

Jean se gratta la tête et réfléchit un moment.

— Je pourrais bien encore, dit-il, profiter de la circonstance qui m'a mis hors de mon canton pour faire un voyage auquel, tôt ou tard, je n'aurais pas échappé.

— Et quel est ce voyage, demanda Brantôme?

— Mon père voulait m'envoyer auprès de ma marraine, M<sup>me</sup> Diane, et j'avais dans ma poche une lettre qui lui était adressée, mais qui s'est mise en bouillie au fond de mon étang.

Brantôme frappa dans ses mains d'un air réjoui :

— Corps Dieu ! mon cher enfant, ne manquez pas à aller chez M<sup>me</sup> Diane, cela vaut beaucoup mieux pour vous que de courir de très stériles dangers, comme un mouton qui retourne au bercail. M<sup>me</sup> Diane a plus de pouvoir encore qu'on ne pense, et je vous fais mon compliment d'une telle protectrice. Et puis, vous avez occasion de me rendre service. J'espère que vous ne vous y refuserez pas.

— Comment oserais-je, répondit Jean, rempli que je suis de gratitude pour votre bonne hospitalité?

— Sachez donc, mon ami, quelle est ma position. J'ai été envoyé dans ce pays-ci, par Mgr le duc de Guise, qui a été nommé, comme déjà vous le savez, sans doute, lieutenant général du royaume. Ce seigneur m'honore de son amitié, que j'ai su mériter par mon dévouement absolu. Je suis chargé de lever dix enseignes de gens de pied et d'emmener avec moi, au siège d'Orléans, toute la noblesse catholique que je pourrai décider à quitter sa province. Vous voyez que l'occupation ne me manque pas et qu'il m'est impossible, sans félonie, sans vouloir me perdre à jamais, de quitter mon emploi, pour courir à d'autres affaires. Mais voilà que dans le même temps, M<sup>me</sup> Diane me fait demander avec instance un collier, qu'il y a un an, elle m'avait chargé de commander à un orfèvre italien que j'entretenais à ma suite. Car je suis l'homme de la cour qui s'entend le mieux à toutes les élégances, et les plus grandes dames consultent toujours mon goût. J'ai ce collier, ici, et j'aurais eu d'autant plus de plaisir à le porter moi-même à M<sup>me</sup> Diane, que par le temps qui court il y a du mérite à savoir conserver une pareille relique et à la défendre pendant un long voyage. Mais vous voyez que je ne peux pas m'absenter. Je pense donc que vous êtes assez résolu et assez adroit pour me servir de messager ; vous ferez vos affaires, vous ferez aussi les miennes ; et je crois que l'effet de mon collier ne nuira pas à l'effet de votre lettre dans l'esprit de la plus belle dame du monde.

— Ma foi, monsieur, répondit Jean, je ne vous cache pas que votre proposition me tente ; cependant je reviens encore à vous dire que je n'eusse pas été fâché de retourner chez moi, où j'ai certaines affaires que mon absence ne mettra pas en ordre. Plus je réfléchis, plus je voudrais être à la Tour-Miracle.

— Des amourettes, sans doute, reprit Brantôme, en faisant claquer ses doigts. Songez qu'on en trouve partout. Je vous offre une superbe occasion de faire parler de vous.

— Je ne dis pas non, mais mon père doit me croire mort.

— Il n'en aura que plus de joie à vous revoir sain et sauf, et formé par les voyages. Voyons ! acceptez-vous ?

Jean comprit bien vite qu'il n'avait pas tout à fait le choix, et que la liberté dont il semblait jouir était loin d'être complète. Brantôme paraissait lui vouloir du bien ; mais si le protégé s'obstinait à rester inutile au protecteur, le vent pouvait changer, la bienveillance être altérée par la mauvaise humeur, et il était difficile de prévoir ce qui alors adviendrait. L'indifférence du capitaine suffirait seule pour faire grand mal au pauvre Jean, isolé, sans argent, sans ressources, loin de sa province.

Et puis, l'imagination du jeune homme ne prévoyait pas sans quelque charme l'idée de rendre service à sa marraine et de se présenter devant elle après avoir risqué sa vie pour la servir dans une futilité. Le souvenir de Magdelaine murmurait de cette légèreté ; mais la raison venait ici au secours de l'esprit et faisait taire le cœur.

— Pauvre Magdelaine, se disait Jean, quand la reverrai-je? Ma foi, répondait quelque chose en lui, je ne suis pas coupable, après tout, puisque je ne puis faire autrement, et d'ailleurs qui sait? peut-être retrouverai-je Corisande.

Il faut déclarer à la gloire de Jean que cette pensée se montra tout à fait contre son gré et ne fit que passer comme un éclair.

— Eh bien, monsieur, dit-il enfin, je serai votre messager, et j'irai saluer madame ma marraine.

— Voilà un brave jeune homme, s'écria Brantôme en se levant de table. Je vais vous remettre l'écrin.

Il ouvrit une petite valise de voyage, qui contenait beaucoup de choses, et entre autres des paquets de petites lettres liées avec des faveurs roses, vertes, bleues, de toutes nuances. Il prit un petit coffret couvert de chagrin noir, et l'ayant ouvert, il montra, aux yeux éblouis de Jean, un merveilleux collier d'émeraudes, enchâssé dans une monture d'or d'un travail exquis. C'était une suite d'amours délicieusement ciselés, les pieds posés sur une guirlande de petites roses, et soutenant chacun d'une main un des côtés de chaque pierre.

— Voilà une merveille, dit Jean. J'ai grand peur qu'on ne me l'enlève.

— Voilà justement ce qu'il faut éviter, et si vous sauvez votre paquet, vous aurez convenablement mis fin à l'entreprise.

— Je vais, dit Jean, le cacher dans le haut de ma botte gauche. Qu'en dites-vous ?

— Ce n'est pas mal imaginé.

— Vous prendrez un de mes hommes avec vous. J'en ai de fort résolus qui vous serviront.

— Je choisis d'avance Barbillon, répondit Jean, pourvu qu'il ne sache pas ce que je porte ; je crois qu'il sera bon compagnon dans une entreprise comme la mienne.

— Vous avez le coup d'œil juste, mon ami Jean. Prenez Barbillon. Et quand partez-vous ?

— A l'instant, s'il vous plaît.

— Voilà parler. Je suis comme vous et je déteste les retards. Vous êtes le digne fils de messire Aurèle-Agrippa.

# CHAPITRE IX

JEAN DÉCOUVRE PLUSIEURS DÉFAUTS DANS SON DOMESTIQUE. IL FAIT UNE RENCONTRE QUI LE COMBLE DE JOIE ; IL EN FAIT AUSSI UNE AUTRE QUI S'ANNONCE COMME DEVANT ÊTRE D'UN GENRE TOUT DIFFÉRENT.

Jean n'avait pas de bien longs préparatifs à faire. Le déjeuner était terminé, et le seigneur de Brantôme, tout en témoignant à son hôte, avec vivacité, le plaisir qu'il avait eu à faire sa connaissance, ne lui cachait pas non plus combien il serait enchanté d'apprendre, et cela le plus tôt possible, que le collier précieux dont il avait surveillé la confection, se trouvait en sûreté dans les mains de M^me Diane. Or, la meilleure manière d'arriver à ce résultat, c'était de hâter le départ de Jean.

Quelques minutes se passèrent encore à apprendre au jeune Gascon le gain tout récent de la bataille de Dreux.

— Voilà, dit Brantôme, de son air capable, en terminant le récit, voilà qui met en mauvaise posture messieurs de la religion. J'en suis

bien aise pour mon compte, et je suppose que
vous avez les mêmes sentiments que moi.

— N'en doutez pas un seul instant, répondit Jean ; les huguenots sont causes de toutes
mes traverses ; ils m'ont fait courir les champs
depuis quatre jours de la manière la moins
agréable et m'ont éloigné de toutes mes affections. Aussi ne leur pardonnerai-je de ma vie.
Et maintenant, capitaine Brantôme, adieu ;
soyez sûr que le collier arrivera à son adresse.

Jean serra la main du courtisan qui l'accompagna jusqu'à la porte de l'auberge. Le valet
de chambre avait déjà fait amener deux bons
chevaux ; on alla quérir Barbillon qu'on trouva
attablé avec d'autres gaillards de sa trempe
entre un broc de vin et des cartes ; le capitaine
lui donna des ordres sévères d'obéir fidèlement
à M. de la Tour-Miracle sous peine de la hart,
et nos deux aventuriers se mirent en chemin.

Longtemps Jean aperçut son élégant ami sur
le seuil de l'auberge, lui faisant des signes de
la main droite, et frisant sa moustache de la
main gauche, puis un détour, derrière un bou-
quet d'arbres, le lui déroba subitement ; alors
il fut tout entier à ses réflexions.

Je ne puis me lasser, se disait-il, de considérer dans quels étranges caprices de fortune
mes premiers pas en cette vie sont fourvoyés ;
depuis deux jours j'ai plus couru de hasards
que plus d'un honnête gentilhomme pendant

son existence entière et tout semble m'annoncer que je ne suis pas au bout. Comment cela finira-t-il? Dieu le sait? Ce que je souhaite, c'est d'être bientôt rapproché de ma chère Magdelaine.

Les amants ont un secret particulier pour se répéter les mêmes choses à eux-mêmes sans se lasser jamais, et tandis que les autres mortels se fatiguent promptement d'une même idée ou du moins cherchent à découvrir de nouveaux aspects à la pensée qui leur plaît, l'imagination d'un amoureux se promène avec délices de long en large dans une seule idée, et après avoir passé et repassé vingt fois devant la même image y trouve toujours des charmes.

Jean était intimement convaincu de la grande joie que la haute position qu'il occuperait avant peu dans le monde (devant avoir l'honneur d'être reçu par M<sup>me</sup> Diane), agirait singulièrement sur l'esprit de Magdelaine et l'obligerait, quoi qu'elle en eût, à accorder sa main à un homme aussi important. Pour l'opposition de son père, il croyait pouvoir en faire bon marché, car si sa marraine l'envoyait à l'armée avec un brevet d'officier, c'eût été merveille que messire Aurèle-Agrippa se dérangeât pour venir savoir ce que son fils faisait. Tout ce projet n'était pas bien conçu ni très sagement raisonné, sans doute; mais à ceux qui pourraient s'en montrer surpris on n'a qu'une seule chose à répondre, c'est que probablement ils n'ont jamais été ni jeunes ni amoureux.

Jean marchait ainsi plongé dans ses réflexions, et ne prenait pas trop garde à son digne serviteur ; celui-ci était resté dans le silence plus longtemps sans doute que son tempérament ne le comportait, car il s'écria tout à coup d'un ton moitié soumis, moitié insolent :

— J'espère, mon jeune monsieur, que vous m'avez pardonné ma petite plaisanterie de ce matin ! Vous savez ! quand nous nous sommes rencontrés sur la route ? Dame ! j'ignorais qui vous étiez, je vous jure !

— Tu vois bien, faquin, que je n'ai pas de rancune, puisque je t'ai choisi entre tous tes camarades.

— Eh bien ! vous avez eu raison et vous ne vous en repentirez pas. Foi de Barnabé Barbillon, natif de Nancy.

— Ah ! Lorrain, dit Jean ? Traître à Dieu, à...

— Son prochain, répondit Barbillon sans s'émouvoir ; je sais le proverbe ; mais il ne faut pas vous en inquiéter. Vous aurez en moi un brave compagnon. Et pourvu que vous me laissiez tranquillement boire, jurer, jouer, conter fleurette aux belles, et par-ci par-là présenter mes compliments et mes offres de services aux gros marchands trop chargés de monnaie, toutes choses fort raisonnables, nous n'aurons jamais qu'à nous louer l'un de l'autre.

— Ah ! ça, maître Barbillon, Lorrain et coquin, à ce que je vois, il faut bien convenir de nos faits avant d'aller plus avant. Vous avez dû remarquer que je vous ai fait donner une épée et une dague, mais point de pistolets, c'est afin de rester le plus fort. Vous avez trop de sens pour n'avoir pas compris que si je vous prenais avec moi, de préférence à tout autre de vos confrères, c'est que j'étais sûr, dans tous les cas, de m'associer à un bandit. Je vous ai choisi simplement parce que je vous avais déjà tâté. Voici donc comme nous allons voyager : vous ne boirez, ni jouerez, ni volerez, et vous laisserez les fillettes en repos ; de plus, à la première impertinence, je vous mets une balle dans la tête. Si, au contraire, vous vous comportez convenablement, je vous promets que vous serez content de moi et du capitaine Brantôme. Voilà mes conditions.

Barbillon garda le silence une minute ; puis faisant faire demi-tour à son cheval, il s'écria :

— Je vais m'en retourner !

— Barbillon ! Barbillon ! mon ami ! je ne manque jamais mon coup, et je vais vous loger du plomb dans les reins, si vous ne revenez immédiatement.

Barbillon comprit sur-le-champ cette manière de raisonner et tourna bride pour se remettre à la suite de son maître. Mais il était morne et ne dit plus un mot.

Cependant au bout de quelques instants, sa loquacité naturelle l'emporta sur la mauvaise humeur.

— Monsieur, est-il permis de chanter?

— Tant que tu voudras, mon garçon.

Barbillon entonna de suite une chanson de soldat en quatre-vingt-dix couplets ; nous voudrions citer cette production de la muse militaire au XVIe siècle ; malheureusement, le ton est trop relevé, et les oreilles chastes n'en sentiraient pas les beautés. Jean, qui avait de faibles scrupules à ce sujet, rit de bon cœur des singulières fantaisies du poète et des intonations saugrenues de l'exécutant.

— Monsieur, dit alors Barbillon un peu rasséréné par son succès de chanteur, vous êtes horriblement dur pour le pauvre monde, mais je crois cependant que nous pourrons convenir. Où allons-nous?

— Où allons-nous? Au château d'Anet.

— Je connais ce pays-là comme mes chausses, répondit le soldat, et j'y ai mené bonne vie dans le temps que j'étais valet à l'armée de monsieur le connétable. Et qu'est-ce que vous allez faire en Normandie?

— Cela ne te regarde pas du tout. Mais puisque tu connais si bien la route, tu me conduiras, car je ne la connais pas après tout. Voilà quatre ou cinq heures que nous marchons ; il est grand temps de faire reposer les chevaux. Arrêtons-nous à ce cabaret.

Il y avait, en effet, sur le bord de la route, une espèce de bouge rustique où les deux cavaliers s'arrêtèrent.

Toute la maison semblait en grand émoi ; l'hôte et deux grosses servantes s'agitaient et couraient çà et là. La cause de tant de bruit était facile à comprendre, en voyant arrêtés devant la porte deux ou trois carrosses avec force laquais autour, et quelques arquebusiers à cheval qui, probablement, servaient d'escorte à quelque grand personnage.

L'hôte ne prit pas un air très poli pour deux hommes assez modestement vêtus, et il commença par jurer qu'il ne savait où les recevoir, car sa maison était plus que remplie par les voyageurs qui venaient d'arriver.

— On ne te demande pas ta maison, répondit Jean. Donne seulement un peu d'avoine à nos chevaux, et à nous un verre de vin et un morceau de pain.

— Alors, dit l'hôte, passez ici dans le champ, sur le bord du fossé, et on va vous apporter ce que vous demandez.

Jean se fit suivre par Barbillon traînant les deux chevaux, et alla s'asseoir sur l'herbe sous un orme.

Une demi-heure s'écoula, et l'avoine, non plus que le vin, n'arrivait pas.

— Monsieur, dit Barbillon, ce brigand d'hôtelier va nous faire attendre ainsi jusqu'au suprême jugement. Si vous voulez, j'irai mener nos montures parmi celles de ces grands messieurs ou de ces grandes dames qui nous font jeûner, et je vous apporterai de quoi vous refaire vous-même.

— Je n'y vois pas d'inconvénient, dit Jean, avant d'avoir réfléchi et Barbillon s'éloigna vivement avec les deux chevaux.

Jean remarqua fort heureusement pour lui cette précipitation de son valet ; il se leva donc, le suivit, et le vit s'approcher d'un cavalier à qui il parla d'un ton évidemment interrogatif.

Le cavalier se mit à rire et tourna autour du cheval de Jean.

— Voyez-vous se dit notre héros, ce coquin de Barbillon qui veut vendre un des chevaux et s'enfuir avec l'autre ! Je suis bien aise de lui prouver que j'ai l'œil sur lui.

Jean s'avança à pas de loup et se trouvant à côté du cavalier, il lui dit brusquement.

— Eh ! monsieur, combien vous fait-on ce cheval ?

— Très bon marché, à coup sûr, car il me semble bon et beau et le vendeur n'en demande que six écus. Aussi vais-je conclure.

— Je vous prie de n'en rien faire, car ce

cheval est à moi, et ce drôle qui vous le vendait est un laquais encore mal dressé, à qui je vais donner une correction.

Barbillon se tenait droit comme un piquet, soutenant avec une effronterie sans égale le regard furieux de son maître. Jean saisit un bâton noueux qui se trouva à sa portée, et commença, à la grande édification des soldats et des valets, à rouer de coups le coupable Barbillon, qui s'efforça d'abord de présenter bonne contenance, mais Jean était décidé à lui faire grand mal, et bientôt le coquin se mit à pousser les hauts cris et à hurler, tandis que son dos se marbrait sous le jeu cadencé du bâton.

Aux gémissements de Barbillon, l'unique fenêtre de l'unique chambre du cabaret s'ouvrit, et une dame regarda vraisemblablement pour savoir d'où pouvait provenir tant de tapage. Elle n'eut pas plutôt considéré le visage de Jean empourpré par la colère, qu'elle s'écria :

— Quoi ! M. de la Tour-Miracle ici !

De son côté le jeune homme, las de battre, leva machinalement les yeux en l'air et aperçut la jeune dame.

— Ah ! s'écria-t-il, Magdelaine !

Un moment il crut à une vision, mais l'occupation à laquelle il venait de se livrer avec tant de verve n'était pas de celles qui font voir les cieux ouverts. Comme il les voyait, il comprit bien vite que c'était une réalité. Laissant donc là l'intéressant Barbillon, qui ne semblait pas disposé à abuser de sa solitude, et qui d'ailleurs, entouré de rieurs, ne les avait pas de son côté, Jean entra dans la maison et demanda à un valet si M^lle de Castillac était réellement parmi les voyageurs.

— Oui, monsieur, répondit cet homme, et j'allais même vous inviter de sa part à monter dans la chambre où ces dames se reposent quelques instants avant de se remettre en route.

Jean courut avec empressement baiser la main de Magdelaine. Il s'efforça de mettre dans la pression de ses doigts, dans la chaleur de son baiser, dans le regard à demi voilé dont il l'accompagna, toute l'ardeur, toute la passion de son âme. Magdelaine rougit un peu, mais elle ne tarda pas à se remettre, et elle répondit à tant d'amour par un sourire de bienveillance et d'amitié, presque de protection. Elle retint la main de Jean dans la sienne, se tourna vers une dame âgée auprès de laquelle elle était assise et dit :

— Madame, permettez-moi de vous présenter le fils du seigneur de la Tour-Miracle ; il vient de faire de beaux faits d'armes pour la défense de la foi catholique aux côtés de M. de Montluc. Jean, saluez madame la première présidente de Largebaston.

Jean s'empressa d'obéir et s'inclina devant la femme de l'illustre magistrat avec tout le respect qu'inspiraient alors les vertus dont les parlements offraient de si nombreux et de si grands exemples. Jean n'ignorait pas que le premier président du parlement de Bordeaux était en disgrâce; mais il savait aussi que cette disgrâce avait été glorieusement méritée dans un moment où les malheurs inséparables d'une minorité, mettaient le pouvoir royal aux mains des factions et des courtisans.

La première présidente était une femme de haute taille, d'un visage sévère et imposant ; elle avait par toute sa personne un grand air d'autorité, mêlé de beaucoup de douceur. Elle reçut Jean de la Tour-Miracle avec bonté et le pria de raconter comment il se trouvait si loin de la province.

Notre héros ne se fit pas prier, et ne laissa de côté dans son récit, d'ailleurs très véridique, que quelques petites circonstances ; tout ce qu'il tut avait trait à M^me Corisande dont il ne fit pas mention.

Son récit achevé, il témoigna le désir de savoir comment et pourquoi M^lle de Castillac se trouvait à son tour hors de chez elle.

— Vous conviendrez, dit-il, que si vous avez droit d'être surprise en me rencontrant ici, je dois être bien plus étonné encore.

— Je vous l'accorde, répondit Magdelaine,

et cependant rien n'est plus simple. Notre bon curé et notre ami le prieur de Saint-Gilles ont pensé que je ne devais pas rester plus longtemps à Castillac, dont le séjour me répugnait pour beaucoup de raisons inutiles à vous dire. Ils m'ont confiée à Madame la présidente. Nous allons à Paris : elle, pour solliciter la justice du roi en faveur de son mari ; moi, pour implorer la grâce du monarque dans une cause moins belle, qu'avant peu j'aurai sans doute à défendre. En un mot, les jours de M. de Castillac sont menacés : mon devoir est de le sauver si je puis, et je ferai mon devoir. Madame la présidente a de nombreux amis.

— Et je vous servirai autant qu'il sera possible, ajouta M^me de Largebaston.

— Mademoiselle, vous êtes un ange ! s'écria Jean, d'un ton pénétré. Aussitôt que j'aurai vu M^me Diane, ma marraine, je m'empresserai d'accourir à Paris.

Madame la présidente comprit sans peine que Jean était amoureux. Elle le félicita d'avoir su placer si bien ses affections, sourit quand Magdelaine lui jura que ce mariage était impossible, et sourit encore plus quand Jean déclara d'un air convaincu que rien n'était plus certain, au contraire, et qu'il se considérait comme l'homme le plus sage du monde en poursuivant un dessein si juste et si nécessaire,

— Cette prétention de sagesse me paraît

grande, dit la présidente ; mais soyez sûr, dans tous les cas, que je comprends votre attachement pour mademoiselle, et que je ne saurais le désapprouver, bien que j'entre aussi dans les refus de monsieur votre père et dans la généreuse résistance de l'objet de votre passion.

— Enfin, dit Magdelaine en essayant de plaisanter, ce qui est certain, c'est que quelque jour M. Jean de la Tour-Miracle saura obtenir un arrêt comme quoi il faut que je l'épouse. Jusque-là, j'aurai encore du répit.

Ces plaisanteries furent très bien prises par notre héros ; quelque temps on causa de la meilleure amitié du monde, mais, enfin, Jean reconnut que, malgré ses regrets, il lui fallait se mettre en route, car il n'avait d'autre escorte que Barbillon sur lequel il aurait eu tort de faire reposer toute confiance, et, par conséquent, il lui importait beaucoup d'arriver à quelque gîte avant la nuit. Magdelaine le pressa elle-même de la quitter et lui permit de venir la voir si elle se trouvait à Paris quand il y viendrait, époque incertaine, malgré tout le désir qu'avait le jeune amoureux de retrouver au plus tôt sa maîtresse.

Il fit ses adieux tout en les prolongeant autant que possible, et se mit en devoir de rejoindre ses chevaux et son domestique. Mais au moment où il mettait le pied sur la première marche de l'escalier, il entendit du côté de la route un vacarme épouvantable, composé de cris, de jurons, de cliquetis d'épées et bientôt de quelques coups d'arquebuse.

— Oh ! oh ! se dit Jean, il paraît que je ne peux plus rester vingt-quatre heures sans dégainer. Ici du moins, je bénis mon sort, puisque c'est pour le salut de ma dame qu'il me faut mettre l'épée au poing.

Dans cette pensée chevaleresque, il allait se hâter d'arriver sur le lieu du tumulte, quand il entendit des pas rapides monter l'escalier. C'était l'écuyer de la première présidente.

— Ah ! monsieur, de grâce, s'écria ce brave homme, prenez par la petite porte de derrière et sauvez-vous ! C'est à votre vie que ces misérables en veulent !

— Quels misérables, dit Jean ?

— Eh ! répondit l'écuyer, les bandits qui nous attaquent. Ils assurent que vous avez tué un des leurs, volé et vendu son cheval, ils vous ont suivi à la piste et les voilà qui nous attaquent en criant : Vengeance au charbonnier !

— Ah ! c'est pour le charbonnier ?

— De grâce, monsieur, répéta l'écuyer, ne faites pas massacrer ces dames !

— Imbécile, tu vois donc bien qu'il ne faut pas que je m'enfuie, sans quoi ces dames courront des dangers véritables. Reste là, je vais voir ces brigands et puisqu'ils n'en veulent qu'à moi, l'affaire pourra s'arranger.

Jean avait totalement oublié M^me Diane et son collier ; le salut de Magdelaine était tout pour lui. Il entendit la voix si chère de sa bien-aimée qui lui criait du haut de l'escalier :«Pour Dieu, Jean, n'allez pas vous faire tuer ! »

Il n'en descendit pas avec moins de rapidité, il trouva dans la salle du bas, Barbillon, l'épée à la main, tenant tête à deux ou trois coquins à figures pendables, et criant à tout rompre :

— Je défendrai mon bon maître jusqu'à la mort.

Jean se plaça à côté de lui et à eux deux, en faisant merveilles de leurs lames, ils poussèrent leurs adversaires jusqu'à la porte du logis, en en jetant deux ou trois sur le carreau.

Puis d'un vigoureux effort, ils débouchèrent la porte.

— Bravo Barbillon ! dit Jean.

— Je ne travaille pas mal, quand je m'y mets, répondit le soldat en assénant encore un vigoureux coup de taille à un retardataire.

# CHAPITRE  X



Les bandits en reculant, avaient formé un cercle assez loin de la porte, et les cavaliers de la présidente, surpris d'abord par leur arrivée subite, avaient eu sans doute le temps de se rallier, car on entendait sur le côté gauche de la maison, une mousquetade assez bien nourrie, et qui déjà paraissait préoccuper beaucoup le gros des bandits.

Leur foule cependant s'agita et livra passage à un grand gaillard armé jusqu'aux dents, et la figure barbouillée :

— Il faut que vous soyez de bien insignes poltrons pour ne pouvoir prendre deux hommes à vous tous ! Regardez, et soyez dorénavant plus adroits !

En prononçant ces mots, le brigand s'avança vers la porte de l'auberge ; il faisait mouvoir dans ses mains une manière de hache d'armes qu'il tourna avec rapidité au-dessus de sa tête, pour la lancer contre Jean ; mais en mesurant sa distance, ses yeux n'eurent pas plutôt considéré le visage de son ennemi, qu'il jeta sa hache par terre en poussant un cri de joie, et courant à notre héros, les mains tendues et désarmées :

— Ah ! mon cher maître, s'écria-t-il ; ne reconnaissez-vous pas votre bon Pierrot?

— Comment !-tu fais ce métier-là, répondit Jean un peu étonné.

— Et depuis bien longtemps, répartit l'ancien valet, mais avant de vous raconter mes exploits, il est à propos, je pense, de faire cesser la bataille. Nous nous arrangerons à l'amiable.

Jean s'empressa d'applaudir à cette heureuse idée, et Pierrot, aidé des témoins de cette scène touchante eut bientôt fait retirer ses hommes, qui allèrent s'établir à quelque deux cents pas du cabaret sur le bord opposé de la route. C'était une superbe réunion de malandrins ; ils pouvaient bien monter à une soixantaine, et ne laissaient rien à désirer quant à leur apparence barbue, délabrée et peu courtoise.

Les cavaliers de la présidente se resserrèrent, au contraire, autour de la maison, et l'on se trouva ainsi dans cette situation qui s'est appelée, quatre siècles plus tard, *une paix armée*.

Pierrot ayant disposé les siens comme il crut devoir le faire, déposa sur l'herbe, épée, couteau, pistolets et arquebuse, et s'en vint, les mains dans sa ceinture et avec une tranquillité parfaite retrouver Jean qui, frappé de cette intrépidité, ne put s'empêcher de lui dire :

— Ah ça ! ne crains-tu pas que je ne te mette la main au collet et que je ne t'enlève? Tu me fais tout l'effet, d'après la compagnie où je te trouve, d'être mûr pour la roue.

— Et si vous comptez, mon cher maître, répondit Pierrot, en se caressant le menton, que je suis le capitaine de ces honnêtes gens, vous ne pourrez qu'être confirmé dans votre opinion sur l'emploi dont je suis digne. Mais je connais trop votre honneur et votre bonne amitié pour moi ; je ne redoute rien. Laissez-moi donc entrer dans ce bouchon, où vous avez sans doute quelque ami avec vous ; j'aurai l'honneur de vous revoir comme autrefois, et ce qui, sans doute, ne vous déplaira point, je vous raconterai pourquoi vous me trouvez ici.

— Mon cher Pierrot, répondit Jean, tu ne m'as pas la mine de pouvoir être produit dans la compagnie des dames, sans quoi je t'aurais mené faire ta révérence à M$^{lle}$ Magdelaine que je viens de rencontrer par hasard, dans ce lieu-ci.

— Ah ! mon bon maître, répondit Pierrot, vous me traitez trop durement ; laissez-moi saluer une dame que je respecte autant que personne au monde ! D'ailleurs vous oubliez que nous avons un petit entretien à engager ensemble au sujet d'un certain charbonnier. C'est bien le moins que nous nous entendions sur ce point ; car vous devinez, j'espère, que je suis décidé à être fort coulant.

Jean ne revenait pas de sa surprise en trouvant son ancien valet, Pierrot, élevé en dignité dans un monde interlope. Pensant que les dames ne seraient pas moins curieuses que lui d'apprendre l'histoire du capitaine des brigands, il dit à Pierrot de l'attendre quelques minutes, et étant monté dans la chambre, il trouva la présidente et Magdelaine, ainsi que leurs femmes, déjà assez remises de la frayeur qu'elles avaient éprouvée et écoutant l'écuyer qui leur racontait de quelle manière le combat avait pris fin subitement.

— Mesdames, s'écria Jean, ceci me paraît une aventure vraiment extraordinaire ; et si vous avez autant de curiosité que moi, vous n'aurez point de peine à autoriser Pierrot à se présenter devant vous. Je sais bien qu'il n'est guère convenable, pour un homme de son espèce, d'affronter le regard d'une première présidente ; mais considérez, madame, que monsieur votre mari est aujourd'hui en disgrâce, et par conséquent n'est plus tenu à rendre la justice. Je crois m'apercevoir que vous daignez condescendre à notre faiblesse, et écouter ce que M<sup>lle</sup> Magdelaine ne sera, non plus que moi, fâchée d'entendre.

La première présidente sourit et avoua que malgré son rang et son âge, elle n'était pas tellement exempte des faiblesses humaines qu'elle ne sentît quelque désir d'entendre Pierrot ; l'écuyer fit donc monter le brigand, qui, à son entrée dans la chambre, ôta son bonnet, se mit à genoux et demanda humblement pardon aux dames de la frayeur qu'il avait dû leur causer.

— Je suis bien mal chanceux aujourd'hui, s'écria-t-il, en poursuivant un homme que je croyais être un meurtrier vulgaire, d'avoir ameuté ma bande après le meilleur maître qui fut jamais, et deux personnes aussi respectables ; ce n'est pas, je l'avoue, que j'eusse autant regretté d'affliger madame la première présidente ; car je n'ai pas l'honneur de la connaître ; mais je me donnerais des étrivières pour avoir pu causer un moment d'inquiétude à mademoiselle Magdelaine.

— Ce garçon ne manque pas de franchise, comme vous voyez, mesdames, et s'il en déploie autant dans le récit de ses aventures que dans ses excuses, la vérité n'aura pas lieu de se plaindre. Allons, lève-toi, Pierrot, et avec la permission de ces dames, commence ton récit.

— Mesdames et monsieur, dit le bandit. vous savez ou vous pouvez savoir que je suis né sur les terres de Mgr Aurèle-Agrippa de la

Tour-Miracle, et que mon père était un de ses fermiers.

— Il paraît, mon ami, s'écria Jean en l'interrompant, que ton histoire remonte loin. Abrège le plus que tu pourras.

— Avec tout le respect que j'ai pour vous, monsieur, si j'abrège trop vous ne saurez rien et ce n'est pas la peine de commencer.

— Il raisonne assez bien, dit Magdelaine, laissez-le dire à sa guise.

— Merci, mademoiselle, j'abuserai le moins possible de votre complaisance. Mgr Aurèle-Agrippa est, comme vous savez ou pouvez savoir, un peu bourru, mais il est aussi très compatissant pour ses vassaux, de sorte que tous les gens de sa terre lui sont fort attachés. Pour moi, il m'avait pris dans sa maison pour le servir et je me fais honneur de n'avoir jamais quitté M. Jean depuis qu'il est né, car je n'ai que trois ans de plus que lui et nous avons toujours joué ensemble.

— L'histoire ne marche pas vite, grommela Jean, et je perds bien du temps.

— Vous le rattraperez, monsieur; il arriva qu'un jour plusieurs jeunes gens des autres villages firent ensemble une compagnie pour courir sus aux huguenots. C'était lors de la première guerre civile. On enrôla des garçons de chez nous, et je m'en mis tout comme les autres ; mais parce que le gouverneur de la ville voisine avait récemment fait pendre quelques-uns de nos associés comme pillards, nous nous gardâmes bien de nous promener en plein jour comme auparavant, et nous tînmes au contraire notre association fort secrète. Le seigneur de la Tour-Miracle ne sut jamais qu'elle existât dans ses terres, et bientôt je devins le chef de mes camarades.

« Il y a quelques mois, un seigneur que M<sup>lle</sup> Magdelaine connaît bien, eut occasion d'apprendre notre manège et il voulut en tirer profit pour ses propres desseins. Oh ! ne pâlissez pas, ma bonne demoiselle, je ne veux rien dire qui puisse vous tourmenter.

— Je ne sais pas ce que vous pensez, Pierrot, dit Magdelaine d'une voix un peu agitée, mais je ne connais personne qui ait eu des rapports avec vos brigands.

— Au fait, il est bien possible que je me trompe, répondit Pierrot, en la regardant en dessous d'un air significatif. Mais je continue ; ce seigneur vint donc me trouver et me conseilla de tourner mes hommes à se battre également contre les catholiques et contre les huguenots. De cette façon-là me dit cet excellent ami, tu seras sûr de gagner double, en pillant les uns comme les autres, lorsque l'occasion en viendra, et, en outre, tu pourras de temps en temps te mettre à la solde d'un parti qui te payera grassement pour nuire à tel ou tel de ses adversaires. Par exemple, aujourd'hui même, si tu veux aller brûler le château du seigneur catholique de Poyac, voici cinquante écus d'or que les huguenots te font offrir et qui ne te coûteront que la peine de les prendre.

« Que voulez-vous ? la somme me tenta. D'ailleurs j'avais de la rancune contre les catholiques pour ceux de nos compagnons qu'ils avaient suppliciés ; j'emmenais mes drôles à l'attaque de Poyac ; nous pillâmes tout et brûlâmes ensuite le manoir. Il se trouva que le butin fut plus considérable qu'on ne l'espérait. De ce moment, il fut résolu que, sans préjugés, nous attaquerions tout le monde.

— Je ne te croyais pas si grand coquin, dit Jean. Et même, pour ne pas me vanter d'une pénétration que je n'ai pas eue, je conviens que je te croyais honnête.

— Ah ! monsieur, répondit Pierrot, de plus habiles que vous s'y seraient trompés, d'ailleurs je vous ai toujours aimé comme je le prouve aujourd'hui et compte encore le prouver à l'avenir.

« Après le sac du château de Poyac, le même seigneur dont je vous ai déjà parlé, nous proposa de nous joindre aux huguenots révoltés. Comme il ne s'agissait pas là de piller mais de recevoir de bons coups, nous refusâmes. Pourtant, après force supplications, je consentis à ce qu'une vingtaine des miens s'enrôlassent pour quelques jours sous les ordres du seigneur que je dis. Alors, le traître voulant avoir mon commandement, dénonça à M. de Montluc tous ceux du moins qui n'avaient pas voulu servir sous ses ordres, et moi-même. Heureusement que j'accompagnais alors mon jeune maître. Je me trouvais tout près de Montluc, qui ayant d'autres affaires, ne me connaissant d'ailleurs pas, ne me fit pas saisir sur le champ. Nous nous bâttimes contre les huguenots, monsieur, il doit vous en souvenir; vous vous fîtes prendre, et le bonheur voulut que je tombasse dans les mains de mes vingt hommes. Ils me mirent au fait de la trahison dont j'avais couru danger d'être victime, et que leur auteur leur avait lui-même dévoilée pour les attacher davantage, en leur montrant le sort malheureux de leurs compagnons.

« Comme je savais par moi-même que rien n'avait encore été mis à exécution de ces méchants projets, je pris mes vingt hommes avec moi, j'abandonnai le capitaine Bourbet avec ses reîtres, et je courus promptement rallier mes autres camarades. Sans doute, vous auriez préféré, monsieur, que je vous délivrasse sur-le-champ ; mais pensez que si nous n'avions pas été les plus forts, mes amis seraient restés les victimes des pièges qu'on leur tendait. Si j'étais votre domestique, j'étais aussi leur capitaine et je me sacrifiai.

« Je vous laissai donc emmener, et allant réunir toute ma bande, je démontrai, ce qui n'était pas difficile, que désormais catholiques et protestants allaient nous poursuivre à outrance, et qu'il était prudent de chercher pour nos exploits un autre théâtre. Nous sommes partis sans retard et nous nous sommes dirigés vers certaine forêt que connaît bien M. Jean.

— Du diable si tu dis vrai ! répondit le gentilhomme. Depuis trois jours, je ne sais ni où je suis, ni où je vais.

— Tant mieux, donc, reprit Pierrot ; comme je pourrai avoir besoin de rentrer dans ce gîte, il n'est pas nécessaire d'en dire le nom. Nous nous dirigeâmes donc vers la forêt que vous ne savez pas, et pour cela nous avions nos raisons. Ecoutez bien ceci, monsieur, je vous prie ; vous y êtes fort intéressé.

— Je crois qu'il va être question du charbonnier.

— Précisément. Ce brave homme est un gentilhomme de l'Angoumois dont j'ai promis de ne pas dire le nom.

— Que de réticences ! s'écria Jean.

— Monsieur, nous ne pouvons pas faire les confidences autrement dans notre état. Ce gentilhomme, donc, était très connu de quelques vieux routiers engagés parmi nous. Ils m'avaient conseillé d'aller le voir, et de lui demander de prendre parti dans notre bande :

« Vous êtes brave, Pierrot, m'avaient-ils dit,
mais vous n'avez pas l'expérience de ce capitaine. Il a servi un peu partout, et il est brouillé
avec tout le monde. Du reste, il est huguenot
dans ce moment-ci, et il se cache pour une
mauvaise affaire qu'il a eue. » Nous allâmes le
chercher. J'avais précédé ma bande avec deux
de mes vieux renards. Ils me présentèrent à ce
vénérable personnage, qui tomba d'accord
avec nous de nous donner quelques bons conseils, mais qui nous déclara ne pouvoir nous
joindre pour le moment, engagé qu'il était
dans une entreprise des plus importantes pour
le salut de tous les huguenots de France. Il
consentit à venir voir notre troupe, et promit
d'arriver le lendemain.

« Le lendemain, qui était ce matin, il ne vint
pas, et nous, impatients, nous allâmes à sa
cahute. Nous avons trouvé notre homme
comme vous l'avez accommodé, et malgré les
soins de deux de nos braves restés pour le
soigner, je crois bien qu'à cette heure il doit
être mort.

— Tant pis pour les huguenots, fit remarquer Jean ; il me semble qu'ils avaient là un
honnête associé.

— Ma troupe entière, continua Pierrot,
demanda à grands cris vengeance. En peu de
temps nous sûmes par nos éclaireurs, que
notre homme avait été amené au capitaine

Brantôme par un soldat fort mal accoutré, était sorti ensuite du village avec un cavalier d'escorte. Nous nous sommes mis sur vos traces ; voilà mon histoire.

— Pierrot, dit Magdelaine, j'espère que vous vous allez quitter aussitôt que possible votre vilain métier ?

— Je ne demande pas mieux, mademoiselle, et si je trouve quelque seigneur qui veuille me prendre à sa solde, d'un parti quelconque, avec ma bande, je suis tout prêt à me faire soldat. En attendant, il faut bien que je vive.

La conversation en était là quand l'intendant de la première présidente vint annoncer à sa maîtresse que les mules des carrosses étaient attelées, et que l'escorte était prête à monter à cheval quand on voudrait.

— Allons, dit M<sup>me</sup> de Largebaston, il faut partir, ma chère Magdelaine. Pensez-vous, monsieur Pierrot, que vos hommes se tiendront tranquilles jusqu'à ce que nous soyons loin ?

— Ils seront doux comme des agneaux, madame, répondit Pierrot ; je leur ai donné les ordres les plus sévères.

Les deux dames se levèrent et prirent affectueusement congé de Jean.

— Quand nous vous reverrons, dit madame la première présidente, j'espère que vos amours seront plus avancées.

— Madame, et vous, mademoiselle, répli

qua Jean en mettant la main sur sa poitrine,
mon cœur ne changera jamais.

Il donna la main aux deux dames et les conduisit jusqu'à leur carrosse ; elles montèrent
et s'y accommodèrent de leur mieux. A leur
tour, les femmes de la présidente s'installèrent
dans les carrosses de suite avec l'intendant et
quelques autres domestiques de haute volée ;
les écuyers montèrent à cheval, et on se fit les
derniers adieux.

Longtemps Jean suivit des yeux sur la route
cette caravane qui emportait la meilleure partie de son âme.

— Quand reverrai-je Magdelaine ? se disait-
il... La reverrai-je même jamais ? Atteindrai-
je seulement le château d'Anet dont je suis
encore si loin ?... Entouré de dangers et d'obstacles, si je ne puis remettre aux mains de
M<sup>me</sup> Diane le collier du capitaine Brantôme,
je périrai, du moins, et je périrai en songeant à
toi, chère Magdelaine..

Telles furent les pensées qui agitèrent le
cœur de l'amoureux cavalier aussi longtemps
qu'il vit dans le lointain flotter une plume de
casque ou scintiller un fer de lance. Lorsque
tout eut disparu et qu'il n'eut plus devant lui
que les brigands couchés sur l'herbe et à côté
de lui que Pierrot et la famille de l'aubergiste
épouvanté, il soupira et se dit : « Allons, c'est
assez songer à l'amour, pensons maintenant

à nous tirer d'affaires ! Ma situation n'est pas déjà si simple et tout mon esprit n'est pas de trop pour l'éclaircir. »

Pierrot vit la réaction que subissait l'esprit de son ancien maître.

— Monsieur, dit-il, il est peut-être bien tard pour continuer votre route. Et d'abord, où allez-vous ?

Jean n'avait pas de raisons pour douter de l'attachement de Pierrot, et d'ailleurs il était au pouvoir des brigands. Il lui confia le but de son voyage, tout en faisant mystère de l'écrin. C'est ainsi qu'à Magdelaine, et fort innocemment, il n'avait pas dit un mot de Corisande ; car Jean était, avant tout, un homme réfléchi, plein de précautions.

Pierrot, apprenant que Jean allait si loin, réfléchit pendant quelques minutes puis laissa tomber ces sages paroles :

— Monsieur, avant d'arriver à Anet, vous aurez certainement rencontré deux à trois armées royales, autant d'armées huguenotes, trente détachements catholiques, autant de détachements protestants et plus de deux cents partis de cavalerie et d'infanterie, sans compter les honnêtes gens comme moi. Bref, vous n'arriverez jamais. De plus, vous êtes ici mon prisonnier.

— Tu me fais frémir pour Magdelaine, s'écria Jean.

— Oh ! ces dames ont une escorte qui les gardera des petits voleurs, et des sauf-conduits qui les protégeront contre les gros. Mais vous, vous êtes tout seul, et encore une fois, vous êtes mon prisonnier.

— Que faut-il que je fasse alors, suivant toi ?

— Je ne vois qu'une ressource, répondit Pierrot, c'est de devenir notre chef.

— Parles-tu sérieusement ?

— Tout ce qu'il y a de plus sérieux, et voilà comment je m'y prendrai.

# CHAPITRE XI

Barbillon continue a avoir des défauts, ce qui oblige son maitre a se réfugier dans des bras qui n'avaient jamais cessé de lui être ouverts.

— Je suis curieux de savoir, en effet, répondit Jean, comment tes coquins pourraient accepter la proposition de me servir de gardes jusqu'au bout de mon voyage. Si j'avais de l'argent je sais que la chose serait aisée, mais ne te cache pas, mon bon Pierrot, que le capitaine Brantôme n'était pas en fonds et qu'il ne m'a remis que bien juste la somme suffisante pour faire ma route. Je n'ai donc rien à donner à tes braves amis.

— Il ne s'agit pas de votre argent, dit Pierrot, je vais vous présenter comme un gentilhomme consommé dans l'art de la guerre, et surtout dans la partie importante des embuscades. Qu'allions-nous demander à notre Angoumois ? précisément ce que nous trouvons en vous, un chef expérimenté.

— Mais malheureux, tu m'établis chef de voleurs ?

— Aimez-vous mieux ne pas faire votre voyage ? Allons, c'est résolu, n'en parlons plus. Du reste, tout ne sera que pour la frime. L'important c'est de savoir comment nous traverserons le pays. Vous vous doutez bien, d'après les aveux que je vous ai faits, que nous sommes en mesure de jouer tour à tour le rôle de catholiques et celui de protestants. Eh bien ! nous allons nous mettre en voyage avec vous vers la Normandie, et quand nous verrons au loin paraître des cornettes rouges, nous crierons : vive le Pape ! et tirerons de notre poche droite une écharpe de couleur convenable.

En parlant ainsi, Pierrot, fouilla dans ses chausses du côté indiqué et amena une large écharpe rouge qu'il se passa en sautoir.

— Rencontrerons-nous, au contraire, des étendards blancs ? alors, mon cher maître, nous en serons quittes pour chercher dans la poche gauche, et nous serons d'aussi bons hérétiques que Calvin lui-même.

— Cela ne va pas mal, dit Jean, et je m'abandonnerais volontiers à toi ; mais je le confesse, je me sens une répugnance complète à faire route avec tant d'honnêtes gens.

— Réfléchissez encore, monsieur, repartit Pierrot, et vous changerez d'avis. Dans tous les cas vous ne nous quitterez point, pensez-y bien, il nous faut un chef ou un prisonnier.

Jean réfléchit et se trouva à demi sot de céder à des scrupules déplacés. Il était désagréable, sans doute, pour la vertu de se déguiser en vice renforcé ; mais ne valait-il pas mieux subir cette nécessaire mascarade que de voir la vertu se faire victime une fois de plus?

— Au bout du compte, se dit Jean, M^{me} Diane aura son collier, je conserverai mon cou, et mes brigands d'amis prendront leurs cravates de chanvre un peu plus tard. J'accepte, Pierrot, s'écria-t-il, va arranger l'affaire !

Pierrot sortit de l'auberge et se dirigea vers ses gens. Il leur parla avec beaucoup de vivacité et d'un air triomphal. Enfin, il dit sans doute des choses fort bien pensées, car la fin de son discours fut couvert d'applaudissements ; il parut conclure par des recommandations et il rentra ensuite dans l'auberge.

— Allons, monsieur, dit-il à Jean, à cheval, votre escorte est prête. Où est votre domestique?

— Pourvu qu'il ne soit pas enfui avec les chevaux, pendant tout ce conflit, s'écria Jean. Barbillon ! Barbillon !

— On chercha Barbillon, et on le trouva enfin, aux prises avec deux voleurs, au détriment desquels il avait employé son talent surnaturel à jouer aux tarots ; il avait déjà la figure en sang et se débattait sous leurs coups.

On le tira de peine, et lorsqu'il fut sur ses pieds, son maître pour le réconforter, le régala encore d'un vigoureux coup de cravache en lui ordonnant d'amener les chevaux.

Barbillon ne se le fit pas dire deux fois. Tous les brigands passèrent leurs écharpes rouges sur le commandement de Pierrot ; trois ou quatre furent envoyés par Jean en avant-garde, avec ordre de se replier sur la troupe au moindre danger, et l'on se mit en voyage.

Il serait trop long de décrire les événements sans conséquence que rencontrèrent nos braves. Ils allèrent donner deux ou trois fois dans des bandes armées qui, les jugeant à la vue partisans de leur cause, s'abstinrent de leur chercher querelle ; ils firent quelques rencontres de simples voleurs qui les trouvèrent trop forts pour les attaquer, et bref, ils atteignirent, sans trop de peine, un village auprès d'une petite ville nommée Beaumont, située à quelques lieues de Mamers.

Ils se logèrent militairement dans ce gîte, comme huguenots, attendu que les environs étaient occupés par les troupes de la religion, et annoncèrent que, nouvelles recrues, ils allaient rejoindre le gros de l'armée. Tous ces discours n'étaient que les ordres du capitaine Jean de la Tour-Miracle. Des précautions de

luxe, car à cette époque tout se faisait avec un
tel désordre dans les conseils du royaume, dans
l'administration et surtout à la guerre, que dès
qu'on apercevait une écharpe de la couleur
de celle qu'on portait et qu'on n'était pas attaqué, on ne poussait pas les recherches plus
loin et on se traitait réciproquement en amis.
Les guerriers de Pierrot volaient bien çà et là,
disons mieux, ils n'entraient guère dans un
hameau, dans un village ou dans un bourg
sans y jouer quelque tour de leur métier ; mais
cette habitude fâcheuse pour les gens pai-
sibles ne suffisait pas pour rompre leur
incognito, attendu que l'usage et les privi-
lèges des gens de guerre expliquaient suffisamment une telle conduite. Tout allait donc
au mieux.

On se cantonna dans le village avec l'intention d'en partir le lendemain matin, et Jean,
fidèle à son rôle de capitaine de la troupe, se
logea dans la plus belle maison et se coucha
très satisfait de la manière dont la journée
s'était passée. Il était à peine dans un lit, et
commençait son premier somme quand il entendit quelqu'un entrer dans sa chambre.
C'était Pierrot.

— Monsieur, dit cet intègre coquin, il ne
s'agit pas de dormir. Vous et moi courons le
plus grand danger !

Jean sauta promptement au bas du lit.

— Eh quoi ! serions-nous attaqués par des voleurs plus nombreux que nous ?

— Il ne s'agit point de cela, mais d'une affaire bien plus sérieuse. Habillez-vous promptement et suivez-moi.

Jean fit ainsi qu'il lui était recommandé, et Pierrot l'emmenant par le derrière de la maison. le conduisit, en grand silence, contre la cloison de planches d'une espèce de grange, et lui indiquant une lucarne fort étroite, il l'engagea tout bas à y passer la tête avec précaution, à écouter ce qui se disait et à voir ce qui se faisait.

Barbillon était là, assis dans le foin, au milieu d'une douzaine de voleurs. Il tenait évidemment le dé et s'en donnait de tout son cœur à pérorer. Au moment où Jean devint partie ignorée de son auditoire, Barbillon achevait une démonstration que de nombreuses digressions avaient dû couper.

— C'était un bruit répandu dans la compagnie, disait Barbillon, que M. de Brantôme n'attendait qu'une occasion pour envoyer ce bijou précieux à son adresse ; il le montrait à qui voulait, et comme ce gentilhomme est très bavard, il ne se gênait pas pour raconter à chacun qu'il avait un très beau collier, qu'il le portait avec lui, qu'il l'enverrait à une dame.

— Tu nous répètes toujours ta même chanson, dirent les voleurs. Conclus !

— Eh bien, je conclus en vous disant que c’est mon maître qui a servi d’occasion. Il ne m’a jamais dit, celui-là, car il est rusé comme un goujon, où il avait caché son trésor ; mais je suis certain qu’il l’a sur lui et nous ferions une bonne affaire si nous pouvions le lui prendre.

— Savez-vous, camarades, dit un des voleurs, que c’est une scélératesse damnable au capitaine Pierrot, qui n’ignorait pas sans doute l’histoire du collier, que de nous avoir mis sous les ordres d’un tel dameret, qui à peine nous laisse piller un peu, et qui ne tient pas, d’ailleurs, ses promesses envers nous ? Car à quelle bonne affaire nous a-t-il jamais menés ?

Cette phrase fit sourire Jean, il leva la tête pour regarder Pierrot. Pierrot lui fit signe que ce n’était pas le moment de se donner des jouissances goguenardes, et Jean n’insista pas et se remit l’oreille au guet.

— Mon avis est, disait Barbillon, qu’on ne manque pas de tordre le cou à Pierrot, sa figure d’ailleurs ne me revient point ; pour mon maître, c’est chose différente ; je l’aime, il en a toujours agi délicatement avec moi. Ce n’est pas, voyez-vous, un de ces garçons empesés qui n’osent parler à leurs gens ou bien qui leur font des explications de deux heures. Ah ! bien oui ! avec lui un coup de cravache ou un souf-flet est plus tôt donné qu’on n’a eu le temps de dire *amen* ! Du reste, toujours de bonne humeur, et point gourmé ! J'aime ce caractère et je ne veux pas qu'on lui fasse le moindre mal. Je ne me fie pas à vous, mes petits chérubins de Saint-Nicolas ! Aussi voilà comment j'entends que nous arrangions notre affaire.

— Allons ! parle vite, c'était là ce qu'il fallait dire d'abord.

— Tout vient à point à qui sait attendre. Mon maître dort en ce moment, le brave garçon ! Je vais entrer doucement dans sa chamvre et je mettrai tous ses habits sur mes bras, depuis le chapeau jusques aux bottes ; l'écrin est quelque part là-dedans ; nous couperons toute la friperie par petits morceaux et nous partagerons le trésor en frères quand nous l'aurons trouvé.

— Allons donc, va chercher ces habits, nous t'attendrons ici et surtout fais diligence.

— Je cours, dit Barbillon.

Il sortit de la grange et s'achemina d'un pas vif et allègre vers la maison où était logé Jean ; celui-ci prenant Pierrot par le bras, l'entraîna vivement en lui disant : « Je sais ce qu'il faut faire ! »

Ils rentrèrent dans le logis par le même chemin de traverse qu'ils avaient suivi pour venir écouter les conspirateurs de la grange, et comme ils marchaient plus vite que Barbillon et que leur chemin était plus court, ils arrivèrent encore quelques minutes avant lui.

Barbillon monta bien doucement l'escalier et ouvrit la porte avec des précautions si adroites que Pierrot non plus que Jean ne purent qu'à peine l'entendre, mais ils le virent au moyen d'un faible crépuscule qui ne pouvait les trahir, retirés qu'ils étaient dans les deux coins les plus sombres de l'appartement.

Le traître Barbillon s'achemina à pas de loup vers le lit et étendit les mains pour chercher les vêtements de son maître. Aussitôt Jean se précipita vers la porte, la ferma, en mit la clef dans sa ceinture, et accourut au secours de Pierrot déjà aux prises avec Barbillon, ils n'eurent que peu de forces à employer pour se rendre maîtres de lui, car à peine se débattait-il tant sa surprise était grande.

Jean lui dit :

— Je ne perdrai pas de temps à t'injurier ni à te battre. Mais tu comprends bien que sachant tes desseins sur moi, comme je les connais, je ne puis pas te quitter ainsi ; je te prie donc de te laisser lier les pieds et les mains de bonne grâce :

— Monsieur, vous avez tort, répondit Barbillon avec le plus grand sang-froid; après le trait de génie que vous venez de faire, je ne sais pas comment ! l'affection que j'avais pour vous se change en vénération, et, soyez-en sûr, je renonce pour toute ma vie à aucune entreprise, plaisanterie ou finesse qui serait d'espèce à vous déplaire !

— Je n'en doute pas, répondit Jean, en lui liant solidement les mains avec des cordes trouvées dans un coin de la chambre rustique, tandis que Pierrot attachait non moins exactement les pieds, je n'en doute pas ; néanmoins je te laisse ici dans l'impossibilité de troubler le projet que j'ai maintenant, et sois sûr qu'avant peu tu auras la hart que M. de Brantôme t'a promise.

— Monsieur, je monterai à la potence, rempli d'admiration pour un si grand homme que vous êtes, et bénissant le ciel de l'avoir connu. Mais encore une fois, vous avez tort de ne pas vous fier à moi.

— C'est bon, c'est bon, dit Jean. As-tu encore quelque chose à dire ?

— Non, monsieur, sinon que lorsque j'aurai retrouvé l'usage de mes jambes je m'empresserai d'aller vous rejoindre partout où vous serez.

Jean ne répondit pas, mais avec une serviette il confectionna un bâillon et mit Barbillon hors d'état d'appeler à son secours, puis, cela fait, il quitta la chambre avec Pierrot.

Lorsqu'ils furent dans la cour :

— Pierrot, dit Jean, nous n'avons rien de mieux à faire que de décamper au plus vite, et de continuer seuls notre route.

— Je le pense comme vous, répondit Pierrot, d'autant plus que me voilà perdu dans l'esprit de mes hommes, puisque cet infernal a été leur persuader qu'ils étaient mes dupes.

— Mettons-nous donc en route, et cela sans tarder. Cependant, comme il est certain que nos misérables vont courir après nous, je suis d'avis de partir à pied ; nous arriverons cette nuit près des portes de Beaumont, nous entrerons dans la ville au petit jour, et nous tâcherons là de continuer mon voyage aussi sûrement que possible, sans retomber dans les mains de ta canaille.

— C'est très bien imaginé, repartit Pierrot. En route !

Voilà Jean encore une fois lancé sur les chemins dans une assez grande détresse. Cette fois ses inquiétudes sont plus vives encore que lors de cette journée où il erra de bois en bois. Il ne risquait alors que son existence ; l'affaire est plus compliquée aujourd'hui, puisqu'il faut remplir une mission que les difficultés rendent si honorable.

— Ah ! Magdelaine ! se disait-il amèrement, si vous aviez voulu m'épouser sans tant de façons, tout cela ne serait pas arrivé ! Je ne serais pas entré de nuit dans votre jardin, *et cœtera* ! et je ne me trouverais pas ici. Ah ! Magdelaine ! Magdelaine !

Tandis que cet amant malheureux mau-

'dissait ainsi sa destinée, il suivait un petit chemin parallèle à la route; car, ne connaissant pas
le pays, non-plus que Pierrot, il n'osait se risquer dans des sentiers qui, peut-être, les eussent fort éloignés de Beaumont. Ils cheminaient
par la nuit, une nuit pluvieuse et froide, glissant à tous moments sur le terrain argileux et
gras, et sautant des fossés pleins d'eau dans
lesquels ils s'envasèrent plus d'une fois, tant
l'obscurité était grande.

Ils avaient raison, du reste, de ne pas tenir
le grand chemin, car les deux fugitifs furent
poursuivis; à deux ou trois reprises différentes,
ils virent passer au galop des gens de leur
bande, qui regardaient sur la route, mau-
gréant comme de vrais Sarrasins. Mais aucun
de ces honnêtes guerriers n'eut l'idée de descendre dans les bas côtés du chemin où ils
auraient probablement découvert ce qu'ils
cherchaient.

Enfin, une masse sombre se forma au loin
sur le bord de l'horizon, et les deux coureurs
de nuit s'en étant rapprochés peu à peu, virent que c'était une ville avec ses fossés, un
pont-levis, ses tours et même ses canons dont
les têtes allongées passaient au-dessus des
murailles.

— Voilà sans doute Beaumont, dit Jean à
son ancien valet; il ne s'agit plus maintenant
que d'attendre le jour pour y entrer.

— Nous n'attendrons pas longtemps, monsieur, repartit Pierrot ; les premières lueurs de l'aube blanchissent le ciel, et si le temps était moins mauvais, nous verrions déjà le soleil. Savez-vous, du reste, que nous courons de grands risques en nous présentant aux portes dans l'équipage où nous voilà ? Je suis certain qu'on va nous faire entrer au corps de garde et nous soumettre à un interrogatoire gênant.

— Tu as pardieu raison, répondit Jean ; mais malheureusement je ne puis quitter mon costume actuel.

— A cause de l'écrin ?

— L'écrin, mon bon ami, n'existe que dans la tête de Barbillon, mais la lettre est dans mes bottes, et je ne saurais où la cacher aussi bien.

Jean était sûr de la fidélité de Pierrot quant à un morceau de papier ; mais il n'était pas aussi persuadé qu'un bijou n'ébranlerait pas cette probité-là.

— Alors, monsieur, répondit Pierrot, nous tâcherons de faire de notre mieux.

Par bonheur pour les deux associés, ce jour était jour de marché ; une multitude de gens de toutes conditions se pressèrent bientôt pour entrer et pour sortir de la ville, et Jean et Pierrot s'étant lancés au milieu de la foule, parvinrent à franchir le pont et les abords du corps de garde sans que la sentinelle, non plus que les soldats du poste, eussent pris garde à eux.

Ainsi donc charmés et triomphants ils s'acheminèrent en hâte vers une auberge qui étalait avec splendeur à l'extrémité d'une grande place, l'enseigne du *Soleil d'or* ornée de cette devise un peu risquée par le temps qu'il faisait : *Le soleil luit pour tout le monde !*

Ils n'étaient plus qu'à quelques pas de l'auberge bénie, quand ils furent avisés tout à coup par un gros gentilhomme, splendidement vêtu et accompagné de plusieurs officiers avec lesquels il causait très haut. Le gros gentilhomme, en apercevant Jean, le contempla quelques instants avec attention, le reconnut, et poussant un cri de joie, ouvrit les deux bras et s'écria en riant :

— Oh ! oh ! monsieur de la Tour-Miracle, venez donc m'embrasser ! Quelle heureuse rencontre ! J'espère maintenant que nous ne nous quitterons plus !

Jean frémit de colère et de douleur en se trouvant sur le sein de cet ami si chaud, qui n'était autre que le magnanime capitaine César de Bourbet.

# CHAPITRE XII

## LA DESTINÉE COMMENCE A PLAISANTER PLUS AGRÉABLEMENT AVEC JEAN.

Pierrot avait également reconnu l'officier protestant ; mais pour son bonheur, ce fut avant que cet ancien chef n'ait eu le temps de le regarder, absorbé qu'était le très heureux César de Bourbet dans la contemplation de son prisonnier ressaisi. Pierrot, sachant trop bien que la désertion de ses hommes, le jour de la bataille près de Lectoure, n'était pas un cas à oublier, et craignant pour son cou, se hâta de profiter du moment de répit qui lui était accordé, et laissant là son maître, se perdit dans la foule et disparut.

Pour Jean, avant qu'il ait pu trouver la force de prononcer un seul mot, le capitaine l'avait déjà présenté aux gentilshommes qui se trouvaient présents.

— Monsieur de Mergey, monsieur de Balard permettez-moi de vous faire faire connaissance avec un jeune seigneur gascon rempli de bravoure et d'esprit. Je vous ai raconté déjà

la manière tout ingénieuse dont il s'était débarrassé de ma garde ; soyez témoins aujourd'hui
de la façon non moins merveilleuse dont il
m'est rendu !

— Mais, capitaine, s'écria Jean plutôt pour
parlementer qu'avec l'espoir de réussir, de
quel droit me reprenez-vous aujourd'hui ? Ne
suis-je pas dans une ville royale ?

— N'êtes-vous plus catholique, mon cher
seigneur ? répondit Bourbet.

— Si fait, et de tout mon cœur, repartit
Jean.

— Eh bien, nous voilà tous bons protestants,
dit Bourbet, officiers et soldats, tout est huguenot ici, la ville est nôtre, toute royale que vous
la disiez, et à moins que votre bras ne nous
mette en pièces, comme faisait Roland les
armées turques, il faut que vous vous rendiez.

Ce discours était d'une logique à laquelle
on ne pouvait rien reprendre. Jean baissa la
tête.

— D'ailleurs, continua Bourbet, il ne faut
pas vous chagriner. Nous sommes ici fort à
l'aise, et nous menons ici agréable vie. Vous
dînerez avec moi, coucherez dans ma chambre,
et je vous mènerai aux belles assemblées.

— M. le comte de la Rochefoucauld sera
charmé de vous voir, dit M. de Mergey.

— Nous jouerons au lansquenet, dit M. de
Balard.

— Et je vous conduirai aujourd'hui chez une dame de votre connaissance, chez une belle veuve dont la vue ne vous déplaira pas.

— Une veuve, dit Jean, après avoir rougi au nom de *belle dame*. Si vous voulez parler de M^me de Peyrecave, elle n'est pas veuve.

— Si fait, son mari a été tué dans une rencontre par un Suisse. La douleur sied à ravir à la divine Corisande. Mais venez, venez, il faut avant tout que je vous présente à M. le comte de la Rochefoucauld, qui nous commande ici.

Il n'y avait pas à résister, et Jean trouva plus à propos de paraître gai, et de ne pas faire le maussade ; il avait grandement raison. La mauvaise humeur, outre qu'elle ne vous fait pas des partisans, glace et paralyse singulièrement l'esprit, tandis que la gaîté, au contraire, conserve l'espérance, aiguise l'imagination, l'échauffe doucement, et fait sans cesse éclore une couvée de projets et d'entreprises dont l'une finit toujours par réussir.

Ce fut comme en triomphe que les gentilshommes protestants amenèrent leur captif dans la chambre de monsieur le comte. Ce grand seigneur, qui était alors un des chefs les plus importants du parti, venait d'être battu avec le gros de l'armée à la bataille de Dreux, et il s'était retiré sur Beaumont. Comme le présent livre n'a rien à débattre avec les grandes affaires de la politique, il nous convient de laisser de côté toutes considérations de haute portée sur le personnage devant lequel nous nous trouvons, et de dire seulement qu'il reçut notre héros avec la courtoisie qui lui était habituelle. Il confirma les dires du capitaine Bourbet en donnant au prisonnier la ville pour geôle, et il l'engagea seulement à ne pas manquer de se présenter chaque jour à son lever et à son coucher.

— Je suis sûr, monsieur, dit pour terminer monsieur le comte, que vous finirez par goûter nos opinions, et qu'un jeune homme si sage et si judicieux que vous l'êtes, ne peut manquer de devenir notre ami.

Jean se contenta de saluer à ce compliment, et Bourbet, et Mergey, et Balard l'emmenèrent en leur logis. Il faut dire *leur*, car ils demeuraient tous trois dans deux chambres contiguës, la ville étant pleine de troupes et les logements introuvables.

— Mon bon monsieur, dit Bourbet, vous allez donc vivre avec nous ! Je ne vous demande pas votre parole de ne pas chercher à vous enfuir ; je vous connais entêté et vous ne me la donnerez pas. Mais je vais vous dire, pour que vous ne fassiez pas quelque tentative ridicule, toutes les précautions que nous avons prises pour vous garder. D'abord, un de nous trois jouira constamment de l'honneur de votre conversation ; puis il y aura toujours deux factionnaires sous vos fenêtres, puis votre signalement est déjà donné aux portes de la ville, et comme vous viendrez tous les jours avec nous assister aux manœuvres, il ne sera bientôt plus un soldat qui ne vous connaisse et ne vous surveille. Etes-vous content ?

— Enchanté ! répondit Jean ; combien de temps durera cette aimable situation ?

— Jusqu'à ce que nous ayons rejoint monsieur l'amiral, ce qui ne peut tarder plus de quinze jours, car nous ne comptons pas vivre et mourir ici.

— Ma foi, monsieur, je vous l'avoue, je suis si fatigué de la vie que je mène depuis quelque temps, et j'apprécie tellement votre compagnie que je me résous à rester quinze jours avec vous. Je vous donne ma parole d'honneur de ne pas chercher à vous quitter d'ici là.

— Ouais ! répliqua Bourbet, le prenez-vous sur ce ton ? Je ne vous céderai rien en courtoisie ; vous aurez une chambre à vous seul, car je vous donne la mienne. Je coucherai chez ces messieurs, et vous ferez, du reste, comme vous l'entendrez. Souvenez-vous seulement que nous irons à midi chez la belle Corisande.

Si Jean s'était soumis de bonne grâce à sa captivité, c'était pour l'amour du collier de M<sup>me</sup> Diane uniquement. A toute force, il fallait qu'il tirât de sa cachette ce précieux bijou, car il ne pouvait songer à garder ses bottes constamment, d'autant plus que sa promenade nocturne avait mis l'habit du capitaine Brantôme dans un état non moins triste que son prédécesseur. Si quelque espion avait dû toujours être à la suite de Jean, impossible de changer l'écrin de place; se montrer docile, c'était esquiver les difficultés les plus pressantes.

— Quinze jours sont bientôt passés, marmotta notre héros en soupirant.

M. de Mergey et le capitaine firent venir un tailleur et l'habit de Brantôme fut bientôt remplacé. Jean demanda la permission de faire sa toilette et même celle de se reposer jusqu'à midi. Il était neuf heures. Deux heures de sommeil étaient indispensables, dit-il, pour réparer un peu les forces qu'il avait perdues à courir toute la nuit devant des protestants qui voulaient le prendre. On rit beaucoup de cette fuite et de son résultat, et on laissa le malheureux voyageur.

Jean, lorsqu'il se trouva seul, commença par reconnaître comment sa chambre était disposée et si personne n'y était caché ou ne pouvait s'y cacher. C'était une vaste pièce carrée, avec une grande cheminée, et de profondes armoires. Du reste, peu de meubles pour accompagner un grand lit qui aurait contenu aisément cinq personnes. Il n'y avait qu'une unique fenêtre donnant sur une ruelle et une seule porte, celle de la chambre des trois gentilshommes. Jean en conclut que son collier était assuré contre les surprises.

Après cette reconnaissance, Jean s'empressa de découdre le haut de ses bottes et d'en tirer l'écrin ; il le serra dans le fond d'une des armoires dont il leva la boiserie avec la pointe de son poignard, puis il se coucha. Inutile de dire qu'il ne dormit point ; ce n'est pas toujours un bon soporifique que l'inquiétude, bien que plusieurs grands personnages, à ce que dit l'histoire, n'aient jamais si bien dormi que lorsque leur fortune leur donnait lieu de douter de l'avenir le plus prochain.

A midi, Jean fut appelé à grands cris par ses trois compagnons.

— Allons, monsieur, lui disaient-ils à travers la porte, il est temps de nous lever. Les dames attendent ! Je parierais toute la ville de Beaumont contre un dîner chez le More, qu'elles savent déjà que nous avons un galant cavalier de plus à leur offrir.

Jean s'habilla, vint se regarder dans un miroir de poche que lui prêta Balard et se trouva même suffisamment relevé (il ne manquait pas d'amour-propre comme on sait), pour se présenter devant Corisande. Il était fort préoccupé de cette rencontre.

Il avait pourtant bien des soucis ; d'abord,

ce maudit collier ; puis, si l'on soupçonnait que pendant l'intervalle de sa fuite à sa reprise, il avait eu des communications avec un officier catholique, que de questions, que de soupçons ! Il n'était déjà que trop extraordinaire de le retrouver à Beaumont après l'avoir perdu dans l'Angoumois, et c'était tout au plus si l'histoire qu'il avait composée à ce sujet avait pu trouver créance ! Enfin, la position était hérissée de difficultés et Jean se fâchait un peu en lui-même contre l'imagination galante et courtisanesque du seigneur de Brantôme.

Dans une telle disposition d'esprit, il fallait beaucoup de bonne humeur naturelle pour se sentir l'imagination égayée par l'idée d'une visite. Jean aurait préféré, sans doute, retrouver Corisande dans une autre occasion, plus heureuse pour lui ; mais enfin il la retrouvait et c'était charmant. Non pas que dans sa pensée M. Jean en fût amoureux le moins du monde. Grands dieux ! non ! Il éprouvait, et voilà tout, un certain attrait, un certain penchant, un certain sentiment, le tout indéfinissable, qui cadrait à merveille avec sa fidélité pour Magdelaine, ne le blessait en rien, et rendait seulement précieux à l'heureux jeune homme la vue de la belle, de la ravissante sœur de feu Gaspard Lescout.

Aussitôt que Jean fut habillé, ses trois amis l'emmenèrent et on arriva dans une belle et grande maison, celle de monsieur le comte, où se réunissaient les belles dames protestantes venues soit des environs, soit d'autres parties du royaume, à la suite de leurs maris.

L'assemblée était nombreuse. La comtesse de Roussy, seconde femme de M. de la Roche-foucauld, celle-là même qui mourut en 1574 d'une maladie d'estomac, s'étonnant très fort qu'avec soixante mille livres de rente, elle pût mourir de faim, M<sup>me</sup> de Roussy, disons-nous, faisait les honneurs de la maison. Au nombre des beautés qui l'entouraient, Jean n'en remarqua qu'une seule, comme de juste, et rougit très fort, encore plus fort que lorsqu'il avait appris la présence à Beaumont, d'une personne aussi belle.

Les trois huguenots amenèrent leur captif devant M<sup>me</sup> de Peyrecave.

— Madame, dit Balard, voilà un esclave qui vient reprendre la chaîne que lui avaient donnée vos beaux yeux.

— Je suis charmée de le retrouver, dit Corisande d'un air très oublieux de la mort de son frère Gaspard ; je suis charmée de le revoir et je ferai ce qui se pourra pour rendre sa position plus douce.

Elle fit place à Jean à côté d'elle, et elle commença à l'interroger, à lui répondre, à le plaisanter, à rire, à se douloir, à parler de mille sujets et encore, enfin, pour tout dire en un mot, à l'ensorceler. Outre qu'elle avait les plus beaux yeux du monde, les mieux fendus et les plus parlants, elle savait s'en servir avec un art infini, et Jean était étourdi, ébloui, fou, lorsque Mergey vint le chercher pour se mettre au jeu.

Il voulait d'abord refuser ; mais Corisande le supplia tout bas de ne pas rester auprès d'elle : « Vous feriez jaser les méchants ! »

— Rendez-moi ce service de vous en aller, ajouta-t-elle en riant, et elle accompagna ces paroles d'un regard qui porta le désordre dans le peu de raison que Jean avait conservé.

Corisande se leva et prenant le bras d'une autre dame debout à quelques pas d'elle, elle alla rejoindre la comtesse.

— Allons, monsieur, dit Mergey, il est bon certainement d'être amoureux et, avant mon mariage, je n'y manquai jamais ; cependant il ne faut pas ne penser qu'à cette seule distraction, car plusieurs en ont perdu l'esprit.

Jean répondit avec un sérieux qui annonçait une âme très émue :

— Je vous jure, monsieur de Mergey, que je ne suis pas amoureux du tout, ayant logé mon cœur en d'autres quartiers ; mais je ne puis nier que M^{me} de Peyrecave ne soit la plus spirituelle, la plus étonnante, la plus merveilleuse femme que j'ai vue, à l'exception d'une seule !

— Cette seule-là me fait bien l'effet, repartit Mergey, de perdre de son terrain, et je ne lui donne pas deux jours pour n'avoir plus un pouce de propriété dans votre cœur ; allons jouer.

— C'est en quoi vous vous trompez très fort, s'écria le jeune homme qu'un pareil doute mit immédiatement en colère. Jamais je n'aimerai M<sup>me</sup> Corisande, et si j'y songeais jamais, je veux bien que tous les plus beaux diables viennent par charretées à Beaumont pour me tordre le cou !

— Allons, allons, calmez-vous, monsieur, et asseyez-vous là ; le lansquenet vous allez le voir, n'est pas une plus mauvaise chose que la conversation d'une dame. Voilà des cartes, et faites attention, car nous jouons gros jeu.

Jean tira de sa poche la bourse que lui avait donnée Brantôme et commença une partie.

Il donnait et prenait les cartes machinalement ; sa tête était ailleurs. Dans cette âme méridionale, il y avait une véritable bourrasque où tous les sentiments tourbillonnaient sous le souffle impétueux d'un sentiment que le jeune homme s'acharnait à ne pas reconnaître.

Il se persuadait à lui-même que ce qu'il éprouvait n'avait jamais été senti ; c'est le propre des jeunes êtres, que de donner leurs découvertes pour toutes neuves et d'imaginer que le monde est né avec eux. Il se confirmait à lui-même tous les serments qu'il avait faits à Magdelaine et n'en cherchait pas moins dans la salle les regards de Corisande.

Dans une agitation extrême, il étouffait, les yeux de la ravissante veuve rencontraient souvent les siens et y jetaient des rayons brûlants ; tout à la fois le plus heureux, le plus embarrassé, le plus ému et le plus constamment et inébranlablement fidèle de tous les amants de l'univers, il ne savait plus où il en était.

Et pendant ce temps, le jeu allait son train, et la fortune, par un incroyable caprice, s'occupa à le favoriser. Il savait à peine quelles cartes étaient dans sa main, il les jetait les unes après les autres sans les regarder ; mais quoi ! le hasard s'était assis à son côté et guidait son choix. Ce qu'il faisait était précisément ce qu'il fallait faire ; il n'était pas de si mauvaises cartes dont il ne tirât bon parti, et tandis qu'il suivait du coin de l'œil et de toute son âme les mouvements de Corisande, il gagnait, gagnait toujours et mettait tout le monde à sec.

Bourbet et plusieurs autres avaient déjà quitté la place, complètement dépouillés ; Balard fut chassé à son tour et Mergey de même ; enfin le comte de la Rochefoucauld perdit trois cents pistoles. Le jeu finit et Jean mit dans ses poches quelque trois mille écus, dépouilles opimes des hérétiques.

Il était chargé comme un marchand qui va faire ses emplettes et se trouvait bien embarrassé de son or. On riait des plaisanteries auxquelles il se livrait à ce sujet et on liait des parties pour le lendemain. Toutes les dames trouvèrent ce jeune vainqueur fort à leur gré, et Corisande lui témoigna, autant que les bienséances le permettaient, toute la bienveillance dont elle était animée pour lui.

De Gaspard Lescout, il n'en avait pas été dit un mot ; de Pierre, pas davantage ; Jean ne crut pas devoir parler des deux vieilles circonstances désagréables de sa connaissance avec Mme de Peyrecave qui, de son côté, ne sembla nullement vouloir donner à l'entretien une tournure lugubre.

Le jeu, les devis avaient duré fort longtemps, et on ne se sépara qu'après souper.

Jean rentra dans son logis avec ses trois compagnons et chargé de son trésor.

— Messieurs, dit-il, j'espère que vous ne m'en voulez pas de l'heureuse chance que j'ai eue aujourd'hui ; ce que j'ai gagné, je le perdrai sans doute demain, et si ce n'est demain, ce sera après, car je me décide à vous donner revanche jusqu'à la dernière pistole. Ainsi maintenons-nous en belle humeur.

— Je me suis senti tout de suite de l'inclination pour vous, dit Balard, et j'ai déclaré, dans le moment même où Bourbet vous prit,

que vous aviez figure de galant homme. Je
crois que j'étais bon prophète.

— Couchons-nous, dit Mergey, je tombe
de sommeil, car j'ai poussé une reconnaissance
à six lieues d'ici, pendant la nuit, et la Tour-
Miracle qui n'a pas plus reposé que moi, semble déjà dormir debout.

— Vous parlez d'or, mon cher ami, répondit Jean, et je vous souhaite le bonsoir.

— Adieu, mon prisonnier, dit Bourbet en lui
serrant la main.

— Bonne nuit, messieurs mes geôliers,
repartit Jean ; et il entra dans sa chambre avec
le juste orgueil d'un homme qui, depuis qu'il
était en captivité, avait gagné une fortune,
conquis la faveur de toutes les dames, l'amitié
de tous les hommes, et attiré l'attention de la
plus belle personne qu'il eût encore vue.

Aussi Jean se mit-il sur son lit et éteignit-il
sa lumière avec plus de satisfaction qu'un
prisonnier ne le fait ordinairement.

# CHAPITRE XIII



JEAN A LE CŒUR TROP SENSIBLE, ET IL S'EM-
BARQUE DANS UNE AFFAIRE DONT IL NE PRÉ-
VOIT PAS LA FIN.

Jean n'était pas encore endormi, il commençait seulement à tomber dans ce doux
état léthargique qui précède si heureusement
le repos complet de l'âme et des sens, en
le faisant savourer, qu'une pensée subite le
réveilla.

— Si par hasard, se dit-il, j'allais être forcé
de partir sans pouvoir prendre mon écrin?
Ou bien, si avant mon départ j'allais être toujours accompagné ou obsédé, que ferais-je?
Mon écrin ne peut pas rester dans cette ar-
moire. Il faut que je le garde sur moi.

Il se releva tout doucement et alla chercher
le tourment de ses journées.

— Je ne peux pas, se dit-il, le remettre dans
mes bottes ; à moins que d'être toute la journée comme un homme qui va monter à cheval... Si je le mettais dans le fond de mon chapeau !... On perd très aisément son chapeau

dans une bagarre !... C'est fort embarrassant ! Peste soit du seigneur de Brantôme ! Ma foi, je vais me le mettre au cou; bien fin qui viendra le chercher.

Jean attacha le joyau à son cou et se recoucha. En y pensant, il s'applaudit fort du parti qu'il avait su prendre, et il finit par s'endormir, l'âme complètement satisfaite, mais désirant bien être au bout de ses aventures, et se voyant dans une agréable perspective, officier et mari de M^{lle} Magdelaine. Le mieux pour lui, dans le moment présent, fut qu'il s'endormit. Il en avait grand besoin. Sans doute, un amant moderne n'aurait pas osé s'abandonner à un pareil oubli de toutes choses délicates où se trouvait l'héritier de la Tour-Miracle ; car enfin, de son aveu même à lui-même, il était à deux doigts d'une infidélité ; mais en ce temps-là, on n'y regardait pas tout à fait d'aussi près ; d'ailleurs encore une fois la nature, l'exigeante nature a des droits qu'on ne saurait longtemps méconnaître ; Jean, malgré les agitations bien réelles de son âme, ne put se tenir de fermer les yeux, et ce qui est pire, il ne les rouvrit que le lendemain matin au grand jour, lorsque ses trois amis entrèrent dans sa chambre.

Ce furent d'abord, comme de raison entre des seigneurs aussi polis, de grands compliments et de vives embrassades ; puis on se

demanda comment on passerait la journée.
M. de Balard n'était point tout à fait libre ni
M. de Mergey non plus : c'était leur tour de
commander certains postes de la ville, mais
pour le capitaine Bourbet, il avait franchise
entière de s'occuper suivant son goût et il offrit
à Jean une partie de prince pour tuer le temps
jusqu'au dîner. Jean allait accepter quand le
valet de Mergey vint l'avertir qu'une personne
était à la porte de la maison et demandait à lui
parler en secret.

— Allez, la Tour-Miracle, dit Balard, c'est
bien certainement quelque bonne fortune qui
vous arrive et il ne faut pas la laisser échapper
par une négligence.

Au fond de son âme, Jean admit presque la
supposition flatteuse de son ami ; il s'empressa
de descendre dans la rue où il trouva un petit
laquais à livrée bleu de ciel qui lui dit après
l'avoir salué humblement :

— Monsieur, quelqu'un dont la confiance
en vous est très grande, désirerait vous entretenir sur une affaire bien importante et vous
demande une entrevue sur le champ.

— Mon petit ami, répondit Jean, je suis
tout à fait aux ordres de la personne qui t'envoie, bien que je ne me doute pas qui elle peut
être ; dis-lui que je vais l'attendre.

— Non pas, monsieur, répondit le petit
laquais ; il faut au contraire venir la chercher,

et si vous voulez bien me suivre, je vous mènerai là où elle vous attend.

— Tu sais, sans doute, objecta Jean, que
je suis prisonnier sur parole ; je ne puis sortir
de la ville, ainsi dis-moi tout d'abord si la démarche que tu me proposes peut se concilier
avec mon serment.

— Soyez-en certain, répliqua le laquais,
vous pouvez me suivre en toute sûreté de conscience.

Sur un signe de Jean, le messager se mit en
marche devant lui.

Il lui fit quitter la principale rue et traversa
deux ou trois ruelles assez obscures bordées de
maisons très maussades d'aspect ; enfin il s'arrêta devant un logis plus apparent, ouvrit la
porte et, introduisant le cavalier, il le laissa
seul, maître du terrain et libre de chercher sa
route.

C'est ce que celui-ci fit sans tarder et comme
la demeure n'était pas grande, il n'eut aucune
peine à arriver à une chambre médiocrement
meublée et parée où il trouva la belle Corisande qui se promenait de long en large dans
l'appartement en l'attendant.

Il fut un peu surpris de cette rencontre,
mais encore plus charmé, et après avoir salué
celle dont la pensée commençait à l'occuper
beaucoup, il commença la conversation qu'elle
ne paraissait pas vouloir entamer elle-même.

— Madame, lui dit-il, je suppose que c'est votre ordre qui m'amène ici ; et je vous remercie du fond du cœur si vous avez à requérir de moi une marque de dévouement.

— Mon Dieu, répondit Corisande en riant, ce que j'ai à vous dire est assez difficile à exprimer, et bien d'autres femmes à ma place n'auraient pas commencé une telle entreprise. Mais je suis toute sincère, et je ne voudrais pas que vous me puissiez accuser d'un manque de franchise avec vous. Est-ce que vous me trouvez coquette ?

Jean fut très profondément étonné de la brusquerie de cette question. Il s'entendait mieux à manier un cheval ou une épée qu'à démêler les sentiments humains et surtout féminins, de sorte qu'il se troubla un peu et répondit en baissant la tête.

— Madame, si la coquetterie est un défaut, je vous jure que vous n'en êtes pas atteinte, car je ne vois en vous que des perfections.

Corisande fit de la main un petit geste plein de lutinerie.

— Ce sont compliments que tous ces mots-là, monsieur de la Tour-Miracle, et je voudrais vous entendre me parler comme un homme tout simple. Puisque vous n'avez pas d'envie d'être tel que je vous souhaite, je vous dirai tout de suite que je suis coquette et que j'en suis très contente. Il est des femmes qui me blâment ; je les laisse dire et ma réputation est plus solide et plus brillante de pureté que la leur ; mais je ne le cache pas, j'aime à dominer, et les serviteurs que me font ma beauté et mes grâces, ma courtoisie les retient et les empêche de se fâcher de ma sévérité. De ces serviteurs-là, j'en ai beaucoup, et si vous êtes franc, vous conviendrez que vous êtes du nombre.

— Puisque vous savez si bien les choses, madame, répondit Jean, il ne me servirait de rien de dissimuler ; je conviens donc que je suis touché d'affection pour vous autant que le permettent les engagements que j'ai d'ailleurs avec une personne que je compte aimer et honorer jusqu'à la mort !

Jean, on le voit, se débattait contre la puissance des beaux yeux noirs de Corisande qui le couvraient en ce moment de mille feux. M<sup>me</sup> de Peyrecave se renversa en riant dans un fauteuil.

— Vous êtes plus amoureux de moi que vous ne dites, s'écria-t-elle en balançant gentiment la tête, et je plains fort la belle personne que votre cœur volage a poursuivi jusqu'à présent, car il va lui falloir chercher un autre ami. Jean, écoutez-moi bien, car je vais être sérieuse comme le sujet qu'il me faut traiter. Vous vous souvenez dans quelle situation je vous ai vu pour la première fois ? Que mon frère Pierre ait raison ou qu'il ait tort, vous n'en

avez pas moins vu mourir, et mourir misérablement, mon pauvre Gaspard, le meilleur, le
plus saint des hommes, celui qui avait pris
soin de mon enfance, après que j'eus perdu ma
mère, et que j'aimais, oh ! vous ne saurez jamais ce que c'est que d'aimer ainsi !

Deux belles larmes pures comme deux perles descendirent à ces mots sur les joues charmantes de Corisande qui, croisant ses deux
mains sur ses genoux et levant les yeux au ciel,
était belle de la plus angélique beauté.

Jean eut un éblouissement, un attendrisse-
ment, un enivrement ; il lui sembla que la mort
de Gaspard Lescout était le plus grand malheur qui ait jamais pu affliger l'univers et il se
mit à pleurer aussi.

— Vous êtes bon, lui dit Corisande, en lui
pressant la main, et je ne me repens pas d'avoir
cru tout d'abord à votre innocence. J'ai fait
ce qui dépendait de moi pour calmer Pierre ;
mais si vous connaissiez cet esprit intraitable, si
vous saviez combien, différent de mon cher
Gaspard, il m'a rendue malheureuse, vous me
plaindriez malgré la joie que je ne cesse
d'affecter.

— Je ne le crois pas aimable, balbutia Jean.

— Enfin, continua Corisande, je ne me
défends pas d'avoir ressenti pour vous, dès le
premier moment, un attrait qui ressemble à ma
fraternelle tendresse pour celui qui n'est plus

et je n'ai jamais douté dès lors de vous revoir et de vous faire éprouver à votre tour quelque sympathie. Jean, entre nous l'amour est de trop ; bien que je sois libre maintenant par la mort de M. de Peyrecave de donner ma main à qui m'agréera, je ne songe point à me marier et il faudrait pour changer ma résolution bien des choses qu'il est inutile de dire. Seulement, je voudrais être sûre de votre attachement.

— S'il peut vous servir, madame, répondit Jean aussitôt, soyez confiante en lui et en moi qui, à défaut de cette respectueuse tendresse dont je suis animé, trouverai toujours du cœur pour vous. De quoi s'agit-il ?

— De me rendre un assez grand service. Vous y sentez-vous porté ?

— L'envie ne me manque point, madame, mais je suis prisonnier.

— Que cela ne vous inquiète pas. Si l'on vous rendait votre parole et la liberté, seriez-vous disposé à suivre les instructions que je pourrais vous donner ?

— Un moment, madame, répondit Jean. Je suis sans doute votre serviteur, mais s'il s'agit ici, non pas de vous, mais de l'intérêt de votre cause protestante, c'est me trop demander ; car, enfin, je suis bon catholique.

Corisande se leva de son fauteuil et vint s'appuyer sur le bras de Jean.

— Promenons-nous dans la chambre, dit-elle en lui serrant légèrement la main.

Le gentilhomme sentit son émotion redoubler en marchant côte à côte avec la sirène, et attendit en silence ce qu'elle allait lui dire.

— Vous avez de l'esprit, monsieur, reprit-elle d'un ton insinuant, et vous êtes d'une bonne et même grande naissance. Il ne se peut donc pas faire que vous n'ayez quelque ambition. Répondez-moi, êtes-vous ambitieux?

— Certainement, madame, et je ne crois pas qu'il existe un seul Gascon déshérité de pensées dignes de son pays, c'est-à-dire plus grandes que ce qu'il est lui-même.

— N'en plaisantez pas, c'est une belle vertu. Puisque vous êtes ambitieux, je comprends que mon amitié seule ne pourrait vous suffire, et qu'il faut y ajouter quelque chose de plus positif. Que diriez-vous donc si l'on vous offrait dix mille écus et une compagnie d'hommes d'armes, avec promesse de faire mieux pour vous à l'avenir?

— Je répondrais que l'eau me vient à la bouche de si belles propositions, et qu'il faudra que le moyen de les accepter soit bien difficile pour que je n'y puisse atteindre.

— Difficile? Pas le moins du monde. Il n'est question ici que de reconnaître ce soir, chez monsieur le comte, un gentilhomme qui vous sera présenté pour votre frère. Demain on vous rendra votre parole, et vous conduirez M. Théodore de la Tour-Miracle au camp du duc de Guise. Voilà tout.

— Je ne conçois pas, reprit Jean, pourquoi tant de façons et tant de promesses. Il doit y avoir là-dessous, pardonnez-moi, madame, quelque chose que vous ne voulez pas dire.

— Comme il devine juste, s'écria Corisande en s'appuyant plus fort sur le bras de Jean et en effleurant de ses beaux cheveux bouclés le cou du jeune homme. Ne vous ai-je pas dit que c'était une affaire de grande conséquence? Apprenez donc que ce gentilhomme se nomme Poltrot de Méré. Il est chargé, par monsieur l'amiral, d'une négociation auprès de M. de Guise. M. de Guise ne veut pas avoir l'air, vis-à-vis des Courtains, de traiter avec les huguenots au moment où il est presque sûr de prendre la ville qu'il assiège, et il faut que M. de Méré passe pour catholique jusqu'à nouvel ordre. Comme l'affaire tient fort à cœur à monsieur le comte, et surtout qu'il est certain d'une heureuse conclusion si M. de Méré peut parler à M. de Guise, il ne regarde pas à une riche récompense pour vous, qui lui donnerez le moyen de conclure la paix.

— Mais je ne suis pas connu de M. de Guise, et les gentilshommes qui l'entourent pourront me prendre aussi bien pour un protestant déguisé ou pour un personnage suspect que votre M. de Méré.

— Vous vous trompez. M. de Montluc a écrit à la cour et a raconté votre bel exploit, et celui de votre père contre nous ; il y avait une négociation commencée avec monsieur le comte pour vous échanger. Comme on vous avait perdu, l'affaire en était restée là.

— Tout cela ne me paraît pas très clair ; excusez-moi, je vous en supplie, mais néanmoins je consens à tout ce que vous voulez. Je mènerai M. de Méré au camp, il passera pour mon frère, et vous serez satisfaite : je ne veux pas d'autre récompense. Seulement, promettez-moi que je vous reverrai encore avant mon départ.

— Oui, vous me reverrez ce soir, et de ce moment je vous accepte pour mon chevalier et vous donne mes couleurs que vous porterez pour l'amour de moi.

Elle détacha un ruban couleur de feu qui était à son cou, et le jeta en folâtrant aux mains du jeune homme.

Jean baisa ce ruban avec ardeur et l'enferma dans son pourpoint. Alors Corisande lui dit adieu d'un geste et lui ouvrit la porte, sans quoi il ne l'eût jamais ouverte, tant il s'arrêtait à lui baiser les mains, puis il partit.

— Jamais, j'en jure, se dit-il dans la rue, on ne vit un homme plus favorisé du ciel et des saints. Tout m'arrive à point, tout me sert, rien ne me nuit, et les catastrophes où d'ordinaire les hommes les mieux chanceux se brisent le cou, me servent de marchepied et m'élèvent aux nues ! La seule circonstance qui m'embarrasse, c'est mon amour pour Magdelaine, car je n'y peux rien faire : cette Mme Corisande est ravissante, et elle m'enlève l'âme et le cœur !

Jean avait raison ; Corisande l'agitait singulièrement, et bien que lorsqu'il n'était pas devant elle, il fit les réflexions les plus sensées et les plus dignes d'éloges contre le danger de se laisser aller à un sentiment si vif, il n'y pouvait mais ; le ruban couleur de feu, placé sur sa poitrine, le brûlait ; sans le voir il l'avait devant les yeux, et avant d'être rendu à son logis, il l'avait plus de vingt fois serré sur son cœur, tout en marchant.

— Vous vous êtes bien fait attendre, lui dit Mergey, et les dames qui avaient pris de vous hier une si bonne opinion, vont vous faire la guerre aujourd'hui, ou il vous faudra donner de bonnes excuses.

— Il en trouvera sans doute, dit à son tour Bourbet, car notre prisonnier est une langue dorée de Gascogne qui peut assez bien se tirer d'affaires : je le sais mieux que personne.

En arrivant chez Mme de Roussy, la première personne qui vint au-devant de Jean fut monsieur le comte lui-même. Ce seigneur prit par la main son prisonnier et le conduisit dans l'embrasure d'une fenêtre.

— Merci, monsieur, dit le chef protestant, du service signalé que vous nous rendez, ou plutôt que vous rendez à la France ; je ne doute pas que vous ne puissiez un jour vous vanter d'avoir ramené la paix dans ce beau royaume.

— J'en serai très heureux, monsieur, répondit Jean. Et quand partirai-je ? Quand obtiendrai-je ma liberté ?

— Aussitôt qu'il vous conviendra, repartit monsieur le comte. Mais pas avant quelques jours, vous en saurez la raison.

— Va pour quelques jours, repartit Jean. N'y a-t-il à faire pour votre service que ce qui m'a été demandé ?

— Oui, monsieur, pas davantage ; seulement, j'insisterai encore auprès de vous pour vous remontrer combien il est indispensable que M. de Méré passe pour votre frère ; la nécessité en est si grande que, devant M. de Guise, qui sait parfaitement à quoi s'en tenir, vous devez garder le secret et ne faire semblant de rien. Soyez sûr que cette extrême discrétion, si rare à votre âge, vous fera le plus grand honneur et vous donnera une réputation très profitable à votre avenir. Il faut maintenant que je vous présente à M. de Méré ; suivez-moi, je vous prie.

En disant ces mots, monsieur le comte prit
Jean par la main et lui fit traverser plusieurs
salles. A l'entrée d'une dernière chambre, un
personnage vêtu de noir se présenta devant
les deux arrivants.

— Eh bien, monsieur le médecin, dit la
Rochefoucauld, votre malade va vous quitter
bientôt.

— Bientôt, monseigneur ? Tant mieux pour
M. de Méré, il pourra, sans courir risque de
la vie, se mettre en chemin avant trois jours.

— Allons, tout va bien, dit monsieur le comte ;
et il ajouta entre ses dents en levant la portière : « Mais il eût mieux valu, au goût de
M. de la Tour-Miracle, pouvoir partir demain
matin. Maudit fanatique, où vas-tu donc chercher des estocades inutiles ? »

La chambre était obscure, le lit entouré de
rideaux, cependant la lumière pénétrait assez
pour que sur la couche voilée d'ombre, au milieu des oreillers et des draps chiffonnés,
Jean reconnût avec une profonde surprise, la
figure hâve, les yeux étincelants et la barbe
noire du charbonnier qu'il croyait fermement
avoir expédié vers l'autre monde.

# CHAPITRE XIV



M. de Méré ne fut pas aussi bien servi par
sa mémoire. Il regarda Jean avec un air d'indifférence profonde et ne sembla pas même se
demander s'il l'avait jamais vu. Il est vrai que
l'élégant gentilhomme qui lui était présenté
en ce moment différait beaucoup du fugitif
entrevu dans la forêt ; il eût été difficile de reconnaître l'un dans l'autre. M. de Méré se
souleva sur le coude et salua Jean.

— J'espère, dit monsieur le comte, que vous
ferez bon ménage avec votre frère cadet ?

— Je n'en doute pas, monsieur, répondit
Méré d'une voix brève. Je pense, du reste,
que M. de la Tour-Miracle n'aura que quelques jours à m'attendre, et une fois arrivé à
Orléans, je lui donne l'assurance que je ne
l'incommoderai point longtemps.

Ces paroles furent dites d'un air sinistre et
avec un sourire ambigu qui ne plut point à
Jean. Il se contenta de renouveler d'une ma-

nière générale ses offres de service, et comme la
conversation languissait, que la Rochefoucauld
prenait visiblement peu de plaisir à se trouver
en présence du blessé, les visiteurs ne tardè-
rent pas à lui dire adieu et à quitter sa chambre.

— Eh bien ! dit la Rochefoucauld en sortant, que dites-vous de ce compagnon de
route ?

— Avec votre permission, monsieur, répliqua Jean, il a quelque chose dans le visage et
dans la parole qui ne me revient point tout à
fait, et si j'avais le choix, j'aimerais mieux
faire passer tout autre personne pour être de
ma famille.

— Je comprends à merveille, répondit la
Rochefoucauld, et je suis un peu de votre avis,
M. de Méré n'a pas une figure avenante au
premier abord et j'ai fort bien remarqué de
quel air surpris vous l'avez considéré en entrant. Mais soyez sûr que cette première impression finit toujours par s'effacer, M. de Méré
est un gentilhomme plein de bravoure et de
vertus en même temps que de mérite. S'il ne
vous égaye pas pendant la route par ces bons
contes que savent faire les courtisans, il vous
édifiera par des discours remplis de sagesse, ce
qui vaut tout autant.

Jean fit la grimace, il ne se souciait pas beaucoup d'être édifié en général, et dans la circonstance actuelle, il savait trop quel homme

était M. de Méré pour se promettre un grand plaisir de sa compagnie. Heureusement qu'il avait pris tout d'abord, à cet égard, un parti décidé et que l'avenir ne l'inquiétait pas. La manière dont monsieur le comte parlait de consulter son frère l'étonnait du reste un peu. Ou ce seigneur voulait tromper, ou bien il était très peu au fait du caractère de l'homme qu'il accablait de tant de louanges. Dans le premier cas, paraître s'apercevoir de la ruse pouvait être dangereux et conduire tout au moins à faire reprendre cette liberté si conditionnellement rendue ; dans le second cas, Jean aurait eu à raconter ce qu'il savait de l'existence peu honorable du sectaire, et dans l'opportunité de cette confidence il y avait beaucoup de doute. Jean trouva prudent de s'abstenir, de garder pour lui ses craintes et ses soupçons, et d'agir comme il l'avait résolu.

— Si Corisande et le comte veulent m'engager dans une mauvaise affaire, se dit-il en riant intérieurement, ils seront bien déçus.

Jean continua la conversation en badinant avec M. de la Rochefoucauld sur la physionomie lugubre de plusieurs des nouveaux coreligionnaires.

— Vous autres catholiques, répondait le comte gaîment, vous êtes tous des muguets si pimpants que vous méprisez tout ce qui ne porte pas de velours, et n'a pas la langue dorée et aiguisée. Puisque vous êtes faits ainsi, messieurs de Rome, il faut vous prendre tels ; et c'est pourquoi, en attendant que mon cher prisonnier ait retrouvé les grands et beaux causeurs de la cour, je le laisse libre d'aller rejoindre les dames ; ce lui sera, j'espère, une manière de consolation.

On était arrivé dans la grande salle et le bruit d'une foule de conversations particulières, à deux, à trois, qui partait de tous les groupes formés çà et là dans l'appartement, prouvait que les gentilhommes huguenots, quoi qu'en pût dire le comte, n'étaient pas de moins joyeuse humeur que leurs adversaires catholiques.

Traverser la foule et venir saluer Corisande aperçue de bien loin, fut, comme on pense, l'affaire d'un instant, car pour se défier de sa belle, Jean ne lui en était pas moins dévoué. Corisande s'empressa de donner part dans la conversation à son séide rusé, et ne s'attacha pas moins à lui plaire qu'elle l'avait fait jusque-là.

A défaut de l'intimité qui ne pouvait paraître dans un salon où tant de personnes arrêtaient au vol ce qui se disait, et même ce qui ne se disait pas, plus d'un regard, plus d'une œillade habilement ménagée, alla comme d'ordinaire porter la flamme dans le cœur de Jean. Ce qu'il éprouvait, ce n'était plus cette passion

un peu spéculative que la beauté calme de
Magdelaine avait fait naître en lui ; cette vénération qu'il n'avait cessé jamais d'éprouver
pour les nobles vertus de M$^{lle}$ de Castillac,
c'était une sorte de fièvre, maîtresse de son
âme et à laquelle il ne pouvait faire résistance. La réflexion n'avait point de part à ce
nouvel amour; le cœur de Jean n'était pas touché, ému, attendri, élevé vers les hauteurs d'un
sentiment céleste ; non, c'était un enivrement
où rien ne parlait plus, ne vivait plus en lui
que la rude passion, et cet instinct aveugle, si
redouté par les sages anciens et qui leur avait
fait, dans leur désespoir, proférer de si énormes blasphèmes contre les femmes, dont la
beauté ou les manèges pouvaient faire naître
une si dangereuse folie.

Jean ne se flattait d'ailleurs pas médiocrement ; Corisande l'aimait, croyait-il, et tandis
qu'à son compte, Magdelaine ne l'avait jamais
accueilli qu'avec une raillerie bienveillante, il
lisait dans les yeux de la belle veuve une tendresse, oui une tendresse pareille à la sienne.
Ce double feu le consumait. Comment douter
de son bonheur, lorsqu'une beauté merveilleuse ne semblait vouloir plaire qu'à lui, et au
milieu des hommages de tant de gens empres-
sés à la servir, n'acceptait visiblement que ses
vœux ? Après l'entrevue de la matinée, surtout,
et tout ce qui s'y était dit et aussi ce qu'on y

avait laissé deviner, Jean n'avait plus qu'une pensée, et il en frémissait, c'était en voyant combien son cœur avait changé, c'était de devenir un jour, bientôt, le prétendu avoué de Corisande.

Sa préoccupation donna du plaisir à tout le monde. La comtesse lui en fit gaiement la guerre et Bourbet déclara que le malheureux jeune homme avait besoin d'être distrait. Il le prit par le bras et l'entraîna vers les tables de jeu.

— Ne vous faites pas prier, dit Corisande. Vous n'êtes peut-être pas mal avec la fortune aujourd'hui ; il faut épuiser ses faveurs.

Jean obéit et joua. Il joua comme la veille avec la même distraction, avec le même bonheur ; il vit, comme la veille les pièces d'or s'amonceler devant lui. C'est que, comme la veille, le hasard était seul maître de ses cartes. La partie achevée, il s'approcha de Corisande :

— Madame, lui dit-il, me voilà fort riche ; j'ai la prétention de me servir de mon trésor pour exprimer autant que possible à mes gardiens ma reconnaissance de la douce prison qu'ils m'ont donnée. Je voudrais vous demander conseil à ce sujet.

— Voilà, sans doute, un galant prisonnier, répondit Corisande en se tournant vers M^{me} de Roussy. Ne pensez-vous pas, madame, que d'aussi beaux sentiments méritent d'être encouragés ?

— Sans doute, répondit la comtesse, aussi le faut-il faire. J'approuve pour moi la résolution de M. de la Tour-Miracle. Et, ajouta-t-elle en se tournant vers lui, de quelle façon comptez-vous vous y prendre pour nous montrer votre grandeur d'âme?

— Grandeur d'âme? répondit Jean, le mot est bien effrayant, et, en vérité, je ne saurais jamais comment faire pour atteindre à tout ce qu'il commande ; mais si vous voulez parler seulement du désir de vous montrer combien je suis, mesdames, votre grand serviteur, je pourrai davantage vous répondre.

— Ne disputons pas sur les mots, s'écria Corisande, et dites vite.

— Eh! mon Dieu, madame, il ne s'agit pas ici d'un grand mystère ; je veux seulement vous inviter, ainsi que toutes les personnes de condition qui sont dans la ville, à un bal que je donnerai sur la grande place après-demain. Je choisis la grande place parce que c'est la prison qu'on m'a donnée, et que je n'ai point de logis dans cette ville qui puisse mieux convenir. Je n'ai plus besoin que de votre agrément pour commencer mes préparatifs.

— Il vous est donné et avec bien des mercis, répondit en riant la comtesse ; ma belle Corisande et moi, nous ferons les honneurs de la fête, si vous le voulez bien. De moi, vous ne vous en souciez guère, je pense ; mais de ma compagne, c'est différent.

Le bruit du projet de Jean se répandit bien vite par toute la salle, et chacun vint le féliciter. Tous ceux dont il avait gagné l'argent furent à demi consolés de leur perte, et M. de la Rochefoucauld le complimenta en plaisantant sur la manière dont il agissait envers une ville où lui commandait.

— Si j'avais prévu tout ceci, dit ce seigneur, j'aurais fort remercié le capitaine Bourbet de son captif et mes portes seraient demeurées bien closes, pour ne pas laisser s'introduire dans la place un prisonnier qui nous gagne notre argent et le cœur de nos dames. Allons, monsieur de la Tour-Miracle, puisque le sort en est jeté, ne vous gênez plus, donnez-nous le bal aussi beau que possible, et hâtez-vous, car je ne sais si la guerre qui ravage toutes les provinces de la France nous laissera libres de danser longtemps encore.

— Ah ! monsieur, dit Jean, on ne doit jamais être si bien en train de se battre que lorsqu'on vient de prendre du plaisir.

La soirée finit ; Jean s'éloigna avec ses amis et apprit en entrant dans la maison que quelqu'un l'attendait en se promenant dans la cour.

— C'est, dit le valet qui donnait cette nouvelle, une espèce de soldat qui insistait beau-

coup pour entrer dans votre chambre ; mais
il a une figure si peu honnête que je n'ai pas
voulu l'introduire au logis sans votre permission.

— Ma foi, tu raisonnes fort juste, dit Balard
qui était déjà entré dans le logis ; voilà là-bas
un drôle à qui je ne confierais pas un petit écu.

— Messieurs, dit Jean, ne plaisantons pas,
c'est mon valet favori.

En effet, c'était Barbillon qui se leva de
dessus un tonneau vide sur lequel il était assis,
et qui accourut se jeter aux pieds de Jean.

— C'est moi, mon bon maître, dit cet excellent serviteur, je sais bien que vous avez quelques reproches à me faire ; mais que voulez-
vous ? il faut bien que jeunesse se passe, et
bien que j'aie quarante ans au moins d'après
le calcul de feue ma mère, ma jeunesse se passe
encore. Mais je ne vous en suis pas moins
attaché.

— Tu mériterais d'être livré au prévôt de la
ville, archi-coquin.

— Sans doute, sans doute, monsieur ; mais
vous n'auriez pas le cœur de me remettre, moi,
bon catholique, s'il en fût, à une justice huguenote. Ce serait contraire à toute religion.

— Que viens-tu me demander ? s'écria Jean.
Sans doute, tu ne t'attends pas à ce que je te
reprenne à mon service ?

— Si fait, monsieur, si fait. Je ne puis pas

vivre sans vous. Voilà deux grands jours que je vous cherche, et je crois qu'il n'est pas beaucoup de valets capables d'en faire autant pour leurs maîtres.

— Quel est donc ce gaillard-là? dit Mergey.

— C'est un homme, répondit Jean, qui n'a qu'une idée fixe au monde, c'est de me voler.

— Et vous le gardez?

— Oui, parce qu'il est brave comme un César et qu'il m'a sauvé la vie une fois.

— Deux fois, monsieur, interrompit Barbillon, avec un certain sentiment d'orgueil ; et je me flatte que cela peut faire excuser quelques étourderies.

— Voyons, lui répondit Jean, je te garderai à mon service, mais à une condition, c'est que je te trouverai intelligent et adroit autant que tu es voleur.

Barbillon prit un air d'importance :

— N'en doutez pas, monsieur.

— Alors, viens dans ma chambre et je te donnerai plusieurs commissions.

Jean mit son valet au fait de son dessein de donner un bal et lui demanda s'il se sentait capable de diriger les travaux nécessaires pour les constructions indispensables en pareil cas.

— Monsieur, répondit Barbillon, parmi les métiers que j'ai faits, je me suis vu menuisier et puis charpentier ; je vous promets donc que tout sera conduit pour le mieux. Quant à la décoration de votre bal, je vous avoue que je m'y entends mieux que personne, car j'ai été au service d'un peintre italien qui a beaucoup travaillé pour les ballets de la cour. Maintenant, ce qui est des rafraîchissements, pâtés, pâtisseries, bonbons, friandises de tout genre, et les liqueurs et les sorbets, et les glaces, je m'en charge sans hésiter, car j'ai passé trois ans à Venise, et je m'étais fait une grande réputation dans cette ville par mes talents en ce genre.

— Avec tant de ressources dans la tête et dans tes doigts, lui dit Jean, comment se fait-il que je t'aie trouvé traînant la hallebarde?

— Que voulez-vous, monsieur, répondit Barbillon en levant les yeux au ciel avec mélancolie, des malheurs !

— Dis plutôt : des crimes de toute espèce, malheureux ! Mais ce n'est pas de cela qu'il s'agit : tiens-moi tes promesses, et tu seras content de moi.

En prononçant ces paroles, Jean congédia Barbillon sans plus se soucier de ce qu'il deviendrait, bien convaincu que cet incomparable vaurien trouverait quelque façon de passer la nuit à couvert ; et lorsqu'il se vit seul, il se mit à sa table : il voulait simplifier un peu la position embrouillée dans laquelle il se trouvait entre les deux femmes auxquelles il avait juré un éternel amour.

Il pensa que rien n'était plus propre à le tirer d'intrigue que de prendre les choses franchement et de les dire de même ; pour arriver au résultat si désiré, il résolut d'écrire deux lettres, l'une à Magdelaine, l'autre à Corisande.

Ainsi donc, il prit une plume et de l'encre, arrangea son papier devant lui, imbiba sa plume de la liqueur noire qui a fait et défait tant de choses en ce monde, sans parler des amours, et resta un bon gros quart-d'heure avant d'avoir trouvé une phrase qui lui convînt pour commencer sa lettre à Magdelaine. C'était la première phrase, pensait-il, qui était seule difficile à trouver ; la seconde viendrait d'elle-même.

Le première phrase finit par arriver ; la seconde point ; il fallut prendre beaucoup de mal pour l'avoir, et la troisième et les suivantes ne se montrèrent pas moins rétives. Enfin, quand la lettre fut terminée, Jean la relut et la trouva si mal conçue, si mal pensée, si mal écrite, qu'il la déchira et en recommença une autre.

Ce ne fut pas la dernière, mais de guerre lasse, il en laissa subsister une qui n'était pas tant s'en faut, un modèle d'éloquence ni de logique, mais qui disait à peu près ce qu'il voulait dire, du moins il s'en flatta.

« Mademoiselle,

« Je suis le plus malheureux de tous les hommes. Je vous supplie de ne pas croire que je puisse jamais manquer d'avoir pour vous le sentiment de cette passion que je n'ai jamais cessé, et ne cesserai jamais, vous dis-je, de nourrir dans mon âme pour celle qui la première a fait battre ce cœur que je vous ai consacré. Mais par une fatalité que je déplore amèrement, je me sens emporté vers une autre rive, et bien que je sache combien j'ai grand tort, il ne m'est pas possible de résister au courant qui m'entraîne, et cependant croyez bien que je ne suis pas parjure. Je fais les vœux les plus ardents pour me trouver un jour auprès de vous et vous expliquer clairement des sentiments qui, peut-être, vous paraîtront coupables, mais qui seront toujours pour vous les mêmes, c'est-à-dire que bien qu'une nouvelle situation puisse me faire mal juger par vous, je n'en serai pas moins toujours votre très respectueux et passionné serviteur,

« Jean de la Tour-Miracle »

Notre héros ne put rien trouver de mieux dans sa tête, et il envia bien la facilité à composer de telles lettres que possédaient les illustres courtisans dont il entendait depuis deux jours raconter les merveilleuses écritures chez M^me de Roussy.

La lettre de Corisande ne fut pas si difficile, elle fut écrite de suite :

« Je vous aime, madame, avec une ardeur que je ne puis dire ; dans quelques jours je vais m'éloigner de vous. Dites-moi quelques mots qui me puissent consoler ; donnez-moi quelque gage que je ne me suis point trompé en vous consacrant ma vie. Ah ! Corisande, rien ne pourra m'empêcher de revenir bientôt à vos pieds ; à vos pieds où je veux m'enchaîner pour toujours ! Et c'est pour vous en donner l'assurance que j'ose vous écrire.

« Dans mon absence, n'oubliez pas le trop fortuné

« JEAN DE LA TOUR-MIRACLE. »

Moins mécontent de cette pièce d'éloquence et éprouvant le besoin de faire participer quelqu'un à la pétulance de sa passion, Jean alla réveiller Mergey qu'il trouvait plus sentimental que les autres et il aurait passé la meilleure partie de la nuit à commenter sa lettre avec ce gentilhomme, si celui-ci, n'en pouvant plus de sommeil, n'avait pas fini par le prendre dans ses bras, car Mergey était un vrai colosse, et le reporter sur son lit où Jean se tint tranquille, enfin.

# CHAPITRE XV



Le lendemain matin, la première figure
qu'aperçut Jean en ouvrant les yeux, ce fut
Barbillon. Ce bohémien de Lorraine se tenait
planté droit comme un piquet devant le lit et
attendait le réveil de son maître.

— Eh bien! Barbillon, dit le gentilhomme
en se tournant sur son oreiller, as-tu réfléchi à
ce dont nous avons parlé hier au soir?

— Aux apprêts de notre fête, monsieur?
Eh! eh! j'ai fait plus que d'y réfléchir, et si
vous voulez, pour prendre l'air, venir faire un
tour de place, vous verrez que nous sommes
déjà assez avancés.

— Quoi ! dit Jean en se jetant en bas du lit,
tu aurais déjà mis les ouvriers à l'œuvre?

— J'ose le croire, répondit Barbillon avec
une grimace de contentement. Vous serez
satisfait quand vous aurez vu.

— Entendez-vous, messieurs, cria Jean de

toute sa force, ce que m'assure mon valet ? Il dit que tout est déjà en bon train.

— Allons voir cela, répliqua Balard, rien n'est souverain comme une promenade pour ouvrir l'appétit.

Arrivés sur la place, les quatre cavaliers rendirent hommage d'une commune voix au génie de Barbillon.

— Vous voyez, monsieur, dit celui-ci à son maître, que je ne me suis point épargné. En vous quittant, je suis allé m'enquérir de la demeure des maîtres charpentiers, je les ai tous réunis, et les voilà à l'œuvre.

— C'est fort bien ; mais, maraud, tu n'as pas attendu mes instructions pour l'ordonnance et l'arrangement de toutes choses.

— Monsieur, je me pique de m'entendre un peu mieux aux choses de goût qu'un gentilhomme de votre espèce qui a quitté d'hier sa province. Voyez un peu mes dispositions et dites-moi si vous auriez pu mieux faire.

« Ici sera la salle de bal ; un grand bâtiment carré, porté par des colonnes, comme j'en ai vu un à Florence, un jour où le duc de cette ville fit une entrée magnifique. Ce bâtiment sera, comme vous voyez, messieurs, porté sur trois rangs de marches convenablement espacés, et que nous appelons corinthiennes d'un mot latin qui m'échappe en ce moment ; sur le haut de la colonnade, nous rangerons force

drapeaux et bannières que j'ai déjà commandés
et qui, par leurs belles couleurs, réjouiront les
yeux de chacun et de chacune.

« Ici, aux quatre coins de la place, seront
quatre pavillons où l'on prendra des rafraîchissements, tant qu'on en voudra ; j'ai enrôlé
trente marmitons pour qui je vais commander,
sur l'heure, trente souquenilles de soie bleu-
turquin galonnées d'argent ; il faut être magnifique.

« Là, nous aurons un jeu de bagues ; il n'y
a rien au monde qui plaise tant aux jeunes cavaliers, et là-bas un théâtre sur lequel j'exécu-
terai, pour faire honneur à mon maître, une
quantité de beaux tours d'escamotage et de
passe-passe comme on n'en a jamais vu dans ce
pays. Enfin, ici il y aura un autre petit temple
dans lequel je jouerai à moi seul une fameuse
comédie espagnole que j'ai vu représenter à
Pampelune.

« Les réjouissances commenceront à neuf
heures du matin, et je vous réponds qu'après-
demain, dans la matinée, on ne voudra pas
encore vider la place. »

Barbillon termina cette magnifique description en se cambrant sur la hanche droite,
le poing fermé, la jambe gauche en avant.

Les quatre gentilshommes se mirent à rire,
et les huguenots jurèrent qu'en effet les dispositions leur paraissaient merveilleuses.

— Mais, dit Jean, après avoir réfléchi une minute, aurons-nous assez d'argent pour payer tout cela ? J'ai bien, à la vérité, gagné très gros ; mais il me semble que tu tailles si fort dans le grand, que ma foi !...

— Ne vous en inquiétez pas, dit Barbillon, je suis homme de ressources, et pourvu que j'aie vos bonnes grâces, tout ira bien. Mais j'ai aussi pensé à votre costume.

— Voilà une heureuse idée à coup sûr, s'écria Jean, car je n'ai pas encore eu le temps d'y songer moi-même.

— L'habit que vous portez, monsieur, est fort bien ; mais il ne suffit pas, et dans deux heures je vous amènerai un tailleur avec quatre ou cinq habillements complets et fort convenables. Maintenant, permettez-moi de vous quitter, car je ne peux terminer à temps tout ce que j'ai à faire si je m'arrête plus longtemps à causer.

— C'est un trésor que vous avez dans ce garçon, s'écria Bourbet, tandis que Barbillon s'éloignait à grands pas.

— J'avoue, répondit Jean, que je ne connaissais pas toutes ses belles qualités ; mais, par compensation, il a des défauts qui peuvent compter et qui ne sont pas moins considérables. A cette après-dînée, messieurs, je vais suivre mon drôle et voir un peu par moi-même comment il s'y prend;

Jean se mit, en effet, sur la trace de Barbillon qui arpentait le terrain en se dirigeant du côté de la rue où le petit laquais bleu avait la veille conduit notre héros. En arrivant devant la maison de Corisande, il s'arrêta malgré lui et resta quelques instants dans une muette et amoureuse contemplation.

— Qui sait, se dit-il enfin, qui sait si elle n'y est pas en ce moment? Ou si je ne trouverai personne qui me parle d'elle?

Il fit quelques pas vers la porte et il allait frapper, quand elle s'ouvrit tout à coup et livra passage à un jeune homme vêtu d'un pourpoint vert, qui descendit les trois marches de ce seuil, surhaussé, de l'air fier et impertinent d'un homme parfaitement heureux.

Le tonnerre de la jalousie tomba aussitôt sur la tête de Jean. Il resta un instant comme foudroyé, les yeux fixés sur l'inconnu et incapable de faire un seul pas. En un instant, les angoisses les plus vives traversèrent son cœur ; il se vit trompé, humilié, bafoué, vendu ; l'amour-propre autant que l'amour, la colère autant que la douleur furent éveillés en lui. Il se sentit pâlir et chanceler ; une sueur glacée lui envahissait chaque membre et il aurait pu craindre un instant de s'anéantir, s'il y avait songé, mais il ne connut d'autre pensée, il n'éprouva d'autre sensation que celle de son amour trahi.

Cet état terrible ne dura guère, à la vérité, mais trop longtemps encore au gré de sa fureur; car lorsqu'il voulut courir après le jeune homme inconnu, soit que celui-ci eût fait une diligence incroyable, soit, ce qui était plus probable, qu'il fût entré dans quelque logis voisin, Jean ne put jamais le retrouver. Il courut à toutes les rues d'alentour, regardant tous ceux qui passaient, épiant toutes les fenêtres ; mais il ne découvrit pas le jeune homme au pourpoint vert.

Après une bonne grosse demi-heure de recherches inutiles, il lui vint l'idée qu'il se trompait.

— Pourquoi cet homme serait-il venu pour Corisande, et quand bien même il l'aurait vue, qui me dit qu'il est mon rival? Un homme ne peut-il l'approcher sans être un amant? L'a-t-elle vu seulement? ne l'a-t-elle pas renvoyé? Pourquoi prendre feu comme une mèche d'arquebuse, avant de s'être informé? Cela en vaut bien la peine pourtant !

Il entra dans la maison, et trouva le petit laquais bleu qui dormait sur un banc dans l'antichambre.

Jean avait quelquefois entendu dire que les secrets s'échappaient aisément des lèvres d'un homme réveillé en sursaut. Il s'approcha donc bien doucement du petit homme, et le prenant rudement par une oreille, il le planta sur ses pieds en lui criant d'une voix de tonnerre :

— Qui est-ce qui sort de chez ta maîtresse ?

Le laquais poussa un cri de douleur et d'épouvante, et se débattit pour échapper aux mains du jaloux.

— Monsieur, monsieur, cria-t-il, je ne sais pas qui vient de quitter ma maîtresse, mais je sais bien que M. Pierre Lescout est avec elle.

— Diable, se dit Jean en regagnant la porte, ne faisons pas ici quelque sottise. Si je vais me rencontrer avec cet animal, je ne puis moins faire que de lui couper les oreilles pour la chasse qu'il m'a donnée, et, amoureux de sa sœur comme je suis, une querelle n'arrangerait pas mes affaires.

Il s'en alla donc tristement dans la rue et rencontra Mergey ; il lui dit son aventure. Ce gentilhomme se moqua de lui, lui donna l'assurance que Corisande était la femme la plus vertueuse qui fût au monde, que jamais sa réputation n'avait eu la moindre atteinte.

— Vous êtes bien heureux d'avoir placé votre cœur en si bonnes mains, mon cher ami, dit en terminant le huguenot, toute jalousie est ici déplacée. Votre homme à pourpoint vert sortait peut-être de partout ailleurs, ou s'il était chez votre maîtresse, vous devez vous rassurer par la présence de maître Lescout.

Le pauvre Jean ne demandait pas mieux que de se rassurer ; il finit par y réussir à peu près, et il se reposa sur l'explication qu'il se proposait d'avoir, dans l'après-dînée, avec Corisande, chez M^{me} de Roussy.

Cette explication n'eut pas lieu, car Corisande ne vint pas au cercle ; on dit à Jean qu'elle était probablement empêchée par l'arrivée de son frère.

Jean fut très triste toute la soirée, et se retira de bonne heure, donnant pour prétexte les préparatifs de sa fête. On l'entoura beaucoup, on le cajola beaucoup ; mais rien n'y fit. Monsieur le comte et M^{me} de Roussy eurent beau déployer toutes leurs grâces envers leur prisonnier, il y prit à peine garde, et fort maussade, rentra chez lui où il trouva Barbillon.

— Monsieur, je vous ai attendu depuis ce matin pour vous faire essayer vos nouveaux habits, et vous n'êtes pas venu ; vous avez eu tort, on ne doit jamais négliger de telles affaires. Regardez-moi ce pourpoint de soie aurore, ces bas brodés, ces chausses passementées. Du diable si vous avez jamais vu quelque chose de plus pimpant. Et puis, comme on m'a dit que vous alliez faire un voyage, voici un buffle complet avec une légère cuirasse, un chapeau de feutre et un bon manteau que je vous ai préparés.

Jean, malgré sa mauvaise humeur, ne put

s'empêcher de sourire et d'approuver les soins
que prenait son valet.

— Ah ! Barbillon, lui dit-il, si tu n'étais pas
un si horrible bandit, tu vaudrais beaucoup.
Où en sont nos apprêts pour demain ?

— Tout est terminé, monsieur, il n'y a plus
que mon rôle à repasser, et un petit tour de
ventriloquie dont je me suis souvenu, et que
je vais étudier cette nuit. Mais qu'avez-vous,
vous avez l'air triste ? Êtes-vous chagrin, êtes-
vous malade ? Corbleu, monsieur, il ne faut
pas se laisser aller ainsi à la mélancolie. Si
vous voulez m'attendre un quart d'heure, je
vais aller voir en ville si je ne trouve pas une
mandoline, et je vous chanterai une chanson
qui vous réjouira, soyez-en sûr.

— Laisse-moi tranquille, bourreau, je n'ai
pas besoin d'être réjoui. Va-t'en où tu voudras, au diable, si tu veux, et ne me tourmente
pas davantage.

Barbillon s'empressa de sortir, enchanté
d'avoir un pareil maître. Il alla presser les
ouvriers ; il ne se contenta pas de prodiguer
les apostrophes et les invectives ; il mit lui-
même la main à l'ouvrage, et aida à aplanir
toutes les difficultés qui se présentèrent. Vers
minuit les charpentes étaient achevées.

Alors Barbillon courut chez les tapissiers.
Il vociféra comme un énergumène contre les
paresseux, contre les fripons qui allaient man-

quer de parole à son maître, le plus grand seigneur de la Gascogne. Il mit habit bas, comme
il avait fait avec les charpentiers, et s'appliqua à
aûner des étoffes avec une activité qui électrisa
les ouvriers. Il leur fit apporter du vin, il leur
raconta des histoires ; bref, il les tint éveillés
par sa gaieté inépuisable et même par ses injures. Quand le gros de l'ouvrage fut terminé,
il conduisit toute sa brigade sur la place et
commença à placer chaque étoffe, chaque tapis
en son lieu ; lorsqu'il voyait le travail en bon
train, il disparaissait pendant un quart d'heure,
une demi-heure, et, retiré dans un des pavillons, il repassait ses rôles divers, et faisait à
lui seul des grimaces dont il essayait l'exhi-
larante influence sur lui-même en se plaçant
devant un miroir. Puis, tranquille sur le succès, il revenait à ses hommes et recommençait
comme de plus belle.

Jean passait son temps d'une façon bien
différente. A grands pas, il arpentait sa chambre dans tous les sens, et, de moments en moments, il se frappait la tête de ses poings fermés. Sa situation lui semblait si obscure, si
compliquée, qu'il ne savait comment il devait
la prendre ; était-elle triste, était-elle gaie? le
mystère lui en paraissait profond. La veille, le
matin encore, rien ne lui était plus clair : il
était amoureux et aimé, et traité par ses vain-
queurs avec bienveillance. Mais le simple

soupçon de l'infidélité de Corisande lui montrait sa situation tout entière sous un bien autre aspect. Il ne s'apercevait pas que lui-même avait quelque petite idée de tromper cette chère maîtresse dans l'affaire de M. de Méré, et il se désolait comme si la perfidie n'était pas de ce monde ; oui, tout aussi naïvement.

— Voyons, se disait notre héros, cherchons un peu ce que tout cela peut signifier. Supposons que Corisande ne m'aime pas. Pourquoi, dans ce cas, m'aurait-elle fait accroire le contraire ? Par une raison bien simple ; c'est qu'elle est d'accord avec M. de la Rochefoucauld pour me jeter dans une intrigue où je les servirai à la manière de la bête de somme qui porte sans savoir ce qu'elle porte. On me dit que ce M. de Méré va traiter de la paix avec Mgr de Guise ? Est-ce vrai ? je me suis déjà dit que non. Le gaillard me fait plutôt l'effet, avec sa mine de corbeau, d'un coupe-jarret que d'un négociateur. Il y a bien des chances pour qu'on m'engage ici dans quelque méchante aventure !... Heureusement j'y ai pensé... Mais que leur ai-je fait pour me mettre en vóie de me casser le cou ? Voilà qui est bien noir !

Jean, inquiet et jaloux, soupçonnait à perte de vue ; dans la réalité, l'amour trompé le poignait beaucoup plus que la crainte, et il avait cette inconséquence de pardonner plus aisé-

ment à Corisande de lui faire courir un danger
que de lui donner un rival. Ajoutez à cela que
l'idée de l'infidélité lui rendait plus terrible
encore le soupçon du danger.

— Si elle a joué la comédie de tous points
avec moi, où veut-elle donc me mener, se
disait-il ?

Le pauvre Jean était bien ulcéré. A ce moment il se défiait de tout. Non seulement de sa
maîtresse et de monsieur le comte, mais de
Bourbet, de Mergey, de Balard, de toutes les
dames et de tous les gentilshommes qui, depuis
deux jours, le poursuivaient de leurs préve-
nances. « J'étais trop heureux, pensait-il, et
bien dupe de croire que ces damnés hérétiques pussent jamais agir de bonne foi. »

S'il avait été libre, il n'eût pas hésité à se
battre contre toute la ville. Mais il n'avait de
ressource pour sortir de peine que la modéra-
tion. Le secret profond qu'il avait gardé envers
tout le monde, sur son voyage à Anet et sur le
collier, le consola un peu.. Du moins, il avait
déjà trompé ses trompeurs et c'était un adoucissement pour les blessures de sa vanité.

Après s'être beaucoup lamenté et beaucoup
dépité, il vit qu'il n'avait rien de mieux à faire
que de suivre le plan de conduite qu'il s'était
tracé d'abord ; plan de conduite que raconter
d'avance est inutile. Il y voyait un moyen de
se soustraire à toutes les conséquences du

complot tramé contre lui, s'il existait un complot ; que si, au contraire, tout son entourage actuel était sincère, circonstance à peu près inadmissible, son projet ne devait porter nul préjudice aux grands desseins que monsieur le comte pouvait méditer pour le bonheur du royaume.

Jean se calma ; ce cœur méridional ne soutenait pas longtemps l'ébullition.

L'aurore parut, et à peine les premiers rayons doraient-ils les flèches de la cathédrale et des églises et des couvents abandonnés de leurs hôtes et occupés par les soldats huguenots, que le son des trompettes et le bruit des cymbales réveilla tout le monde.

Barbillon était debout par l'excellente raison qu'il ne s'était pas couché ; mais il s'était pompeusement vêtu, et il avait surtout coiffé une toque empanachée de plumes de mille couleurs qui le faisait ressembler aux plus brillants oiseaux des Tropiques.

Le menu peuple se pressait en foule autour des barrières gardées par les hallebardiers, qui isolaient ainsi le lieu de la fête de l'approche des profanes. Quelques têtes de bourgeois et de bourgeoises, coiffées de nuit, se montraient aux fenêtres.

Barbillon crut pouvoir prendre sur lui de faire cette courte harangue :

« Manants et bons bourgeois de Beaumont,

« Je vous annonce que mon maître, l'illustre baron Jean de la Tour-Miracle, le plus magnifique seigneur qui soit dans l'univers, donne aujourd'hui une preuve éclatante de sa munificence, en vous invitant tous tant que vous êtes, à boire et à manger plus qu'il ne vous conviendra ! Voici, en dehors des barrières, des tonneaux de vin, des barriques de cidre, et du pain et de la viande à discrétion. Amusez-vous, bonnes gens ! Mgr de la Tour-Miracle et moi, nous ne voulons voir aujourd'hui que des heureux ! »

Un long *vivat* répondit à ce discours. Les trompettes et les cymbales recommencèrent leur tapage, et c'est ainsi que Jean, au comble de la douleur et de l'embarras, se trouva, à son insu, être le bienfaiteur de toute la ville, par la grâce de son serviteur Barbillon !

# CHAPITRE XVI



### La fortune tourne tout a coup, et Jean passe une soirée désagréable

Le joyeux soleil que celui dont les rayons vont éclairer un jour de fête ! Que ce vaillant Phœbus doit se trouver réjoui de resplendir sur des visages de bonne humeur, lui qui voit bien plus souvent des faces maussades ! N'est-il pas consolant pour lui de voir les vieillards reprendre la gaîté et la curiosité de la jeunesse ? les enfants redoubler de turbulence ; et les jeunes filles, courant par troupes comme des perdrix, rieuses, moqueuses, coquettes, pimpantes et atournées de tous leurs rubans, se gaussant de leurs amoureux en leur faisant la moue ! C'est une des rares circonstances où le soleil doit s'ennuyer un peu moins du triste rôle qu'il joue en nous éclairant.

Toute la ville de Beaumont était donc en liesse, dès l'aube, attendant le résultat des merveilleuses promesses de don Barbillon. Cette attente, à la vérité, se prolongea quelque peu, car ce ne fut guère avant dix heures

que les dames de condition, escortées des gentilshommes, leurs amis, leurs maris, leurs
frères, arrivèrent, qui à cheval, qui en litière,
sur la grande place, avec une grosse suite
de valets. La garnison huguenote avait aussi
comme cela se passe dans nos fêtes modernes,
fourni son contingent de splendeurs à la solennité, et d'après le principe qu'il n'y a pas
de bonnes fêtes sans bourrades, les hallebardiers se firent un vrai plaisir de maintenir la
foule trop ardente et trop curieuse ; ils distribuèrent les horions à la satisfaction générale,
les rires en redoublèrent et l'arrivée de la noble
compagnie fut saluée par les applaudissements
et les souhaits gracieux partis de toutes parts.

Jean de la Tour-Miracle sortit alors du
principal pavillon suivi de MM. de Bourbet
et de Mergey, ses assistants dans les fonctions
hospitalières qu'il avait à remplir, et fort galamment vêtu, au goût de Barbillon, il vint
présenter la main à la comtesse de la Rochefoucauld, et l'aida à descendre de cheval à
l'entrée des barrières. Toutes les dames quittèrent de même leurs palefrois et une brillante
fanfare accompagna, sur l'air de *Mars et Vénus s'en vont en guerre !* l'entrée de ce galant
cortège dans le grand pavillon. Au milieu de
tant de belles personnes, Corisande brillait de
tout l'éclat de sa beauté, et elle n'était pas,
sans doute, ce que Phœbus, le radieux Phœbus,

devait considérer, en ce jour, avec le moins de plaisir. Des fleurs étaient gracieusement blotties près du marbre de son sein ; des plumes ondoyaient au-dessus de ses cheveux noirs. Elle était belle à ravir le cyclope le plus brutal.

Aussi le baron Jean ne vit-il pas sans une émotion bien puissante les charmes de sa belle maîtresse ; mais le baron Jean était, comme on sait, un homme ferme dans ses résolutions, et bien qu'il sentît fondre ses défiances à la splendeur de tant de grâces, il resta décidé à se tenir sur ses gardes ; il repoussa bien loin la tentation de remettre à Corisande la lettre qu'il avait préparée pour elle et qui décidait de son avenir ; il se dit enfin :

— Admirons ! soyons épris puisqu'il n'est pas en notre pouvoir d'échapper à l'enchantement ; mais ne nous conduisons pas comme un sot !

Condition de conduite bien difficile à remplir en amour ! condition que les gens du Nord ne sauraient jamais garder, non plus que les gens de l'extrême Sud, et qui n'est guère au pouvoir que des habitants du Midi de la France.

Jean se permit pourtant à lui-même de servir d'écuyer à M<sup>me</sup> de Peyrecave ; il l'aida à descendre de sa haquenée ; il la reçut même dans ses bras, lorsqu'elle sauta à terre, et par la suite il répondit avec plus de chaleur que la raison ne l'eût voulu, peut-être, à la pression délicieuse de la belle main coquette.

Heureusement, il n'y avait pas moyen de s'abandonner, en ce moment, aux attraits dangereux de l'intimité. Corisande et ses manèges agaçants ne pouvaient rien contre la foule qui entourait la Tour-Miracle, et qui ne lui laissait pas oublier ses devoirs de maître de maison. Bientôt une voix connue vint dire au jeune homme :

— Monsieur le baron, on n'attend plus que vos ordres pour commencer le jeu de bagues !

C'était Barbillon qui s'exprimait avec cette majesté ; solennel dans son port, majestueux dans sa diction, ce respectable majordome (car il était majordome en ce grand jour), tout pénétré de l'importance de son emploi, balayait le plancher du panache de sa toque, et se balançait sur les deux hanches.

Jean, malgré ses bonnes résolutions, avait tant de choses à dire à sa dangereuse adversaire ; il désirait si vivement faire pénétrer quelque jour au milieu des soupçons qui remplissaient son âme, que cette interruption toute naturelle lui fut singulièrement désagréable. Le regard assez impertinent que jeta Barbillon sur M<sup>me</sup> de Peyrecave ne put non plus lui échapper et son humeur s'en augmenta. Il se promit bien de trouver une bonne occasion pour faire payer l'insolence à l'impudent co-

quin dont les services lui étaient en ce moment si nécessaires, et il se rendit avec soumission à l'avis de son conseiller. Il fit placer, dans
la galerie construite à cet effet, M. de la Rochefoucauld, la comtesse et les dames, et le jeu
de bagues commença à l'instant même.

Tout le temps que dura ce divertissement
guerrier auquel il évita de prendre part, Jean,
retiré à demi dans un coin de la tribune, eut
grand soin d'observer les visages de ceux qui
pouvaient avoir quelque influence sur sa destinée, et c'est ainsi qu'il ne vit pas avec plaisir
une sorte d'intimité mystérieuse régner entre
monsieur le comte et Corisande, entre Corisande et Bourbet. Deux ou trois fois il surprit
du coin de l'œil leurs regards qui se dirigeaient
de son côté, tandis qu'un imperceptible sourire errait sur les lèvres de la belle personne.

— On me joue, comme un nigaud, se dit
Jean ; mais rira bien qui rira le dernier. Je ne
suis pas encore dans le piège. Cuirassons-nous,
sang Dieu ! contre les œillades et les embuscades ! Laissons faire la sirène, laissons-la faire,
sang diable ! elle verra ce qui sortira de tout
ceci !

La journée se passa en divertissements semblables à tous les divertissements possibles.
Grâces aux soins de Barbillon qui se multi-
pliait, tout réussit à merveille ; les rafraîchissements circulaient avec profusion non seule-

ment en dedans, mais aussi en dehors des barrières, et si Jean avait eu le loisir de veiller à ce qui se passait, il eût conçu de très sérieuses inquiétudes sur la possibilité de payer tant de dépenses. Mais Jean pensait à des choses plus sérieuses encore. Après le jeu de bagues vint la comédie, où Barbillon se distingua et obtint à lui seul un succès de fou rire. A la vérité, dans une garnison obscure où jusqu'alors les plaisirs n'avaient pas abondé, on n'était pas en droit de se montrer difficile. Pour les efforts tant soit peu grotesques de l'ancien lansquenet, on fit grande la part de l'indulgence, et pourtant le masque naturellement comique, la verve bouffonne et l'assurance imperturbable du drôle, auraient encore suffi pour mettre en joie les esprits les plus mélancoliques. Enfin, le soir arriva, les bougies furent partout allumées dans les pavillons, le bal commença et les parties de jeu s'établirent.

A quoi bon faire l'énumération des passepieds, des bourrées et même des chacones où plus d'une belle dame fit admirer sa grâce ? Faudra-t-il s'étendre aussi sur les sarabandes applaudies où Balard se signala ? On s'amusait beaucoup, beaucoup ! Jean était le seul qui ne pût pas en dire autant. Il se confinait tout entier dans son rôle de dissimulation et d'observation ; tiraillé entre l'amour, la rancune et la crainte, lorsqu'il rencontrait les yeux de Corisande, il répondait à l'agaçante tendresse de leur appel par un regard d'abord étudié, puis sérieusement amoureux, et murmurait dans ses dents :

— C'est un ange diabolique !

En passant derrière une portière, il entendit la voix de Bourbet qui demandait :

— Quand partent-ils donc ?

— Demain matin, répondit M. de la Rochefoucauld.

— Bon, on s'arrange pour la catastrophe, à coup sûr, se dit Jean ; quelle furie ! que leur ai-je fait ? que veulent-ils de moi ? Et ce misérable Méré ! le plus grand coquin de l'Europe, j'en jurerais !... C'est une insigne maladresse à moi de ne l'avoir pas tué sur le coup ! Ah ! si j'avais pu prévoir ce qui se passe, je m'y serais volontiers repris à deux fois... Mais ils n'en sont pas où ils croient et je leur ferai voir du chemin.

Balard vint le prendre par le bras :

— Eh bien ! notre hôte, lui dit-il, nous ne tentons pas, ce soir, les faveurs de la fortune ?

— Que si vraiment, répondit la Tour-Miracle d'un air délibéré.

— Eh bien ! continua Balard, venez à cette table-ci ; vous y trouverez vos principales victimes, et nous allons tout faire pour vous alléger de nos dépouilles.

— Je vous donnerai ample revanche, reprit

Jean. Aussi bien, dépêchez-vous de m'appau-
vrir, car je ne resterai plus longtemps avec
vous.

— Quelques heures suffiront pour vous
mettre à sec, dit un gros capitaine de Flandres
qui avait été fort maltraité les jours précédents ;
pour moi, je ne quitterai là table que pour
aller mettre vos pièces dans mon coffre ou
pour me jeter à la rivière.

— Noble résolution ! s'écria Bourbet ; elle
est aussi la mienne. Allons, mon prisonnier,
tenez-vous bien ; nous allons vous apprendre à
vivre.

— Beaucoup de bruit, peu d'effet, dit Jean
en souriant et en battant les cartes. Je tiens
tout ce que vous voudrez, faites le jeu.

Et la partie s'engagea. La Tour-Miracle
avait eu tant de bonheur, les autres soirs, et la
fortune s'était montrée si obstinément dévouée
à le servir, qu'il ne songeait pas même à la possibilité des retours si ordinaires à la capricieuse.
Il était quelque peu arrogant dans la prospé-
rité, et prévoyait volontiers que le sort ferait
des efforts extraordinaires pour le servir.

Mais, de leur côté, ses adversaires coalisés
avaient emprunté de l'argent de droite et de
gauche, et avaient juré de vendre plutôt leurs
chevaux et jusqu'à leurs habits que de laisser
le prisonnier catholique s'éloigner avec un seul
liard de leur avoir. C'était donc une intéres-

sante partie que celle qui s'engageait. Plusieurs dames en étaient prévenues, et madame la comtesse, donnant le bras à Corisande, s'approcha de la table pour assister au combat.

A la vue de sa perfide maîtresse, Jean pâlit et fit un mouvement involontaire comme pour quitter la table.

— Qu'avez-vous ? lui dit Mergey en le retenant par le bras. Le cœur vous manque-t-il ? Vous voulez nous quitter ? Cela ne se peut.

— Je n'y songe pas, dit Jean, un peu honteux de lui-même.

On entendait venir du salon voisin le son des violons de l'orchestre, et le bruit du pas tressautant en cadence. La partie se poursuivait au milieu d'un morne silence.

— Ces messieurs ont l'air d'être à une bataille, dit la comtesse.

— C'est bien autrement dangereux, dit Corisande ; car ils tiennent plus à leur argent qu'à leur peau.

Personne ne répondit. Un tour venait d'avoir lieu et Jean avait gagné. Balard crut voir dans cette circonstance un augure funeste, et, malgré la présence des dames, il laissa échapper un juron de dépit. La partie recommença et, pendant un instant, personne ne souffla mot.

Tout à coup le capitaine flamand s'écria :

— Ce n'est pas à vous de prendre, la Tour-Miracle, c'est à moi.

— Je ne le crois pas, monsieur, répliqua Jean.

— J'en suis certain, dit le capitaine.

— Il serait singulier que je me fusse trompé, reprit Jean ; mais on peut s'en remettre au jugement des dames.

— Je suis le serviteur des dames partout excepté au jeu, repartit le Flamand, et il suffit que j'aie parlé pour qu'on me croie.

— Allons, pas de querelle, s'écria Mergey, que le coup soit nul.

— Je le passe à monsieur et je paie, interrompit Jean ; ce n'est pas me ruiner.

Il se trompait à coup sûr ; car, de ce moment, la fortune changea ; il perdit, reperdit et perdit encore. Il doubla, il perdit ; il tripla, il perdit. Tout le monde riait. Des gouttes de sueur perlèrent sur le front de Jean. Il sentait que par son bonheur obstiné il avait éveillé l'envie et que l'envie se réjouissait de sa chute. Son orgueil se révolta et il sentit comme une sombre fureur bourreler son âme.

En ce moment, levant les yeux, il rencontra le beau regard de Corisande, qui semblait le contempler d'un air attendri. La bienveillance y était si réelle, la tendresse qu'exprimaient ses yeux charmants était si ardente, qu'il se sentit troublé. Il perdit tout à coup de vue les fantômes qui l'obsédaient.

— Que veut dire ceci, se dit-il? Est-elle sincère?

Comme il l'aimait, il se trouva tout disposé à le croire et ce fut, dans son malheur, un grand soulagement. La joie pénétra de nouveau dans son cœur. Il reprit courage, et posant un instant ses cartes sur la table, il passa ses mains sur son visage, les frotta vivement l'une contre l'autre, et rapprochant sa chaise :

— Allons, messieurs, cria-t-il gaîment, je ne suis pas encore à sec !

— Voilà un brave gentilhomme, dit une jeune dame derrière lui, c'est dommage qu'il perde.

*Qu'il perde* était bien dit ; car Jean continua à voir ses pièces d'or et d'argent se détacher les unes après les autres de sa poche et aller grossir les tas formés devant ses adversaires. Après un moment, il avait tout à fait oublié le courage nouveau dont il s'était armé ; il eut beau regarder les yeux de Corisande qui continuaient à l'encourager, ses pertes devenaient à chaque instant plus irréparables. Enfin, il n'avait plus en sa possession qu'une dizaine de nobles d'or lorsqu'il entendit derrière sa chaise la voix criarde et impertinente de Barbillon qui lui disait :

— Vraiment, monsieur, vous jouez là un joli rôle ! Ne voyez-vous donc pas que ces honorables gentilshommes trichent à qui mieux mieux !

Et Barbillon, debout, coiffé de son insépa-

rable toque à panache, indiquait du doigt et
de l'air le plus calme du monde, Bourbet,
Balard, le capitaine flamand et un écuyer de
monsieur le comte.

Jean avait déjà eu soupçon de quelque
déloyauté ; il se leva d'un saut et jeta ses cartes
sur la table.

— Corps diable, messieurs, s'écria-t-il, si
vous êtes des fripons, je ne suis pas d'avis de
continuer !

— Il n'y a ici de fripons que vous et votre
acolyte, répondit Bourbet. Voilà huit jours que
vous pipez des gens qui valent mieux que vous.
Réservez vos tours de passe-passe pour ailleurs qu'ici !

— Monsieur, si j'osais vous offrir un conseil
dit modestement Barbillon à son maître, ce
serait de passer votre épée au travers du ventre
de ces beaux joueurs.

— Tu as pardieu raison, répliqua Jean, et
comme je n'ai que deux gants, supposez, messieurs, que vous en recevez chacun un à travers la figure !

Il s'était reculé en parlant ainsi comme pour
donner du champ à ses ennemis. Les dames
avaient fui en pleurant, en criant ; quelques-
unes s'évanouirent ; le comte de la Rochefoucauld accourut.

— Comment, messieurs, s'écria ce seigneur,
j'apprends qu'on insulte mon hôte ! Je ne

souffrirai pas que les choses aillent plus loin. Remettez-vous, calmez-vous, baron ! Il y a ici quelque malentendu, votre valet est un drôle qui mérite les étrivières ! Monsieur de Balard, capitaine Bourbet, si vous répondez à la provocation, je vous en ferai sentir mon ressentiment !

— Bon hypocrite, se dit Jean, il me réserve pour une meilleure chausse-trape !

Le bal avait pris fin ; les femmes étaient parties ; Corisande avait suivi la comtesse de la Rochefoucauld, sans que Jean, tout à sa colère, s'en fût d'abord aperçu. Les officiers provoqués s'arrêtèrent par respect pour leur chef, enfoncèrent leurs bonnets sur leurs yeux et menaçant Jean du regard et le poing sur la hanche, s'éloignèrent tous ensemble d'un pas de triomphateurs.

Monsieur le comte dit à Jean.

— Vous deviez partir ce matin ; les choses s'arrangent à merveille ; vous êtes chargé de trop grands intérêts pour que je vous laisse gaspiller vos peines avec des étourdis. M. de Méré vous attendra à l'aube, en dehors de la porte de ville, sur la route d'Orléans. Je n'ai pas besoin de vous rappeler qu'en toutes choses vous pouvez compter sur mon amitié.

Ayant ainsi parlé, M. de la Rochefoucauld sortit à son tour et Jean se trouva seul avec Barbillon, dans la salle de bal complètement déserte. Les bougies lui semblaient jeter des lueurs lugubres. Au milieu des longues et flottantes draperies qui se déroulaient partout, il croyait être sous un catafalque. Très fatigué, il se laissa tomber dans un fauteuil, Barbillon s'assit vis-à-vis de lui et ne chercha pas à le troubler dans ses rêveries. Loin de là, le discret serviteur s'accommoda convenablement dans sa chaise, posa sa toque par terre, et s'endormit sur-le-champ, les yeux fixés sur ses panaches. Une heure environ s'écoula dans un profond silence.

Au bout de ce temps, un bruit qui se fit au dehors éveilla Barbillon en sursaut. Des voix confuses et criardes se mêlaient en s'approchant du pavillon, ce qui fit que le majordome improvisé se dressa sur ses pieds et sortit. Si Jean avait été moins perdu dans ses pensées, il aurait pu entendre le bruit d'une altercation assez vive ; mais il n'y prit pas garde jusqu'au moment où Barbillon rentra et lui dit :

— Monsieur, ce sont les marchands de notre fête qui, ayant appris votre prochain départ, viennent demander leur dû.

— Ah ! grands dieux ! s'écria Jean, en enfonçant ses bras jusqu'aux coudes dans les poches de son pourpoint, il ne me reste rien ! J'ai tout perdu !

— Oh ! oh ! répartit Barbillon, vous ne pouvez donc rien payer ?

— Rien ! répéta Jean avec consternation.

— Il n'y a point là de quoi se désespérer, répondit le valet. Mais puisque nous n'avons point d'argent, il faut absolument trouver de l'esprit.

Et se croisant les bras et levant la tête au plafond comme un astrologue à la recherche d'une planète, Barbillon resta quelques secondes très pensif.

# CHAPITRE XVII



— Voyons, monsieur, dit Barbillon, avez-vous imaginé quelque chose? Je suis curieux de savoir jusqu'à quel point vous avez plus d'esprit que moi.

— Déclare à ces marchands, lui répondit son maître, qu'il m'est impossible de les payer en ce moment, mais que je suis homme d'honneur et qu'ils ne perdront rien pour attendre.

— Allons, monsieur, je vais leur dire cela, répliqua Barbillon en éclatant de rire, et je vous réponds qu'ils seront fort satisfaits ! Tudieu ! comme vous avez le génie du commerce ! Mais, bien que je sois certain du plaisir que je vais leur faire, n'avez-vous plus rien dans vos poches qu'on puisse au moins leur montrer ? Je ne voudrais point vous voir passer pour un misérable.

Jean tira ses dix nobles d'or.

— C'est toujours quelque chose, dit Barbillon en clignant de l'œil.

Il étendit la main, prit les pièces et les mit dans son pourpoint, puis conclut par ces mots prononcés d'un air capable.

— Je vais arranger votre affaire.

Il sortit du pavillon et trouva les braves marchands occupés à maugréer contre l'air froid de la nuit et soufflant dans leurs doigts.

— Mes bons amis, leur dit-il d'un air paterne ; monseigneur le baron est en ce moment en conférence intime, secrète et très importante avec monseigneur le comte et plusieurs autres gentilshommes de la plus haute volée ; vous comprenez donc, sans que je vous l'explique, l'impossibilité où il est de venir vous entendre. Mais rassurez-vous, je vais tout terminer pour lui. Entrons dans ce petit temple où un comédien fort distingué a fait cette nuit des merveilles d'escamotage. Nous allons mettre ordre à nos petites affaires.

— Est-il vrai, monsieur de Barbillon, dit le charpentier, que vous partez ce matin.

— Monseigneur le baron part ce matin, mais moi je ne dois le rejoindre que ce soir. Nous allons à la cour ; si vous avez quelques commissions, je pourrai m'en charger ; ne vous gênez pas ; remettez-moi vos suppliques et vos placets ; il m'arrive plus de trente fois dans le mois de voir le roi, face à face, et de lui parler comme je vous parle. Vous avez apporté vos mémoires ?

— Oui ! oui ! répondit le chœur des créanciers avec enthousiasme.

— Et vous avez pris aussi du papier et de l'encre pour que je puisse discuter, corriger, réduire et régler lesdits mémoires ?

— Oui, répondirent encore, mais d'une voix moins éclatante, les bons bourgeois.

— Allons donc, mes enfants, continua Barbillon en se plongeant dans un fauteuil, approchez sans crainte et faisons vite, car des préoccupations d'un ordre très élevé absorbent toutes mes facultés ! Je ne puis vous donner que quelques minutes ! *Compte du tapissier :* bon ! pour tentures, soieries, étoffes de toutes couleurs, total deux mille cinq cents livres tournois. *Compte du marchand de vin,* mille livres, ce n'est pas déraisonnable. *Compte du charpentier,* trois mille huit cents livres ; les bois n'étaient pas de première qualité, mais n'importe. *Comptes des rôtisseurs et traiteurs,* deux mille deux cents livres ; je crois avoir remarqué des volailles dont le goût ne me convenait pas, mais je ne suis pas chicanier. *Comptes des tailleurs,* six mille neuf cent cinquante-quatre livres ; parfait ! Somme totale de tous les comptes, quinze mille quatre cent cinquante-quatre livres tournois. Je suis sûr, mes amis de votre grande honnêteté ; cependant il n'est pas probable qu'ayant connaissance de l'immense générosité de mon maître, vous n'ayez pas un peu enflé nos petites dépenses; je vous pardonne, et je me contente de porter à vue de nez nos dettes à douze mille livres juste. Vous criez? Nous les porterons à onze mille livres, et comme je suis pressé, je vais diminuer encore, si vous n'êtes pas raisonnables, pour me dédommager de la perte de mon temps. D'ailleurs, marauds que vous êtes, je vous trouve d'étranges personnages? Vous faites du bruit quand je vous paie comptant? Oh ! oh ! ce mot-là vous fait taire. Oui, comptant ! Passez moi un chiffon de papier et vous allez voir.

Et il écrivit :

« M. le capitaine de Bourbet, M. le capitaine Van Coëck et M. de Balard auront à solder aujourd'hui, avant midi, chacun pour leur part, la somme de onze mille livres tournois, aux porteurs du présent bon, sur les vingt-cinq mille livres que monsieur le baron leur a remis cette nuit passée à l'effet de régler ses dépenses».

— Je signe pour mon maître : « Barbillon ». Avec ce papier, on vous paiera quand vous voudrez ; si, du reste, il vous était fait la moindre difficulté, je serai là pour la lever, car c'est en grande partie à cause de vous que je ne quitte pas Beaumont avant ce soir. Allez, mes braves, et que le ciel vous conduise !

Barbillon se leva et congédia d'un geste tous les créanciers, qui se retirèrent fort contents ; pour lui, il ne l'était pas moins, car il volait à son maître dix nobles d'or, et s'enrichissait d'un bon tour qu'il lui serait fort agréable à raconter autour des pots à des amis de sa trempe.

Il rentra dans le pavillon.

— Monsieur, dit-il à Jean, votre idée a été fort bien reçue, et les marchands comptent sur l'effet de vos promesses.

— Aussitôt que je serai chez mon père, répondit Jean, leur envoyer ce que je leur dois sera ma première action. Il est temps de partir. maintenant, l'aurore ne va pas tarder à paraître.

— Dans tous les cas, monsieur, vous ne pouvez songer à vous mettre en chemin avec le costume pimpant et léger que vous portez à cette heure. Je vais aller chercher votre manteau et votre buffle, et le reste de vos hardes.

— Va, et ne te fais pas assommer par ces misérables qui m'ont volé.

— Tous les gens qui volent ne sont pas des misérables, insinua Barbillon d'un air piqué ; mais sans s'arrêter à développer ce paradoxe, il s'en alla chez les huguenots qu'il réveilla avec force, encore regrettant bien, dit-il, de ne pouvoir entrer dans la chambre de son maître sans passer par la leur.

— Cordieu, s'écria Balard, j'ai grande envie,

maroufle, de te casser quelque bon bâton sur les épaules.

— Et si vous essayez, répliqua Barbillon, j'ai mon épée et je vous éventre. Mais à quoi bon faire tant de bruit? Vous m'en voulez d'avoir averti mon maître de votre subtilité? Vous devriez m'en remercier, au contraire, pour avoir parlé si tard.

Balard se jeta au bas de son lit, et saisit une chaise pour châtier Barbillon ; mais Bourbet et Mergey s'étant mis à rire, Balard se trouva ridicule.

— Allons, monsieur, au lieu de nous nuire, raisonnons un peu. Vous avez tout gagné à mon maître ; il n'a pas un rouge liard pour s'en aller. Soyez généreux, et faites quelque chose pour lui.

— Laisse-nous tranquilles, et toi ton maître, dit Balard en se recouchant, n'allez-vous pas nous demander l'aumône?

— C'est un marché que je veux vous proposer. Je vous vends toute la défroque de mon maître, à part ses buffles, ses bottes et ses chausses de drap pour cinquante écus ; cela en vaut bien deux cents ; et vous y profiterez.

— Voilà qui est assez raisonnable, dit Bourbet en se levant à son tour ; prends tes cinquante écus, et bon voyage ! tâche qu'on ne te voie plus !

— A Dieu vous commande, messieurs, répliqua Barbillon ; il descendit l'escalier, et revint à son maître, qu'il aida à changer de vêtements. Comme il avait pour ce bon maître un grand amour, il s'éleva en lui quelques scrupules, lorsque Jean, sortant de sa rêverie, lui dit :

— Sais-tu bien, Barbillon, que je n'ai plus rien dans mon escarcelle, et que je ne sais comment nous nous y prendrons pour manger en route ?

Barbillon fit sur lui-même un effort héroïque.

— Voici vingt écus que j'ai trouvés dans vos poches, monsieur, murmura-t-il d'une voix mal assurée ; c'est assez, en vivant sobrement, pour atteindre le but de notre voyage.

— Donne, dit Jean. Il était équipé, il boucla le ceinturon de son épée, enfonça son chapeau sur ses yeux, jeta son manteau sur ses épaules et sortit du pavillon, suivi de son valet.

A l'entrée des barrières, il trouva le petit laquais bleu, et s'arrêta involontairement pour écouter ce que le drôle pouvait avoir à lui dire.

— Monsieur, voici un billet dont il vous faut prendre connaissance et sans aucun retard.

Jean prit le billet ; il contenait ce peu de mots :

« Ne suivez pas votre compagnon. On vous a trompé. C'est la haine et la légèreté qui vous ont compromis, c'est le repentir qui cherche à vous sauver. »

— Heureusement, pensa Jean, que je n'ai
pas attendu cette boutade du repentir pour
prendre mon parti. Elle avoue ses perfidies,
la traîtresse !

Le petit laquais bleu avait disparu Jean ne
courut pas après lui et, continuant sa route,
il arriva à la porte de la ville, où la sentinelle
l'arrêta. Le chef du poste appelé reconnut la
Tour-Miracle et, l'ayant averti qu'un gentilhomme de ses amis l'attendait en dehors des
remparts, il lui fit ouvrir la poterne et lui sou-
haita bon voyage.

A une centaine de pas, Jean trouva M. de
Méré, son valet et quatre chevaux qui faisaient
le pied de grue.

— Mille pardons de mon retard, dit Jean.

— Trêve de compliments, répondit le huguenot. Montez sur votre cheval, et partons.

— Voilà, pensa Jean, un homme peu poli ;
mais je lui apprendrai à vivre.

La petite troupe se mit en marche. Notre héros se promit bien d'observer son compagnon,
et de près et du mieux possible. Or, le meilleur
moyen d'observer était de faire parler ; c'est
à quoi il se résolut.

Cependant le jour s'était levé, et Jean considéra M. de Méré avec attention. C'était un
homme grand et sec, à visage jaunâtre. Son
nez était recourbé comme celui d'un milan ;
ses lèvres étaient tellement minces, qu'à peine

formaient-elles une ligne étroite d'une couleur bleuâtre. Quand Méré ouvrait la bouche, on voyait quelques débris de dents plantées en désordre. Le possesseur de cette figure avenante portait la moustache à la mode du temps, relevée, avec la royale taillée en pointe ; mais sa barbe était un assemblage de poils noirs et rares, aussi rudes que les soies d'un sanglier. Du reste, dans cette figure désagréable, dans ce corps mal charpenté, il y avait bien des marques d'une force prodigieuse, et Jean ne se le dissimula pas. Il entama la conversation.

— Pour un rigide protestant comme vous l'êtes, monsieur, ce doit vous être une mission désagréable que d'approcher Mgr de Guise.

— Je ne suis plus protestant, répondit Méré d'une voix creuse.

— Bah ! vous n'êtes plus protestant ?

— Non ! je me suis converti. Sachez de plus que je n'aime pas à être interrogé ; faites-en votre profit.

— Et moi, répliqua Jean, il ne m'arrive jamais de profiter des conseils que je ne demande pas. Mais si vous tenez, monsieur mon frère, à garder ma compagnie, tâchez de me faire meilleure mine, ou nous en viendrons à des explications désagréables.

Méré jeta vers l'audacieux un regard de travers ; puis il cessa tout à coup de froncer le sourcil et sa bouche grimaça même un sourire.

— Je conviens, dit-il, que je ne suis pas aimable ; j'ai beaucoup plus hanté les camps
que les cours et les livres de religion que les
romans où l'on apprend à bien dire. En outre,
je relève de la fièvre quarte ; je vous prie de
m'excuser.

— Il ne dit pas un mot qui ne soit un men-
songe, pensa Jean. Je la connais ta fièvre
quarte, puisque c'est moi qui te l'ai procurée.

Après cette réflexion mentale, il resta sans
parler, et Méré n'essaya pas de rallumer sa
verve. Barbillon se tenait à l'arrière-garde
avec le valet qui paraissait non moins taciturne
que le maître, aussi Barbillon, suivant sa
louable habitude, ne tarda-t-il pas à entonner
une chanson de corps de garde. Deux ou trois
fois, M. de Méré se retourna, visiblement impatienté, mais il ne souffla pas mot, et Jean qui
suivait tous ses mouvements et qui cherchait à se
les expliquer, traduisit ainsi cette longanimité.

— Il veut éviter toute querelle. Avec une
figure comme la sienne, on est nécessairement
batailleur. Le pauvre homme se contraint, il
étouffera si je ne prends pitié de lui. Allons, je
suis assez éloigné de Beaumont pour lui faire
plaisir ainsi qu'à moi. Mettons-nous à l'œuvre.

Il regarda encore Méré. Celui-ci avait la
tête baissée sur sa poitrine. Il était devenu encore plus jaune ; ses yeux brillaient comme
des escarboucles ; il semblait en extase.

— A quoi peut-il penser? se dit Jean saisi d'une indicible émotion.

Il resta, malgré lui quelques secondes à le considérer, puis revenant à lui :

— C'est le bon moment, ajouta-t-il ; mais il s'arrêta encore en pensant à Barbillon. Fallait-il faire un signe à ce bon serviteur? C'était risquer de se perdre.

— Bah ! Barbillon je le retrouverai toujours !

Aussitôt Jean se baissa vivement vers sa droite, saisit Méré par la botte, lui leva la jambe violemment et de l'autre main, lui arrachant la bride de son cheval, le précipita sur la route ; puis, en même temps, il piqua des deux et s'élança au galop dans un chemin ombragé d'arbres touffus qu'il venait de remarquer et qui s'ouvrait à sa gauche. Il entraînait après lui le cheval de Méré.

Pourvu, se disait Jean tout en gagnant du terrain, que Barbillon ne se laisse pas prendre! Dans tous les cas, je fends la tête à qui me poursuit.

Il mit aussitôt la main sur ses pistolets, car entendit derrière lui le galop de deux chevaux. Mais c'était Barbillon, qui fidèle imitateur de son maître, avait démonté le valet et accourait en riant à gorge déployée.

— Ah pardieu ! ah pardieu ! monsieur, quand il vous prendra de pareilles lubies, avertissez-moi du moins ! Heureusement que j'avais les yeux sur vous et je vous ai joliment jeté ce domestique à croix ou pile sur le corps du maître. Où allons-nous de ce train-là ?

— Mais à Anet ; tu sais bien que c'est le but de mon voyage.

— Bah ! je croyais que la belle Corisande vous l'avait fait oublier.

Malgré la gravité des circonstances et la rapidité de la course, Jean prit son temps pour appliquer un vigoureux coup de houssine sur les épaules de Barbillon qui ne sourcilla pas.

Les deux aventuriers coururent pendant trois bonnes heures jusqu'à ce que la vue d'un cabaret, qui se montra au bas d'une côte, inspirât tout à coup à Barbillon des idées sédentaires, qu'il s'efforça de faire partager à son maître.

— Monsieur, dit-il, depuis le souper de cette nuit nous n'avons ni bu ni mangé ; je ne vous cache pas que je suis quelque peu à bout de mes forces et qu'il me paraît temps d'y pourvoir. Qu'avons-nous à craindre ? Nos gens sont restés à pied sur la grande route à deux bonnes lieues de tout endroit habité. En supposant qu'un hasard inouï leur ait fait trouver des chevaux deux minutes après notre départ, ils auront le choix entre bien des chemins pour nous poursuivre. Et puis il faut un peu laisser souffler nos chevaux, si nous voulons être portés plus loin.

— Déjeunons donc, répondit Jean ; mais le plus promptement possible, et ne te grise pas.

On mit pied à terre, Barbillon entra dans l'auberge et reparut bientôt avec un garçon qui apportait une mangeoire et de l'avoine pour les chevaux.

Jean ne voulut pas permettre à Barbillon de s'asseoir pour déjeuner, sachant que ce serait le moyen de n'en plus finir. Puis, ayant pris l'aubergiste à part, il s'entretint quelques instants avec lui, et revint ensuite à Barbillon.

— Voici, lui dit-il, ce que j'ai à t'ordonner. Tu vas te rendre au camp devant Orléans, en faisant la plus grande diligence possible. Tu chercheras à t'adresser à quelque officier et tu avertiras qu'on se défie d'un certain la Tour-Miracle, qui a pour nom véritable Poltrot de Méré ; tu diras notre aventure et lorsque le coquin arrivera, tu auras bien soin de le désigner. Je t'avertis que tout ce que je te commande là est de la plus grande importance, et que si tu manquais à l'exécuter tu pourrais être cause des plus grands malheurs.

— Mais, monsieur, répliqua Barbillon en se grattant l'oreille, que vous importe si ce Méré veut ou ne veut pas faire un mauvais coup. Ce ne sont pas là vos affaires. Laissez-le tranquille, le brave homme !

— Fais ce que je te dis et ne raisonne pas.

Ton cheval est reposé ; laisse-moi avec les trois autres montures et va-t-en !

Barbillon ne répliqua pas, se mit en selle et partit d'un petit trot fort gaillard. Quand Jean le vit loin, il demanda à l'aubergiste le guide que celui-ci lui avait promis, et il se mit en chemin à son tour, après avoir vendu deux chevaux le quart de ce qu'ils valaient.

Il était plein de joie ; il se voyait sorti de nouveau des mains des protestants. Son collier était toujours à son cou ; peu de distance le séparait maintenant d'Anet. Il se livrait aux plus charmantes rêveries, et plus qu'à demi désabusé de Corisande, il appelait avec ferveur l'image de Magdelaine pour charmer le reste du voyage.

Tandis qu'il s'en allait ainsi livré à ses amoureuses pensées, Barbillon était bien loin d'obéir à ses ordres. Le drôle, profondément indépendant, avait fait environ une demi-lieue et était revenu au petit pas vers l'auberge.

— Ma foi, se disait-il, le vin est passable, la fille est jolie ; je ne vois pas pourquoi je ne passerais pas là un ou deux jours. J'y mangerai un peu de mes petites épargnes et ensuite j'irai dépenser le reste dans quelque ville, sans me mêler des affaires des catholiques avec les protestants, niaiseries qui ne me regardent pas. Quand je n'aurai plus rien, je serai tout heureux d'aller rejoindre mon bon maître.

# CHAPITRE XVIII



Les poètes du XVI<sup>e</sup> siècle ont célébré à l'envi les magnificences du château d'Anet. Ils en ont loué la merveilleuse architecture, la grâce somptueuse, l'aspect imposant ; ils ont prodigué l'hyperbole pour décrire l'intérieur du beau manoir, plus ravissant encore que l'extérieur, et même sur les campagnes environnantes, sur les belles plaines, sur les coteaux, sur les forêts magnifiques et giboyeuses qui en formaient le domaine, ils ont jeté les voiles féeriques de leurs imaginations. Plus tard Vaux et Trianon excitèrent moins de verve et animèrent un moindre enthousiasme. Vaux était la splendide création d'un puissant financier; Trianon, l'idée charmante d'une reine aimant la solitude et les bois ; mais Anet, c'était bien plus encore pour les poètes qui aimaient à évoquer dans ses galeries les amours dont les tendres volontés avaient fait élever l'édifice.

Au jour où Jean de la Tour-Miracle venait se présenter à la grande porte du château, les amours n'y résidaient plus. Toutes, jusqu'au dernier, avaient pris leur volée, et, il faut l'avouer, les poètes les avaient suivies. Depuis la mort d'Henri II, M<sup>me</sup> Diane, parvenue d'ailleurs à un âge où d'ordinaire les femmes les plus belles ne se peuvent plus faire illusion sur la vanité des choses humaines, M<sup>me</sup> Diane avait congédié la foule brillante qui ne la quittait pas aux temps de sa faveur, et elle semblait prendre à tâche de cacher sa vie aux courtisans. Aussi dans tous les lieux où la cour de France séjournait d'ordinaire, à Paris, à Blois, à Amboise, ignorait-on absolument à quoi se passaient les journées de la gracieuse dominatrice d'autrefois. Vaguement on savait qu'elle vivait encore, qu'elle était toujours belle, mais elle n'était mêlée dans aucune intrigue, et on n'avait pas le temps de s'occuper d'elle. La reine Catherine avait su bon gré à sa rivale de la franche résolution avec laquelle elle lui avait cédé le terrain, aussi ne l'avait-elle jamais ni tourmentée ni même inquiétée. Et après tout pourquoi M<sup>me</sup> Catherine aurait-elle gardé rancune à la belle Diane? Les caprices du cœur de son royal époux ne l'avaient jamais grandement occupée; c'était un bien qu'elle désirait peu. Le pouvoir de gouverner, son seul

rêve, son unique désir, elle savait bien que la
favorite n'était pas coupable s'il ne lui était
pas accordé, et elle n'ignorait pas davantage
que le roi l'ayant proclamée *la plus grande
brouillonne qui fût jamais*, pouvait renoncer
à ses amours, mais ne lui laisserait jamais
glisser la main dans le maniement des affaires.
Voilà comment Diane et Catherine avaient
cessé de se craindre en ne se voyant plus ; la
reine de France avait bien autre chose à faire
dans cet an de grâce 1563 qu'à venger les blessures faites jadis à la sensibilité douteuse de
son âme.

Quant à la reine de beauté, encore une fois,
elle avait pris courageusement son parti ; le
jour où le roi mourut, elle quitta la cour, em-
portant, disait-elle, une douleur qui désormais
lui rendrait légers tous les coups de la fortune.
Elle était venue s'enfermer dans son château
d'Anet, qu'elle n'avait plus quitté, et elle avait
admis seulement à partager sa solitude un
petit nombre d'amis éprouvés qui, l'un après
l'autre, seront ici présentés au lecteur.

Il était environ six heures du matin, et Jean
de la Tour-Miracle, quittant la grande route,
s'était engagé dans l'immense avenue qui menait au château. Déjà, il en apercevait l'en-
ceinte crénelée, et la porte majestueuse. Enchanté d'être enfin au bout de son voyage, à
peu près persuadé que ni huguenots ni malan-

drins ne viendraient désormais renouveler sa captivité, il voyait toutes choses à travers un prisme charmant et, sans arrière-pensée, il avait repris toute sa bonne humeur naturelle. Ce qui lui plaisait surtout, c'était l'idée d'avoir sauvé le collier de tous les périls, et de pouvoir se présenter fièrement devant sa marraine, comme un homme capable d'entreprendre et de mener à bien une aventure difficile.

— Bravo, se disait-il, je m'en suis bien tiré, et je le donne en cent à des cavaliers plus âgés et plus expérimentés que moi ; je maintiens que le capitaine Bourbet, les huguenots de Lescout, le charbonnier, les gardes-du-corps de Pierrot, les soldats de la Rochefoucauld, et Méré, étaient tous des gaillards auxquels il n'était pas aisé d'échapper. Mais grâce à mon étoile et à mon adresse, me voilà dehors !

Après avoir ainsi décerné des couronnes à ses mérites, il lui vint quelques regrets au sujet de Magdelaine.

— Je vais rester bien longtemps sans la voir ! Qui sait, des semaines, des mois, une année peut-être ! Ce n'est pas gai. Mais heureusement mon cœur lui est revenu tout entier ; je ne sens plus rien pour cette fausse, cette perfide Corisande, et je veux que tous les diables d'enfer m'emportent par les cheveux, si jamais je lui donne plus une pensée.

Il se ressouvint en ce moment des deux let-

tres qu'il avait dans ses poches, de l'ardente
déclaration adressée à M^{me} de Peyrecave et de
l'aveu entortillé destiné à M^{lle} de Castillac. Il
prit les deux épîtres, les déchira en mille morceaux et en sema les hautes herbes de l'avenue.

Peu d'instants après, il se trouva devant la
grande entrée du château. Le pont était baissé,
mais la porte était fermée. Jean appela à haute
voix le concierge.

— Holà, holà hé ! quelqu'un ! Ouvrez-
moi la porte.

— Que demandez-vous monsieur? dit un
factionnaire qui se promenait sur les créneaux.

— Je demande à entrer.

— On n'entre pas ainsi. Qui êtes-vous, d'où
venez-vous, que voulez-vous ?

— Je suis le filleul de M^{me} Diane, je viens
du fond de la Gascogne et je suis chargé d'une
commission importante. Maintenant que vous
savez tout cela, vous allez me donner accès,
je suppose?

Le soldat s'était retiré ; il y eut un moment
de silence, après quoi la porte s'ouvrit et le
concierge parut. C'était un gros domestique,
rond comme une tonne, l'air bon vivant, et
clignant de l'œil comme un homme qui a vécu
à la cour et qui sait le besoin d'observer son
monde.

— Monsieur, dit-il à Jean, on vous a fait
attendre et j'en suis désolé. Mais vous com-

prenez que dans ces temps malheureux où tant de mal intentionnés courent la campagne, il est bon de prendre ses précautions. Veuillez entrer je vous prie, dans ce pavillon où je demeure, je vais aller prévenir monsieur l'écuyer de votre venue.

— Monsieur le concierge, répondit Jean, il me semble que les formalités sont bien longues ; faites de votre mieux pour que tout cela finisse, pour que je puisse réclamer à déjeuner et enfin pour que je sois présenté ce matin à madame ma marraine.

Ayant ainsi très péremptoirement exprimé ses désirs, Jean entra dans le pavillon du concierge et s'assit devant la cheminée. Bien que la matinée fût assez belle, encore était-ce une matinée d'automne, et Jean ne fut pas fâché d'approcher ses bottes éperonnées des tisons qui flambaient joyeusement.

Enfin le concierge reparut, accompagné d'un grave personnage à cheveux blancs.

— Voici, dit-il, l'écuyer de madame, M. de Meurongy.

C'était un petit vieillard à l'air fort honnête, à la physionomie ridée et un peu spirituelle, et aux yeux singulièrement inquisitifs. Il se montra fort poli.

— Vraiment, monsieur, dit-il à Jean après lui avoir rendu son salut, vous devez nous trouver peu hospitaliers dans notre façon d'ac-

cueillir les visiteurs et surtout ceux qui sont
comme vous des parents. Mais que voulez-
vous ! il faut bien prendre ses précautions,
surtout lorsqu'on a l'honneur de servir une
dame aussi élevée, aussi considérable que notre
maîtresse. Agréez mes excuses, je vous prie,
et faites-moi la grâce de monter dans mon appartement, où nous déjeunerons ensemble,
s'il vous plaît.

— J'accepte avec reconnaissance, répondit
Jean ; mais à quelle heure pourrai-je voir ma
marraine ?

— Voyons un peu, reprit M. de Meurongy,
M^me Diane est en ce moment à la chasse.

— Quoi ! s'écria Jean, à six heures du matin ?

— Tous les jours, elle sort à cheval à cinq
heures, sans s'inquiéter du temps qu'il fait,
continua l'écuyer ; c'est une habitude de toute
sa vie. Elle va rentrer à sept heures ; elle en-
tendra la messe ; elle se mettra ensuite à sa
toilette qui dure invariablement jusqu'à midi ;
puis viendra le dîner... Je ne crois pas que
rien s'oppose à ce que vous ayez l'honneur de
saluer M^me Diane à l'heure où elle nous reçoit
habituellement, c'est-à-dire à trois heures.

— Va pour trois heures, mais c'est attendre
beaucoup !

— Je tâcherai de vous rendre le temps aussi
court que possible, jeune impatient, dit M. de

Meurongy. Quittons la loge de Patru, s'il vous plaît, et montons chez moi.

En traversant la cour, Jean et son guide firent rencontre de plusieurs gentilshommes ; le cavalier gascon remarqua, non sans quelque surprise, que tous étaient d'un âge plus que mûr ; les cheveux blancs abondaient, les cheveux gris n'étaient pas communs ; quant aux cheveux noirs ou blonds ou châtains, il n'en vit pas. Et ensuite, ce qui le frappa, ce fut l'air de réserve et de politesse malveillante avec laquelle tous ces dignes personnages se saluaient.

Une fois entré dans l'appartement de M. de Meurongy, la Tour-Miracle oublia toutes ses observations pour ne plus voir que la table fort bien servie du déjeuner, et pendant quelques instants, son grave compagnon le laissa libre de satisfaire son appétit, mais bientôt il commença une conversation hérissée de tant de points d'interrogation que Jean, maudissant la curiosité, se crut presque entre les mains d'un lieutenant criminel. Toutefois, il finit par se plier de bonne grâce aux vœux de son interlocuteur, et il lui raconta sur son père, sur lui-même, sur ses récentes aventures tout ce qui était de nature à l'intéresser.

Ce fut l'histoire de M. de Méré qui parut préoccuper davantage le vieux gentilhomme.

— Voilà une circonstance, dit-il, dont il

serait peut-être possible de tirer le plus utile parti.

— Et comment cela? répondit Jean en se versant à boire?

—Je m'entends à merveille, reprit l'écuyer; le temps n'est pas loin peut-être où tout en France rentrera dans l'ordre; où nous verrons s'abaisser les superbes, où la belle des belles, où la plus grande dame du royaume reprendra le pouvoir incontesté que... mais, il est inutile d'en dire davantage; j'ajouterai cependant, mon bouillant ami, que votre admirable marraine est entourée de serviteurs qui donneraient leur vie pour elle et qu'avec un pareil secours, la fortune ne saurait toujours lui être contraire.

— Je vous comprends de moins en moins, s'écria Jean ! Voulez-vous dire par hasard, qu'un danger quelconque menace madame ma marraine? S'il en était ainsi, comptez sur moi comme sur vous-même; je suis tout prêt à...

— Bien, très bien ; vous êtes digne de savoir mes nobles projets ; je suis certain que vous les goûterez ; mais pour le moment, silence et discrétion ; voici plusieurs de nos gentilshommes qui viennent me faire leur visite ; soyez réservé vis-à-vis d'eux; la trahison ou la sottise vont faire irruption dans ma chambre

— Du diable, pensa Jean, si je comprends un mot à tout ceci ; je crois deviner seulement qu'on intrigue encore mieux ici qu'à Beaumont.

A l'instant il vit entrer dans la chambre quatre ou cinq gentilshommes tous vieux, tous cérémonieux, tous de mine assez morose, à l'exception d'un seul, dont le nez rouge et pointu, le menton de galoche, et les petits yeux gris et perçants trahissaient une humeur assez sardonique.

Après les révérences et les compliments, Jean vit la conversation s'engager sur la pluie et le beau temps, on parla quelque peu des événements du jour, mais cependant avec réserve, et chacun visiblement s'observait. Un seul point sur lequel tout le monde semblait d'accord, c'était de parler de M^me Diane avec un accent d'adoration profonde ; son nom n'était jamais cité sans un déluge d'épithètes louangeuses, et il faut avouer que Jean, se trouvant dans une atmosphère tellement imprégnée de respect, sentit encore grandir en lui la vénération qu'il portait à sa marraine et l'impatience de voir une personne qui avait su inspirer autour d'elle des sentiments si enthousiastes.

Après un moment d'entretien, une véritable visite, les gentilshommes se retirèrent et M. de Meurongy dit à Jean :

— Maintenant, mon cher ami, il faut que je

vous quitte à mon tour ; j'ai à remplir les devoirs de ma charge. Je vous engage à vous promener dans les jardins, à visiter nos fortifications, enfin à prendre tout le plaisir que vous pourrez trouver dans des lieux aussi célèbres que le sont ceux-ci. Quand M^me Diane voudra vous recevoir, je ne manquerai pas de vous en faire prévenir. Une dernière recommandation. Evitez surtout d'accorder aucune confiance à tous les honnêtes gens qui viennent de sortir ; vous ne les connaissez pas encore, soyez donc prudent et défiant.

— Je vous le promets, répondit la Tour-Miracle.

M. de Meurongy lui serra la main, le quitta, et Jean descendit dans les jardins qu'il parcourut avec un extrême plaisir. Il ne pouvait se lasser d'en admirer les détours, les points de vue, les statues innombrables, les bassins de marbre blanc où se jouaient des cygnes.

Il était arrêté devant une vaste pièce d'eau quand il fut rejoint par le gentilhomme sardonique dont la figure lui avait paru annoncer plus d'esprit que les faces allongées des autres serviteurs de M^me Diane. Jean n'était pas encore grand physionomiste.

— Vous êtes seul, monsieur, lui dit ce gentilhomme qu'il savait s'appeler M. de Beaugeois ; vous êtes seul, et vous pensez, je le parie, que la solitude est bien préférable à la société

de tant de vieux fous que vous venez de
voir.

— Oh ! monsieur, s'écria Jean, c'est bien
mal penser et de mon intelligence et de mon
respect pour vous !

— Bah ! continua M. de Beaugeois en levant les yeux au ciel et en secouant les épaules,
en peut-il être autrement quand on entend un
maître sot comme ce Meurongy vous débiter
les plus ridicules chimères ? Je pense qu'il vous
a déjà confié ses projets, ses plans, ce grand
politique ?

— Non pas que je sache, répondit Jean fort
curieux de savoir enfin ce dont il s'agissait. Il
m'a cependant laissé entrevoir bien des choses;
mais je n'ai pu encore, je l'avoue, me faire une
opinion arrêtée.

— Lui-même doit rougir de ses sornettes,
lorsqu'il lui vient quelque moment lucide,
car il n'est pas encore aussi inepte que M. de
Plissé, notre majordome. Pour vous faire juge
de leurs rêveries, imaginez, monsieur, qu'ils
croient pouvoir remettre M<sup>me</sup> Diane à la tête
des affaires, en contractant alliance avec les
huguenots ! Comment trouvez-vous cela ?

— A la vérité, je n'y vois guère de raisons
répliqua Jean.

— Les imbéciles ! continua M. de Beaugeois ; comme si les meneurs protestants
avaient envie de partager leur butin avec quel-

qu'un. Que donneraient-ils à M<sup>me</sup> Diane je vous prie?

Ici M. de Beaugeois branla encore la tête, comme un homme pénétré de l'absurdité de ce qu'il blâme. Jean ne fit aucune observation, car il s'aperçut que son interlocuteur n'avait pas fini son discours. En effet, le vieux gentil-homme reprit bientôt :

—Après les deux buses dont je viens de vous parler, nous avons encore un autre parti, qui est celui de M. de Vertois. Ce brave homme croit que la reine Catherine s'unirait volon-tiers à M<sup>me</sup> Diane pour combattre, à la fois, les ambitieux catholiques et les intrigants huguenots. Que pensez-vous d'une pareille idée?

Elle ne me paraît pas avoir grande chance de succès. Mais si M. de Vertois est seul à la préconiser, je ne vois pas quel danger elle peut avoir?

—Eh ! eh ! ne pensez pas ainsi. Vertois a su gagner à son parti le premier valet de chambre de M<sup>me</sup> Diane, et il est à craindre que, par l'influence de ce misérable, qui est un homme de sac et de corde, il ne parvienne quelque jour à entraîner notre adorable maî-tresse dans quelque fausse démarche. Mieux vaudrait encore cependant qu'on en crût Vertois que l'indigne Pourtus, un misérable et, entre nous soit dit, capable de tout, celui-là conseille une alliance avec les Guises : je crois qu'il est payé par eux.

— Mon Dieu ! monsieur, s'écria Jean, que vous m'effrayez ! Je suis au désespoir d'apprendre que madame ma marraine est entourée d'aussi mauvais serviteurs ! Ne vaudrait-il pas mieux se tenir en repos et oublier même que le roi Henri II, de glorieuse mémoire, ait jamais vécu ? Vraiment, monsieur, si mon âge me permettait d'avoir ici une opinion, je penserais que lorsqu'on possède un aussi beau château, un parc comme celui-ci et un homme d'esprit comme vous pour causer de milles choses intéressantes, le mieux qu'on pourrait faire serait de renoncer à l'ambition, surtout quand les circonstances ne permettent plus à une tête sensée de rien espérer de ce côté-là.

Au début de cette petite harangue, M. de Beaugeois avait souri, puis il avait froncé le sourcil, puis le compliment l'avait adouci. Une minute passa, puis il reprit la parole.

— Je crois que vous êtes dans une fâcheuse erreur, M. de la Tour-Miracle, dit-il, la France entière adore M^{me} Diane, et à moins que d'être un traître, on doit convenir de l'influence immense dont elle jouit dans toutes les provinces. Aussi est-ce mon opinion qu'il lui faudrait lever une armée et se mettre en campagne contre tous les partis, sans réclamer aucune alliance. Les avantages de cette résolution seraient sans nombre et je vais vous les exposer.

Ici M. de Beaugeois se lança dans une série de raisonnements auxquels Jean prêta peu d'attention, dominé qu'il était par le profond étonnement où le jetaient tant de folies. Après une bonne heure de loquacité, au moment où M. de Beaugeois décrivait à son patient auditeur la future prise de Paris et l'enlèvement du roi, un page vint annoncer à Jean que Mme Diane le faisait demander.

Notre héros se trouva un peu ranimé par cette nouvelle; son sang qui s'était glacé pendant une conversation par trop soporifique recommença à circuler, et il rougit de plaisir et d'émotion en pensant qu'il allait enfin voir Mme Diane.

—Plaise au ciel, se dit-il, que madame ma marraine soit d'un autre parti que tous ces messieurs !

# CHAPITRE XIX

JEAN, EN ALLANT AU CHATEAU D'ANET NE S'ÉTAIT PAS ATTENDU A TOUT CE QU'IL DEVAIT Y TROUVER.

Le page qui était venu chercher Jean dans le jardin, lui fit traverser plusieurs salles où il trouva un nombre limité, mais honorable, de serviteurs, d'écuyers, de gardes rangés chacun à leur poste comme dans une cérémonie de cour. Depuis les quelques heures qu'il était à Anet, il avait déjà pu s'apercevoir que l'étiquette y était rigoureusement observée, et que le respect pour la maîtresse de ces lieux n'était pas moins grand dans toutes les classes de sa domesticité que si le roi Henri II eût encore vécu et l'eût toujours entourée de l'éclat révéré de sa puissance.

D'ailleurs, tout rappelait le souvenir du monarque défunt. Les hallebardiers qui se tenaient debout au long des portes avaient sur la poitrine le chiffre bien connu : H. D., et sur tous les panneaux de la boiserie richement peinte ou dorée, les croissants se voyaient en foule.

Bientôt le page souleva une riche tenture de damas et Jean se trouva à l'entrée d'un vaste salon, dont l'ameublement était somptueux, sans doute, où regorgeaient les statues de marbre et les draperies bariolées mais où ses yeux, charmés d'abord, puis profondément agrandis par l'étonnement, ne virent que deux personnes, M^{me} Diane, et, assise auprès d'elle dans un groupe de dames, Magdelaine de Castillac.

Comment l'objet de son fervent, bien qu'infidèle amour, se trouvait ainsi ramené près de lui pour la seconde fois, c'est ce qu'il ne pouvait s'expliquer, et dans le premier moment, il en demeura si confondu, qu'il resta quelque temps à la porte, roulant son chapeau dans ses mains, portant alternativement les yeux sur M^{me} Diane et sur Magdelaine qui paraissait aussi un peu émue, et bref, n'avançant pas.

Tout le monde prit cet extrême embarras pour l'effet de la timidité et du respect, ce qui ne déplut en aucune façon. Sur un signe de sa maîtresse, M. de Meurongy vint donc prendre le jeune homme par la main, et l'amena devant M^{me} Diane, en lui disant tout bas :

— Il faut vous mettre à genoux et baiser la main de votre illustre marraine, si elle daigne vous la donner.

— Il me prend pour un nigaud, se dit Jean, et à la vérité, j'en fais la figure. Allons, nous penserons à nos amours tout à l'heure ; tâchons d'abord de nous tirer d'affaire.

Après cette réflexion rapide, il s'avança vers M^me Diane, et il la regarda tout en marchant vers elle.

La merveilleuse duchesse de Valentinois n'était certes plus jeune, et cependant elle était demeurée d'une incomparable beauté. Avec quelques natures presque divines, plus rares encore que les grandes âmes, la favorite d'Henri II eut le privilège de voir les années courir autour d'elle sans la toucher. On eut dit que sa poitrine, modelée comme celle d'une fille de vingt ans, blanche à éblouir, possédait la dureté en même temps que l'éclat du marbre, et sa taille fine et cambrée n'avait pas perdu une ligne de sa souplesse et de sa force. Sa main était la plus potelée et la plus blanche du monde, son pied était d'une délicatesse sans égale ; chacun de ses traits était arrêté dans sa perfection de manière à défier le temps d'en altérer les contours ; son front, d'une placidité olympienne, était pur, noble et grand comme le front qu'on voudrait voir à tous les empereurs ; sa bouche était vermeille et fine, et surtout elle avait un air de grandeur et de majestueuse simplicité et de certitude du pouvoir qu'elle exerçait sur les âmes. en un mot, elle paraissait posséder si bien le génie de la beauté, que le cœur palpitant et surpris, suspendu entre l'admiration et le respect, on ne pouvait, en la voyant, se dire autre chose sinon : « C'est véritablement une déesse ! »

Elle était vêtue de noir, une guimpe blanche voilait ses belles épaules ; un couvre-chef de velours noir retenait ses cheveux tressés de perles. Diane n'avait jamais quitté cette sombre parure depuis la mort de son mari, Pierre de Brézé, et elle ne la quitta non plus jamais.

Elle tendit la main au jeune cavalier gascon, à genoux devant elle, et lui dit en le regardant avec une douce gravité, et d'une voix dont la mélodie enchanteresse pénétra Jean jusqu'au fond de l'âme :

— Vous ressemblez beaucoup à monsieur votre père, mon filleul, et je vous félicite, car messire Aurèle-Agrippa est un digne gentil-homme. Que venez-vous faire à Anet ?

Jean tira le collier de sa poitrine et, le présentant à M^{me} Diane, il raconta, en peu de mots, et avec une modestie qui ne lui était pas très ordinaire, les différentes aventures qu'il avait traversées avant que de parvenir à Anet. Ensuite il remit à sa marraine la lettre de messire Aurèle-Agrippa ; et ne put s'empêcher d'ajouter, en regardant Magdelaine du coin de l'œil :

— Monsieur mon père avait l'intention de m'éloigner de notre province pour me faire éviter des dangers que j'ai retrouvés ailleurs.

— Je sais cela, répondit M^me Diane, mais si je m'en rapporte à ce que Meurongy m'a raconté, vous n'êtes venu jusqu'ici ni par la route la plus directe, ni de la manière la plus facile. Vous êtes aussi, à ce que je vois, un chevalier qui ne craint pas le péril lorsqu'il s'agit du service des dames, et vous avez bien rempli la commission de M. de Brantôme ; lui-même n'aurait pas fait mieux. Vous resterez ici quelque temps, mon filleul. Je vous parlerai demain au sortir de la messe. Nous causerons de vous et de votre avenir.

Ici M. de Meurongy fit un signe à la Tour-Miracle, qui s'aperçut très bien, sans ce secours, que son audience était terminée ; d'ailleurs M^me Diane se tourna vers une de ses dames et engagea une conversation à voix basse. Jean aurait bien souhaité s'approcher de Magdelaine et savoir d'elle comment elle se trouvait à Anet ; ce merveilleux hasard l'étonnait au dernier point. Il ne savait trop s'il devait s'en affliger ou s'en réjouir pour Magdelaine elle-même. Peut-être les affaires de M. de Castillac allaient-elles fort mal en cour ; peut-être Magdelaine, malgré la protection de Madame la première présidente n'avait-elle pu rien obtenir contre la disgrâce dont le traître gentilhomme était sur le point d'être accablé. Enfin, Jean se perdait en suppositions et n'arrivait pas à comprendre comment il se trouvait réuni d'une manière si inattendue à la souveraine de ses pensées.

La chose, cependant, était assez simple ; M^me de Largebaston avait fait de vains efforts pour plaider la cause de sa protégée ; les chefs catholiques étaient aussi irrités que les chefs protestants contre un homme qui, depuis long-temps, jouait un jeu double et mettait sans cesse le trouble dans les combinaisons les plus heureuses par ses trahisons inattendues. Aussi sa perte était-elle désormais inévitable et la triste Magdelaine n'avait pu obtenir aucun adoucissement à la sentence de mort portée contre son père ; le seul répit qu'elle eût désormais, n'avait d'autre cause que l'astuce et l'habileté du vieux Castillac ; prévenu à temps, ce digne chef de parti s'était mis à l'écart, et du fond de sa retraite, intriguant à droite, intriguant à gauche, il cherchait acti-vement à se rattacher à quelqu'un. Le malheur voulait qu'il n'était personne de considérable dont il n'eût mérité l'inimitié par quelque offense impossible à pardonner.

La situation de Magdelaine n'avait pas tardé à devenir insoutenable ; la première présidente, qui d'ailleurs avait beaucoup à demander pour elle-même, lui fit mieux com-prendre encore l'inutilité de ses démarches. Elle lui conseilla de se fier au temps, au hasard qui joue un si grand rôle et dénoue tant de

difficultés réputées invincibles, et elle lui conseilla de retourner dans sa province. Mais
Magdelaine ne voulait plus entendre parler
de son ancien séjour ; elle avait aussi la plus
grande répugnance à revoir son père. Elle
accepta donc avec empressement d'être attachée
à la petite cour de M^me Diane.

Pendant que nous donnons ces détails,
Jean, fort contrarié de ne pas oser parler à
Magdelaine, s'était, à petits pas, reculé vers
la cheminée. Il se trouva à côté de M. de Vertois qui lui dit d'un air insinuant :

— Eh bien ! monsieur, puis-je vous demander quelle impression a produit sur vous la
vue de notre belle et adorable maîtresse ?
L'impression la plus imposante, la plus prodigieuse, sans doute ? Le monde est à peine
digne de rester à genoux devant elle !

Jean ne put s'empêcher de sourire à cette
déclaration exagérée ; cependant il répondit
sur le même ton.

— Monsieur, M^me Diane me semble une
des merveilles du monde.

— C'en est la plus grande, monsieur.

— A coup sûr, monsieur ; mais une chose
m'étonne surtout en elle, c'est de la voir s'entourer de tant de belles personnes. J'avais
toujours entendu dire que la beauté cherchait
d'ordinaire à se faire ressortir par le voisinage
de la laideur. Ici, c'est au rebours, et j'avoue

que madame ma marraine n'y perd rien.

— Monsieur, repartit le vieux gentilhomme en jetant un regard autour de lui pour s'assurer que personne n'était à portée de l'entendre, s'il était possible que le soleil eût réellement des taches et notre adorée maîtresse des défauts, je vous dirais que son goût pour ces jeunes et jolies dames n'est pas tout à fait conforme à la raison, et qu'il lui vaudrait mieux s'entourer de têtes grises capables de mûrir des projets sensés.

— Les têtes grises ne manquent pas ici, monsieur ; car si je m'excepte, il n'est pas un homme dans ce salon qui n'ait au moins cinquante-cinq ans bien sonnés.

— Et dans tout le château, depuis le concierge jusqu'à M. de Meurongy, vous ne verrez pas d'homme plus jeune. Il y a des pages, à la vérité ; mais sitôt qu'ils ont atteint quatorze ans, on les renvoie. M<sup>me</sup> Diane ne veut donner aucun prétexte à la calomnie, et c'est ce qu'elle fait de plus sage. Soyez sûr, mon jeune cavalier, qu'elle ne vous gardera pas longtemps auprès d'elle.

— De sorte, continua Jean curieux, que madame ma marraine ne voit que des vieillards et des jeunes femmes.

— Oh ! les vieillards, elle ne les voit pas beaucoup. Chaque jour elle nous reçoit pendant deux heures ; chacun de nous lui parle ensuite à des moments strictement fixés pour les besoins de son service, et le reste du temps, retirée dans ses appartements avec cette suite de jeunes folles, rieuses, joueuses, et qui n'ont certes pas à elles toutes une seule idée sensée, elle s'amuse... je ne sais à quoi. Enfin, c'est vraiment la déesse Diane entourée de ses nymphes.

Comme il finissait de parler, M. de Meurongy vint prendre Jean par le bras.

— M<sup>me</sup> Diane vous fait appeler, lui dit-il.

— Et quoi, mon filleul, vous avez retrouvé ici une dame de votre connaissance, et vous ne vous montrez pas plus empressé de la saluer et de lui parler. Voilà qui est indigne d'un aussi brave cavalier ; mais je vois à votre air confus que vous êtes tout prêt à réparer votre faute. Ces dames vont vous faire place au milieu d'elles.

— Diable, pensa Jean, il fait meilleur de ce côté qu'au milieu des visages tannés de tous ces politiques.

Il s'assit à côté de Magdelaine, et tout naturellement, ils commencèrent par se raconter réciproquement leurs diverses fortunes. Puis, lorsque ces récits furent épuisés, ce qui ne fut pas long, car Jean avait à cœur d'en venir à un autre sujet :

— Chère Magdelaine, dit le jeune homme, sachez que plus épris, plus amoureux que

jamais, je suis bien résolu à ne plus vous quitter que vous ne m'apparteniez par le plus sacré
des liens. Puisque vous êtes au service de
madame ma marraine, je vais lui demander de
me garder aussi, et je vous poursuivrai, je vous
obséderai tellement de mon amour, que force
vous sera bien de m'écouter.

Magdelaine rougit un peu.

— M^{me} Diane, croyez-le bien, dit-elle, a
déjà décidé ce qu'elle voulait faire de vous.
Ainsi vos supplications ne peuvent rien. Pour
ce qui est de moi, je trouve très mauvais que
vous me parliez encore de votre amour quand
vous devez savoir que je n'y réponds pas.

— A parler vrai, repartit Jean, c'est ce que
je ne sais pas du tout. Il faudrait que je fusse
imbécile pour me persuader aussi aisément de
votre dureté. Et quoi, mademoiselle, je n'ai
pas une figure à faire peur aux oiseaux, je suis
généralement d'humeur gaie et facile, le manoir de la Tour-Miracle rapporte ses dix bonnes
mille livres par an, et je ne vois pas que vous
puissiez me préférer aucun de nos voisins.
A moins que vous n'ayez rencontré à Paris
quelque beau muguet.

— Je vous trouve impertinent, à parler
vrai dit Magdelaine en s'animant un peu ;
et d'ailleurs pourquoi me persécutez-vous ?
Jamais le baron votre père ne consentira à
s'allier à ma famille ; il détesta de tout temps

M. de Castillac ; voyez quel rôle je jouerais
si j'accueillais vos protestations ! Ne me pour-
suivez pas davantage, et pendant le temps que
vous resterez à Anet, ne me considérez que
comme une ancienne connaissance pour laquelle vous n'avez aucune préférence trop
marquée.

— Vous me traitez durement, répondit la
Tour-Miracle avec une certaine mauvaise
humeur, et je vous avoue que, puisqu'il en
est ainsi, vous serez obéie de point en point.
Il est de par le monde quelqu'un dont les
yeux sont aussi beaux que d'autres et que je
puis aimer quand je voudrai.

— Ne vous gênez pas, monsieur.

— Je ne me gênerai pas, soyez-en sûre, et
l'affaire est déjà en bon train.

— Que veniez-vous donc faire le langoureux
auprès de moi ? Vous avez toujours été d'une
duplicité sans exemple ! Et peut-on savoir le
nom de cette belle dame que vous aimez ?

— De grand cœur. Elle s'appelle Corisande,
et il n'est personne sur la terre qui puisse lui
être comparé. C'est ce que j'ai eu l'honneur
de lui dire plusieurs fois à elle-même, et elle
a souffert cette audace.

— Je lui en sais le meilleur gré du monde,
répondit Magdelaine, puisqu'elle me débarrasse
d'empressements qui ne me plaisaient point,
et si je la rencontre jamais, je l'en remercierai.

— Et voilà donc, s'écria Jean, la récompense et la fin d'une si longue tendresse ! Quoi ! Magdelaine, vous ne sentez rien dans votre cœur qui réclame contre tant de barbarie ? Rien ne vous dit que c'est le dépit qui me fait parler et que mon âme tout entière peinte dans mes yeux me dément ? Ah ! chère, chère Magdelaine, si je vous ai affligée, pardonnez-moi !

— Je n'ai rien à vous pardonner. Vous ne m'avez pas trahie puisque je ne vous avais rien promis. Vous êtes libre, agissez librement ; rien ne vous lie, rien ne vous attache à moi. Je rougirais de devenir la femme d'un honnête gentilhomme qui, peut-être quelque jour, pourrait se croire le droit de me reprocher des fautes qui ne sont pas les miennes. Si cela arrivait, continua Magdelaine avec des larmes dans la voix, j'en mourrais, et désespérée. Ne vaut-il pas mieux que je repousse des idées, des projets qui ne peuvent jamais se réaliser ? Suivez votre chemin d'honneur et de courage et ne pensez plus à moi ; ne vous rappelez plus les enfantillages passés ; que je ne sois désormais rien, rien pour vous ! C'est, je vous le jure, ma volonté très ferme et vous ne pourrez la plier.

— Voilà bien des imaginations folles, répliqua Jean, qui était amoureux et d'ailleurs fort têtu. Parce que le vieux Castillac a joué à quelques capitaines des tours assez spirituels, nous ne pourrions pas nous marier? Mais c'est un roman que vous me faites, chère Magdelaine !

— Un triste roman, dans tous les cas, et puisque nous en sommes sur ce sujet, soyez bien convaincu que les obstacles étaient moins grands à l'union de Pontalipée de la Manche verte avec le chevalier de l'Épée flamboyante, qu'ils ne le sont à notre mariage.

— Je ne comprendrai jamais, continua Jean, qu'il faille tant de cérémonies pour qu'un gentilhomme gascon, qui a quelque bien au soleil, épouse sa voisine. C'est chose qui se voit tous les jours et plutôt deux fois qu'une. Nos deux pères ne s'aiment pas, me direz-vous? On a voulu m'éloigner du pays pour que je vous oublie? Tout cela ce sont pures plaisanteries, et l'on n'arriverait à rien dans ce monde si on se laissait émouvoir par de semblables bagatelles. Du reste, je sais que vous ne pouvez pas convenir librement de tout ce que je vous dis là de vrai ; les bienséances de votre sexe vous font un devoir de me traiter le plus mal possible jusqu'à ce que votre père et le mien aient terminé leurs querelles. Je ne vous demande donc que de me montrer, par un regard, un geste, que vous n'êtes pas impossible à fléchir quand il le faudra.

On ne peut savoir le parti qu'allait prendre Magdelaine, car, en ce moment, il se fit un remue-ménage général dans tout le salon ;

chacun se levait ; elle se leva de même, et Jean, forcé de l'imiter, se montra de très mauvaise humeur comme on peut croire ; mais les choses vont rarement au gré des amoureux.

M^me Diane était debout et saluait les gentilshommes qui se mirent en devoir de sortir du salon. Pour les dames, elles s'étaient groupées autour de leur maîtresse.

Les révérences faites, M^me Diane se retira, suivie de sa charmante troupe, et les courtisans songèrent à se disperser pour aller s'occuper chacun suivant son humeur.

M. de Beaugeois et M. de Meurongy prirent chacun Jean par une main, l'engageant à venir dans leur appartement respectif.

— Allons, mon jeune ami, disait Beaugeois, allons, j'ai hâte de faire plus ample connaissance avec vous !

— Monsieur, vous me comblez, répondait Jean avec un profond salut.

— Venez, venez, reprenait Meurongy en le tirant de son côté. Mon illustre maîtresse m'a ordonné de veiller à votre amusement, et je ne veux pas vous perdre de vue.

— Entre vous, messieurs, je serais très embarrassé de choisir ; mais permettez-moi de vous faire remarquer que je vois là-bas dans la cour M. de Cessé qui monte à cheval. C'est probablement pour faire un tour de promenade.

— Se promener et chasser, répondit Beaugeois, le malheureux n'est pas capable d'autre chose, et n'a, de sa vie, pu comprendre une idée sérieuse.

— Eh bien ! je vous avoue à ma honte que je serais charmé de visiter un peu les environs du château, si vous n'y voyez pas d'inconvénients.

— Point, dit Beaugeois ; mais j'aurais été bien aise de vous mettre au fait de bien des petites choses que vous regretterez plus tard de ne pas savoir.

— En vérité, pour le moment, je vous en fais toutes mes excuses ! M. de Cessé ! M. de Cessé ! attendez-moi, je vous prie, je vais avec vous !

Un piqueur amena à la Tour-Miracle un vigoureux cheval normand, et en quelques minutes Jean se trouva dans la forêt, côte à côte avec le brave M. de Cessé qui ne lui fit aucune confidence politique, attendu qu'il ne s'occupait pas de ces choses-là. Jean admira les beautés du parc, et surtout le grand nombre de daims et de cerfs que l'on voyait dans les clairières brouter ou reposer couchés sur le gazon fin. A l'approche des cavaliers, les gracieux animaux ne s'éloignaient pas, et un d'eux s'avança même si près que Jean put voir qu'il avait au cou un collier d'argent sur lequel était gravé : *Dianæ me vovit Henricus.*

— Il y a ici, dit M. de Cessé, plus de cinquante ou soixante de ces bêtes inutiles, et M{}^{me} Diane nous verrait plutôt morts sans sourciller qu'un seul de ces animaux. Pourtant ne vous désolez pas, la forêt a bien de quoi nous dédommager comme vous pourrez, sans doute, en juger avant peu.

# CHAPITRE XX

## Jean s'amuse
### comme de sa vie il ne s'était amusé.

Le lendemain matin, de très bonne heure, Jean dormait de toutes ses forces dans le lit somptueux où il s'était plongé la veille avec délices, quand il entendit ouvrir la porte de sa chambre.

Il se releva sur le coude, les esprits encore tout emmaillotés dans le sommeil, et il vit s'approcher, la lanterne à la main, un piqueur qui se mit en devoir d'allumer les flambeaux tout en lui disant :

— Monsieur, habillez-vous promptement ; vous allez suivre M<sup>me</sup> Diane à la chasse.

— Ah ! ah ! dit Jean en sautant en bas du lit. J'en suis charmé. Voilà plus d'un grand mois que je n'ai suivi le moindre gibier, et quand j'ai forcé mon dernier lièvre, je ne m'attendais pas à recommencer en si belle compagnie.

— Nous allons chasser le cerf, monsieur, dit le piqueur en aidant la Tour-Miracle à attacher son pourpoint et à mettre ses bottes.

— Le cerf? Tant mieux ! Me voilà prêt, et je vais aller attendre ces dames.

— Elles doivent être dans la cour depuis cinq minutes au moins, repartit le piqueur, si elles ont fait comme d'ordinaire. M^{me} Diane est toujours prête avant l'heure qu'elle a fixée.

— Grands Dieux ! s'écria Jean en se précipitant dans l'escalier, aurais-je eu le malheur de faire attendre madame ma marraine?

Il trouva, en effet, dans la cour, M^{me} Diane déjà à cheval. Le jour naissait à peine, bien pâle et bien brumeux ; les valets tenaient quelques falots allumés. M^{me} Diane était toujours vêtue de noir ; une amazone noir, un chapeau noir orné d'une plume de même couleur. Comme la veille, son visage calme et serein que le sourire ne touchait pas cependant, semblait inspirer autour d'elle une joie à laquelle elle se plaisait.

— Toutes ces dames étaient réunies ; plusieurs à cheval ; plusieurs autres acceptant le secours des écuyers pour y monter ; d'autres encore à demi endormies, mais riant d'elles-mêmes et prenant leur mal en patience. Magdelaine était au nombre de ces chasseresses moins robustes.

— Pensez-vous toujours comme hier, lui dit Jean tout bas.

— Toujours, répondit-elle en se détournant, mais en lui serrant la main.

Les vieux gentilshommes accouraient les uns après les autres. Enfin, quand tout le monde fut prêt, quand le soleil, vainqueur des brumes du matin, se fût montré dans un ciel pur et brillant, M^{me} Diane donna le signal et l'on partit.

Déesses des bois, nymphes cachées sous l'écorce des hêtres, dans les secrets conduits des sources, au milieu des herbes frémissantes, serait-il vrai, comme le disent des profanes que vous voyez avec dépit de joyeux chasseurs envahir vos retraites et troubler du bruit de leur gaîté les frémissements des feuilles? Serait-il vrai que votre plaisir soit d'habiter dans les bois, seules avec les silences? Non, certes, on vous calomnie, ou bien c'est mal vous aimer que de vous accuser d'une humeur si revêche. Vous aussi vous êtes des chasseresses, et le son du cor, l'aboiement des chiens, les cris des cavaliers, les hennissements des chevaux lancés dans les vertes allées n'ont rien qui vous effraie ou vous ennuie. Ah ! si les yeux du poète étaient aussi habiles que son cœur à vous deviner, certes, ils vous verraient, déesses invisibles, vous mêler aussi à la poursuite, et non moins que les cavaliers les plus ardents, que les veneurs les plus forts, la tunique relevée, les cheveux flottants et le

dard à la main, presser d'un pas agile la course
haletante du cerf et après lui, entrer bravement dans l'étang où le malheureux se jette !
Non, dans de pareilles joies brûlantes, bruyan-
tes, brillantes, la nature entière sourit aux
hommes heureux ! rien ne les trouble, rien ne
les insulte par une indifférence dédaigneuse !
Tout semble rire sur leur passage et l'écho, qui
répète leur voix, les répète aussi joyeusement
qu'ils les donnent.

Sur les pas de M^me Diane, toute la chasse
s'élançait, passait et repassait dans les arbres.
Les trompes sonnaient à tout rompre, et chacune des dames se faisait un point d'honneur
de ne pas abandonner sa maîtresse qui, galopant en avant, ne se laissait point gagner. Ce
beau visage ne s'enflammait pas autrement
pour cette course rapide, mais un sourire léger
voltigeait sur ses lèvres charmantes et ses
yeux brillaient comme des éclairs.

Parmi les cavaliers, il n'y avait que Jean
d'assez agile pour suivre les belles chasseresses.
Il se tenait à deux pas de sa marraine, avec
assez de bon sens pour ne pas chercher à la
devancer, doutant même d'ailleurs qu'il y pût
réussir. Quelquefois en traversant une clairière, la troupe alerte apercevait quelqu'un des
dignes gentilshommes s'essoufflant de son
mieux pour rejoindre, puis hélas ! ne rejoi-
gnant pas. On riait ; mais comme le cerf pa-

raissait au loin et la meute à sa suite, on n'y songeait bientôt plus.

Enfin, la bête haletante et rendue de fatigue, ayant traversé deux étangs, vint s'abattre sur un tertre vert au pied d'un chêne noueux, qui lançait çà et là de fortes branches, comme s'il eût voulu protéger le fils des forêts. C'était un lieu mieux fait pour aimer que pour donner la mort, même à un cerf. L'animal forcé, répandait ces larmes suprêmes qui ont été plaintes tant de fois ; il était couché sur le flanc, les chiens aboyaient autour de lui ; deux piqueurs mirent pied à terre en tirant leurs couteaux ; les autres sonnèrent la mort.

Mme Diane, lancée au galop, arriva et arrêta son cheval tout court devant le cerf. Elle se déganta et passa la main sur ses beaux cheveux que la rapidité de la course avait détachés.

— Voilà une belle chasse, dit-elle, je suis contente. Allons, mon filleul, montrez-nous ce que vous savez faire.

Sans répondre, Jean rougissant de plaisir, sauta à bas de son cheval et tirant son couteau, vint se placer devant le cerf. Puis au moment où le malheureux animal recueillait ses forces pour le frapper de ses ramures, dans le flanc, il fit un saut de côté et enfonça son arme tout entière dans la gorge de la victime. Le cerf tomba et les chiens joyeux se précipitèrent sur lui. Jean eut quelque peine à les écarter. D'un revers de sa lance, il abattit une des pattes du cerf et vint à genoux la présenter à M^me Diane.

— Merci, mon filleul, dit-elle, portez cette marque de votre respect à M^lle de Castillac, qui l'acceptera en mon nom.

La joie de Jean fut au comble, peu s'en fallut qu'il ne la manifestât tout haut. Ainsi M^me Diane approuvait et protégeait ses amours ? Quelle victoire ! Quel présage heureux ! En vain, Magdelaine reçut-elle son présent de la manière la plus froide, il ne perdit rien de sa gaieté.

— Il faudra bien vous soumettre un jour, ma belle demoiselle, dit notre héros.

Ce n'était pas d'ailleurs le moment de disputer. Les vieux gentilshommes arrivaient tous les uns après les autres, et, la tête découverte, ils se confondaient en compliments sur l'heureuse fortune qui suivait partout leur maîtresse.

— Puissiez-vous, madame, s'écria M. de Meurongy, en croire un vieux et fidèle serviteur et faire bientôt l'épreuve de votre destinée dans des jeux plus importants.

M^me Diane fit un signe de tête qui pouvait passer pour un remerciement, et se tournant vers ses dames :

— Il est temps de rentrer au château dit-elle ; mon filleul, vous n'oublierez pas que je vous recevrai à midi.

Jean n'en eut garde et dès onze heures il

était dans le salon d'attente. Lorsque le moment de son audience fut arrivé, deux pages aux livrées splendides le firent entrer dans la chambre de la duchesse.

M^me Diane était couchée sur son lit, et à côté d'elle se tenait une de ses favorites, un livre armorié à la main. Sur un signe de sa maîtresse, la lectrice se tut, se leva, sortit et laissa le jeune homme, un peu intimidé, seul avec la Duchesse.

— Approchez, mon filleul, et écoutez bien ce que je vais vous dire. Vous avez, sans doute, entendu parler déjà de tous les projets que forment mes gentilshommes pour me rendre le pouvoir que j'ai exercé autrefois. Qu'il vous suffise de savoir que ces imaginations d'un zèle maladroit me déplairaient dans un jeune homme tel que vous. Ayez de la complaisance pour mes vieux amis, mais ne vous employez pas à donner de la réalité à des rêves. Vous m'entendez, n'est-ce pas ?

— Madame, je vous obéirai en toutes choses, comme c'est mon devoir, répondit Jean avec soumission.

— Maintenant, mon filleul, il ne faut pas vous bercer de l'espoir de rester longtemps à Anet. Vous y passerez huit jours, pas davantage ; ce n'est pas ici la place d'un bon soldat comme vous.

Jean s'inclina, mais cette annonce n'était

pas assez de son goût pour qu'il protestât aussi franchement de son obéissance.

— Puis, continua M^me Diane, les huit jours écoulés, vous partirez avec des lettres de moi pour des personnes qui sont à la cour et qui vous serviront. Je veux, entendez-vous bien, que vous fassiez une fortune digne de votre naissance et de votre bonne mine. Je sais que vous avez une affection qui vous tient fort à cœur ; à ne vous rien cacher, je pense comme M^lle de Castillac que les circonstances actuelles ne favorisent pas vos projets. Le vieux Castillac, à moins qu'il ne soit fort habile à se cacher, ce qui peut être, court grand risque de finir juridiquement ses jours, et dans ce cas, vous ne pouvez entacher votre nom par une alliance avec un pareil homme. J'espère, cependant, que tout ira mieux que nous ne le croyons aujourd'hui, et alors je vous servirai. Soyez donc gai, mon filleul, et employez bien, pour votre plaisir, les huit jours que vous passerez ici. Je songerai, de mon côté, à votre amusement.

Ayant parlé ainsi, M^me Diane lui tendit la main ; il mit un genou en terre et baisa cette main avec reconnaissance. Puis il sortit et s'en alla rêver dans le préau.

Tout ce que lui avait dit la duchesse lui plaisait parfaitement, sauf la clause de ne rester que huit jours à Anet ; il se trouvait fort bien au château ; il y était auprès de Magdelaine ; il y jouissait d'une liberté infinie ; il y était gâté par tous les vieux gentilshommes qui voyaient en lui le filleul bien venu de leur maîtresse ; bref, il ne sentait rien qui l'appelât ailleurs. Des aventures, bien qu'il ne les détestât pas, il en avait éprouvé assez depuis quelque temps pour trouver quelque douceur au repos, et un séjour indéfini dans ce lieu féerique ne l'aurait pas épouvanté. Mais enfin, M<sup>me</sup> Diane avait prononcé, et il fallait se résigner. Jean n'était pas homme à se trop désoler d'une contrariété, et tous les maux de ce monde, à peu près, se réduisaient pour lui à être des contrariétés. Il reprit donc sa bonne humeur au bout de quelque temps de réflexion, et se voyant dans le paradis pour huit jours, il se résolut à se rendre heureux pour quinze.

La journée se passa comme s'était passée celle de la veille. Dans le château d'Anet tout semblait calculé pour donner du bien-être et pour inspirer la gaieté. Mais c'était un bien-être régulier, c'était une gaieté tranquille et contenue comme l'humeur de la châtelaine ; c'était la volupté de l'épicurien revenu des vanités, du bruit et du désordre et qui se recueille en lui-même pour savourer dans une paix profonde ce que la nature et les arts peuvent présenter d'exquis à des sens trop savants et trop délicats pour être effrénés. La grande jeunesse de Jean ne le rendait pas tout à fait

capable de comprendre la sagesse de cette
ordonnance; il est même possible que ce genre
de vie, en se prolongeant, eût fini, par le fati-
guer ; toujours est-il qu'il s'en trouvait à merveille, le second jour, et qu'il sortit de la réunion où il revit Diane entourée de sa cour,
ébloui, charmé de l'esprit des dames de sa marraine, et de ce qu'elle-même savait à tous moments exprimer de juste et de finement pensé.

Le soir vint, et Jean s'était arrangé pour faire
des armes avec M. de Cessé, qui décidément
lui convenait mieux que tous les autres graves
personnages du château. Déjà même il avait
saisi les fleurets et écoutait le développement
un peu verbeux d'une théorie sur l'escrime ita-
lienne, dont M. de Cessé se faisait fort d'en-
seigner, en quelques leçons, tous les secrets à
notre héros, lorsque deux valets de chambre
vinrent chercher Jean pour le conduire, lui
dirent-ils, au souper de M^me Diane.

— Diable, diable, mon cher enfant, dit
M. de Cessé, ceci vaut mieux que des coups de
fleuret, et j'envie votre sort. Votre illustre marraine vous accorde, en ce moment, une faveur
bien rare. Suivez promptement ces deux braves
gens, et demain matin vous me direz comment
vous vous êtes amusé.

— Certes, dit Jean, je brûle de plaisir et de
curiosité ; ainsi nous remettons notre partie à
demain.

— Nous allons faire votre toilette, dirent les deux valets.

— Rien de plus juste, ajouta M. de Cessé ; la toilette est ici un point des plus importants pour tout ce qui est jeune. Adieu, la Tour-Miracle, et encore une fois, amusez-vous bien.

Les deux domestiques emmenèrent Jean, mais non point dans sa chambre. On le fit passer par une partie du château où il n'était point encore allé, et, au bout d'un corridor assez sombre, une petite porte de chêne s'ouvrit d'elle-même devant le cavalier.

— Entrez, monsieur, dirent les valets de chambre, nous ne vous suivrons pas plus loin.

Il entra et la porte se referma derrière lui. Au sortir de l'obscurité, la vive lumière qui éclairait ce lieu l'avait d'abord ébloui. Cette lumière provenait d'un grand lustre doré suspendu au plafond et qui portait des pyramides de bougies de senteur. La chambre était carrée et assez petite. Les murs revêtus de marbre blanc jusqu'aux deux tiers de leur hauteur, renvoyaient en chaudes clartés la lumière qui inondait leur surface polie. Au-dessus du marbre s'étendait tout autour de l'appartement une suite de peintures mythologiques représentant : Diane au bain, entourée de ses nymphes ; Actéon changé en cerf ; Calisto métamorphosée en Ourse, et bien d'autres sujets encore. Le plafond également peint, et par une main habile, montrait les cieux éclairés par la lumière de Phœbé suivie du chœur des astres. Si Jean avait été plus connaisseur en tableaux qu'il n'appartenait à un gentilhomme de Gascogne de l'être, il aurait reconnu de suite la touche des plus habiles maîtres d'Italie, du moins il en savait assez pour connaître combien ces tableaux étaient précieux.

Le pavé était formé de marbres de différentes couleurs, de malachite et de porphyre disposés en arabesques. Au milieu de la salle, un bassin carré se remplissait d'une eau tiède que laissaient jaillir de leurs gueules deux salamandres de bronze doré, se tordant sur les bords ; et dans les encoignures de la salle, des cassolettes d'argent fin répandaient par nuages blancs et déliés des parfums d'une odeur enivrante.

Jean était tout occupé à considérer ces merveilles lorsqu'une portière de taffetas rouge, qui faisait face à la porte par laquelle il était entré, se souleva et deux nègres lippus et fort laids, vêtus de tuniques vertes et portant aux bras, aux jambes et au cou des bracelets et des colliers d'or, parurent, le saluèrent et lui ôtèrent lentement ses habits.

S'il ne s'en était pas mêlé, les deux noirs difformes seraient restés bien longtemps à terminer cette opération, qu'ils accomplissaient en chantant ou plutôt en psalmodiant à demi-voix une sorte de mélopée barbare qui ne devait pas être moins nègre d'origine qu'eux-mêmes. Enfin, grâce à la vivacité de Jean, l'opération se termina et le jeune homme entra dans le bain.

Soit que les vapeurs parfumées qui se répandaient dans la chambre l'enivrassent, soit que l'eau dont le bassin était rempli fut douée de vertus mystérieuses, la Tour-Miracle sentit bientôt dans tous ses membres une sorte de langueur voluptueuse à laquelle le brave gentilhomme n'était pas habitué, et si bien que lorsqu'il sortit du bain, il laissa les deux nègres lippus psalmodier leur chanson tout à leur aise et le couvrir d'un peignoir de mousseline, après l'avoir essuyé avec autant de lenteur qu'ils le voulurent.

Puis les deux gnomes le conduisirent par la porte qui leur avait livré entrée à eux-mêmes, et ils le remirent aux mains de deux autres nègres aussi beaux qu'ils étaient laids. Ces nouveaux serviteurs étaient grands et bien faits ; ils avaient les traits fins et réguliers, les cheveux soyeux. C'étaient des Abyssins.

Ils introduisirent Jean dans une salle plus vaste que la première ; partout des glaces de Venise dans leurs cadres dorés ; le long des murs tendus en cuir de Cordoue, s'ouvraient de riches bahuts remplis d'habillements de toutes formes et de toutes couleurs. Sur des toilettes de marbre blanc, on voyait une multitude d'instruments de toilette et des écrins de velours où ruisselaient des pierres précieuses.

— Choisis dans ces coffres, dit un des Abyssins, le costume qui te conviendra le mieux. C'est notre maîtresse et la tienne qui le permet.

— Je vous laisse maîtres de m'habiller à votre gré, répondit Jean ; aussi bien, ne sais-je pas trop moi-même ce que je fais et ce que je veux.

Les esclaves sans répliquer, commencèrent la toilette de la Tour-Miracle. Ils parfumèrent ses cheveux longs et soyeux et sa barbe naissante et sa fine moustache. Grâce à leurs secrets, ils façonnèrent en véritables mains de femmes, ses mains bien formées, mais brunies par l'usage des armes ; puis, ils lui firent passer un large pantalon de soie incarnadine broché d'argent, une chemise de mousseline des Indes bordée de fleurs de mille nuances, puis une veste de brocard ; puis une vaste robe d'étoffe bariolée comme on en fabriquait à Damas, étoffe précieuse vendue au poids de l'or par les Vénitiens. Une riche ceinture serra cette robe à la taille.

— Tu es prêt, dit un des Abyssins, regarde-toi, seigneur.

Jean se regarda au miroir et ne se trouva pas mal. Un peu plus l'air d'un payen que d'un gentilhomme de bonne chrétienté ; mais, en somme, pas mal.

Les Abyssins se retirèrent. Quand le cavalier se trouva seul, il ressentit comme un mouvement de crainte semblable à celui que devaient éprouver les initiés aux mystères dans l'attente du moment solennel. Sa tête s'était exaltée ; il se trouvait dans un monde magique où jamais sa pensée ne s'était encore égarée. Involontairement, il s'assit sur des coussins le cœur tout palpitant.

En ce moment, une porte secrète s'ouvrit à deux pas de lui, dans la muraille, et une jeune femme souriante et couronnée de fleurs apparut sur le seuil. Elle lui dit d'une voix douce et musicale :

— Prenez cette couronne que je vous tends et suivez-moi.

Jean se leva, prit la couronne, et croyant rêver, suivit docilement sa belle conductrice.

# CHAPITRE XXI



JEAN CONTINUE A S'AMUSER BEAUCOUP ; MAIS
CETTE HEUREUSE VIE EST BIEN PROMPTEMENT
INTERROMPUE

Les salles que Jean traversa sur les pas de
son guide, lui étaient aussi complètement
inconnues que celles dans lesquelles s'était
opérée sa toilette, qu'on pouvait bien appeler
une transformation. De sa vie, il n'aurait
imaginé que la splendeur et la magnificence
pussent atteindre le degré où il les voyait
portées dans ces somptueux appartements.
Tantôt, devant ses yeux surpris, aux lueurs
de milliers de girandoles et de lustres tombant
d'un plafond élevé, de larges escaliers mon-
taient en se dédoublant entre deux rangées de
colonnes corinthiennes ; tantôt il traversait
des galeries à jour, suspendues aux murailles
des salles et son regard plongeait dans leur
immense perspective sans en trouver la fin.
Des parquets de bois précieux, des mosaïques
resplendissantes recouvraient partout le sol,
jusqu'à une dernière galerie où le bruit des

pas se trouva tout à coup étouffé par un épais tapis. Jean entendit en même temps des instruments de musique ; il comprit qu'il arrivait au terme de son mystérieux voyage, et sa conductrice, lui montrant une grande porte dorée, lui fit signe d'en pousser les battants.

Il obéit et il se trouva dans un appartement de grandeur modique, mais plus délicatement orné encore que les vastes salons dont il venait d'admirer les merveilles. Les panneaux étaient partout recouverts des plus excellentes peintures séparées par des boiseries dorées. De grands candélabres s'élevaient de distance en distance, et des statues, prodiges de l'art antique, alternaient avec ces brillantes productions du ciseau florentin. Au fond de la salle, sur une tribune revêtue de porphyre et soutenue par des cariatides représentants des amazones esclaves, un orchestre de femmes noires, pourvues de violes de différentes espèces et de flûtes, jouait un air dont Jean avait entendu de loin les préludes.

Une table couverte de nappes damassées, brodées de filets pourpres, occupait le bas de la galerie opposé à l'orchestre, et laissait ainsi un espace vide assez considérable. Inutile d'énumérer tous les mets, les fruits, les fleurs, les vins exquis dont cette table était chargée. Inutile encore de compter les plats de vermeil, les aiguières d'argent, les coupes de toutes formes, ciselées, incrustées de pierreries ; mieux vaudrait un moment admirer toutes ces jeunes femmes belles, accortes, grandes et bien faites, qui, dans une toilette servile, mais riche et bigarrée, et des fleurs sur la tête, se tenaient rangées autour de l'appartement, prêtes à recevoir et à servir l'illustre assemblée, qui ne tarda pas à se montrer. Jean venait d'entrer dans la salle, quand les vastes rideaux d'une portière furent tirés tout à coup, et M^{me} Diane parut entourée de ses dames.

Ces dernières étaient atournées de différentes manières et avec beaucoup de fantaisie ; mais M^{me} Diane portait toujours sa robe de velours noir et sa guimpe de toile blanche. Ce soir-là, comme les autres soirs sans doute, cette femme belle toujours, semblait d'une beauté et d'une majesté sans égales.

— Asseyez-vous à côté de moi, mon filleul, dit-elle à Jean, et soyez gai comme on doit l'être à souper où les ennuis du jour sont finis, et où l'on a une nuit entière à passer avant de rencontrer les ronces du lendemain. Asseyez-vous, mesdames, et nous verrons tout à l'heure si Cléonice a bien réussi dans le divertissement qu'elle nous promet.

M^{me} Diane prononça ces paroles avec le sourire des yeux qui la rendait si charmante et la gravité des lèvres qui la faisait semblable à une immortelle. Toutes les dames et Jean se mirent à table comme leur maîtresse l'ordonnait, et pendant un instant la conversation languit ; mais pour bonnes raisons ; c'est que les belles chasseresses avaient couru le matin les forêts et respiré l'air vif, et qu'elles ne pouvaient pas, sans doute, avoir le détachement des choses terrestres si cher aux beautés modernes qui, abandonnant leurs corps sur leurs sophas, laissent leur âme errer tout le jour dans les régions immatérielles. Il n'en était pas de même de nos belles ; force est bien d'avouer que toutes ces émules des dryades, pour charmantes qu'elles étaient, n'en avaient pas moins fort bon appétit.

On n'entendait de tous côtés que le bruit des fourchettes et le doux murmure du vin versé à flots pourpres ou dorés des crédences dans les coupes par les bras arrondis des suivantes. Enfin, le premier moment passé, les railleries commencèrent.

— Voyez, madame, s'écria une des dames, comme vous avez sagement fait de mettre Magdelaine loin du seigneur votre filleul. Au lieu de déployer les grâces de son esprit, comme il ne manquera, sans doute, pas de le faire, il aurait cherché tout d'abord les délices du tête à tête, ce qui eût été très mortifiant pour nous toutes.

— Je n'y aurais pas consenti, madame, s'écria Magdelaine en rougissant, et je ne sais

pourquoi M. de la Tour-Miracle s'obstine
à se dire mon serviteur.

— N'allons-nous échapper à un tête-à-tête
que pour tomber dans une querelle, dit
M^{me} Diane? Je vous prie, mes belles, si l'on
parle des amours, que ce soit au moins des
amours étrangères.

— Madame, dit une jolie personne blonde
et éveillée qui avait des violettes et des pam-
pres dans ses cheveux, voici que personne ne
touche plus que du bout des lèvres aux mas-
sepains et aux coupes ; ne serait-il pas à propos
d'occuper tout le monde et même les amoureux, par d'autres plaisirs que ceux de la table?

— A votre aise, Myrto, répondit M^{me} Diane.
Décidez de ce qu'il faudra faire. Voulez-vous
qu'on enlève la table?

— Oh ! non pas, madame, s'écria Cléonice ;
qui n'a pas faim en ce moment prendra faim
plus tard et même le seigneur votre filleul,
lequel se décide enfin à demander à boire.

— Eh bien ! Myrto, que faisons-nous
s'écrièrent aussitôt plusieurs voix?

— D'abord, dit Myrto, ne savez-vous pas
qu'il faut attendre le plateau d'argent et le vin
et le lait?

A ces mots toutes les dames se turent et
prirent un air sérieux. Deux suivantes qui
venaient d'entrer dans la salle, remirent à
Myrto ce dont elle venait de parler, et Myrto

se tournant vers M^me Diane, et lui faisant une inclination de tête respectueuse, prononça lentement ces paroles :

— Madame, souvenez-vous du roi Henri II !

Puis elle répandit quelques gouttes de vin et de lait, en manière de libation, dans le plateau d'argent qu'elle rendit aux suivantes, et elle se rassit.

Jean, à l'invocation de ce souvenir funèbre, sentit quelque effroi se glisser dans son cœur. Il appréhenda un instant que le retour à des idées si tristes ne jetât sur la suite du souper comme un voile de deuil, et il ne put s'empêcher de regarder sa marraine.

Aux paroles de Myrto, M^me Diane avait répondu par un signe de tête et quelques mots prononcés trop bas pour qu'on pût les entendre, mais qui semblaient signifier que le souvenir de son royal amant ne s'éloignait jamais de son cœur.

Après un moment de silence, elle dit, de sa voix ordinaire :

— Allons, Myrto, qu'avez-vous imaginé? car ce matin vous tourmentiez fort Cléonice au sujet de la tâche que vous sauriez lui imposer ce soir.

— Oh ! madame, ce n'est pas Cléonice que je veux embarrasser le plus, mais bien Flaminie. J'imagine donc que la première nous racontera une histoire, et qu'avec les mêmes personnages ayant les mêmes caractères, la seconde nous fera un récit tout différent dont la conclusion devra être tout autre.

— Myrto n'a jamais que des idées de ce genre, s'écrièrent Cléonice et Flaminie ; mais qu'importe, continua Cléonice, si Flaminie accepte, j'accepte aussi. Le seigneur de la Tour-Miracle sera juge de la manière dont nous nous serons acquittées de notre emploi.

— Je serai juge? Volontiers ! répondit Jean qui s'enhardissait ; je ne connais pas de meilleur métier ; on blâme, on approuve, et on n'est n'est pas tenu de montrer si on peut faire plus mal que ce qu'on dénigre. Mais, pour entrer de suite en fonctions, ne vous semble-t-il pas, mesdames, que M<sup>me</sup> Myrto, qui donne ici des embarras à autrui, devrait bien de son côté courir quelque chance d'être dans la peine?

— Sans doute, sans doute, s'écria-t-on, voilà qui est bien jugé !

— Qui s'y refuse? demanda Myrto d'un air mutin.

— Je voudrais, continua Jean, sauf la permission de madame ma marraine et la vôtre, que, si les deux histoires qui ont été racontées plaisent à tout le monde, vous soyez tenue d'inventer un autre divertissement dans lequel vous jouerez votre rôle.

On applaudit en riant à cette idée qui sembla promettre une suite agréable, et l'on félicita Jean de s'être si peu compromis.

— Il faut que je garde précieusement mon caractère de juge, dit-il, c'est-à-dire que je ne fasse rien, c'est la seule manière de ne pas faillir et d'être toujours respectable.

— Vraiment, dit M^{me} Diane, j'ai un filleul qui n'a pas moins de vocation pour être docteur que pour devenir capitaine. Voyons l'histoire de Cléonice.

Cléonice, sans se faire prier, commença aussitôt son récit. C'était une fable bouffonne, fantastique, impossible, et à laquelle elle avait donné pour titre : *Histoire de la chienne Prude et du barbet des Trois-Couleurs.* Tout, dans cette histoire, le son de voix, les inflexions diverses de la parole, l'air du visage, le geste, aidait à l'intérêt du récit. C'était autant joué que raconté. Cléonice fut fort applaudie, et M^{me} Diane déclara que son conte était un des meilleurs qu'elle eût jamais entendus.

Quant au filleul, il était enchanté ; il avait ri plus que personne ; et avant tout le monde il éleva la voix pour prier Flaminie d'entrer à son tour dans la lice, en tenant fidèlement les conditions qui lui avaient été imposées.

— Je vous assure, madame, lui dit-il, que je n'ai pas une petite opinion de l'esprit pétillant dans vos yeux ; mais je vous avoue que la perfection du conte que nous venons d'entendre me paraît difficile à égaler.

— Il est joli, je n'en disconviens pas ; mais Cléonice nous a pourtant raconté mieux que cela. Qu'auriez-vous dit si vous aviez entendu comme nous l'histoire du *Renard gentilhomme*, celle du *Fiancé d'Abaïdha*, celle du *Mannequin* et bien d'autres? Mais je vais faire de mon mieux pour ne pas mériter vos reproches en compromettant mon amour-propre. Ecoutez-moi bien : mon histoire est intitulée la *Bulle de Catalogne*.

Ici Flaminie, avec un ton discret et de l'air précautionneux d'un chat qui passe entre des verres, débita ce qu'elle avait à dire. On voyait bien qu'elle ne s'abandonnait pas comme Cléonice à l'emportement de la verve ; elle prévoyait des effets et cherchait habilement à les amener ; elle promenait ses auditeurs dans une multitude de détails un peu accumulés, peut-être, mais tous charmants. Que fallait-il de mieux? L'histoire plut beaucoup et on remercia la narratrice, non seulement de l'avoir dite, mais de l'avoir terminée.

— Vous ne savez pas, dit Myrto à la Tour-Miracle, que notre compagne a souvent cette triste manie de ne pas finir ce qu'elle raconte. Il est telle de ses histoires dont on n'a su le dénouement qu'au bout de trois années.

— C'était, sans doute, grand dommage,

répondit Jean ; mais vous, madame, qui me parlez là, allez-vous oublier que c'est votre tour de nous amuser ? Vous ne vous plaindrez pas, j'espère, de la justice de ma réclamation ?

— Je n'en suis pas tentée, repartit Myrto ; vous allez être satisfait ; que Barberine, Claire, Léontie et Lise viennent avec moi ; nous allons dans quelques secondes vous mettre au fait de ce que nous voulons faire.

Les trois dames se levèrent et suivirent leur guide qui sortit avec elles de la salle par une porte située sous la tribune.

— Laissons à mon filleul, dit M<sup>me</sup> Diane, le plaisir de la surprise ; et tandis que ces belles songent à déployer les ressources de leur esprit, est-ce que vous, Furia, vous ne pourriez pas nous rendre leur absence plus courte en chantant quelque romance ?

— Volontiers, madame, répondit Furia ; il faut alors que les musiciennes m'accompagnent et je vais vous chanter, ce que je sais pour l'avoir dit fort souvent, le désespoir d'un pauvre seigneur romain qu'une prêtresse inhumaine veut sacrifier à ses faux dieux.

Furia était une grande personne dont l'apparence ne laissait pas soupçonner beaucoup de feu ; elle semblait froide et difficile à émouvoir. Cependant, dès les premières notes formées par sa voix, elle donna à tous ceux qui l'entendaient cette animation qu'elle n'avait point elle-même. C'est que la vibration en était aussi puissante que la douceur en était tendre, et peu s'en fallut que les larmes ne vinssent aux yeux de plusieurs de celles qui l'écoutaient. Heureusement cette émotion ne dura pas : l'émotion pour être bonne et douce en un jour de fête ne doit pas être longue ; Myrto était rentrée dans la salle et après avoir joint ses applaudissements à ceux de ses compagnes, elle s'avança avec gravité au milieu de l'espace qui se trouvait vide entre la table et la tribune de musique, et dit :

— Mesdames, nous sommes tombées d'accord de vous représenter une comédie qui s'appelle : *Parfois l'Amour se trompe*. Nous demandons seulement que Livie, assise là-bas, paresseusement, sa tête appuyée sur ses mains, nous aide de son bon goût dans la manière dont nous devons nous costumer.

— Suivez Myrto, Livie, dit M^{me} Diane ; toute nonchalante que vous êtes d'ordinaire, il convient que vous serviez aussi aux plaisirs communs.

Et Livie suivit Myrto.

La pièce ne tarda pas à commencer et l'on put juger. La Tour-Miracle du moins fit cette réflexion que l'on n'avait pas affaire à des comédiennes novices, bien que les jeux de la scène ne fussent par leur profession. Myrto mettait autant d'art et de précautions dans son jeu que Flaminie en avait apporté à raconter son fabliau et il n'était pas possible de croire qu'elle produisît sur son auditoire une impression qu'elle n'avait pas prévue. Barberine ne se doutait pas de tant de science ; mais bien servie par la nature, et comique dans sa gravité, elle plaisait beaucoup ; Claire avait surtout des mots heureux ; cependant toutes les dames déclarèrent qu'au lieu d'une pièce visiblement apprise par cœur, car Léontie ne savait pas son rôle, elles eussent préféré une de ces pièces comme on en faisait en Italie et qu'on appelait à *l'improuviso*.

— Ma foi, mesdames, s'écria Jean à son tour, je vous trouve fort difficiles ; il est bien possible qu'habituées à ces plaisirs vous en fassiez moins de cas ; mais pour moi qui n'ai jamais rien vu de pareil en ma vie, je vous l'assure, je ne demande pas davantage et il me semble être dans l'antichambre du Paradis.

— Ce compliment finira la soirée, dit M^me Diane ; il est tard et toutes ces dames, si éveillées en ce moment, auront grand'peine à quitter leurs lits au point du jour pour me suivre à la chasse. Adieu donc, mon filleul ; baisez la main de Magdelaine, si elle le permet, et quittez-nous.

Jean baisa la main de Magdelaine ; quant à s'en aller, il y aurait bien fait quelques difficultés, s'il eût osé. Il prolongea ses adieux à tout le monde autant qu'il le pût ; mais enfin, averti par les regards de la femme qui l'avait amené que la duchesse ne devait pas répéter ses ordres, il se laissa conduire hors de la salle.

Une fois les portes refermées derrière lui, il se trouva dans de profondes ténèbres. Mais ses conductrices marchaient d'un pas assuré, et, le tenant chacune par une main, ne le laissaient pas s'attarder. A la fin, sans savoir par où il avait passé, il se trouva dans sa chambre entre les deux esclaves noirs d'Abyssinie qui lui enlevèrent son riche costume, le mirent au lit, puis s'en allèrent.

Sitôt qu'il se trouva seul, ses pensées, encore tout émerveillées, s'efforcèrent naturellement de se réunir. Malgré la grande beauté de toutes les dames, son cœur n'avait pas été distrait de Magdelaine un seul instant ; cette gravité peu habituelle valait bien les compliments qu'il s'empressa de s'adresser à lui-même ; mais, cependant, il convenait que la beauté de Magdelaine, si chère à son âme, n'égalait pas celle de sa marraine.

Dans cette fête où toutes les richesses, toutes les profusions avaient jeté leurs magnificences, où tout semblait avoir réussi à rehausser l'éclat de toutes les femmes, à les diviniser ; dans cette fête où l'esprit et la grâce avaient ouvert leurs trésors et imité le bonheur d'aussi près que possible, M^me Diane avait apparu à

la Tour-Miracle comme donnant la joie et la
félicité, comme l'éprouvant elle-même ; mais
d'une autre façon que les créatures faibles sur
lesquelles elle répandait ces dons charmants
de sa puissance. Elle avait semblé plutôt calme
que réjouie ; plutôt heureuse qu'amusée ;
c'était une nature olympienne et on eût dit
que, mystérieuse comme Isis, elle gardait
encore, pour elle, en prodiguant la joie, des
plaisirs trop purs et trop grands pour la faiblesse des mortels dont elle était entourée.

Tout en faisant ces réflexions, Jean sentit
que le sommeil le gagnait, et puis les images
de Cléonice, de Myrto, de Claire, les belles
comédiennes, de Furia la belle chanteuse, de
Magdelaine, se brouillèrent devant ses yeux.
Il se sentit entraîné dans une ronde magique,
entendant résonner à ses oreilles les accords de
l'orchestre féminin. Puis il s'endormit.

Depuis une heure environ, il sommeillait
ainsi dans cet état inquiet et agité qui suit
une fête, quand il fut réveillé en sursaut par
le bruit d'une mousquetade.

Il se leva promptement sur son séant et
prêta l'oreille. Un instant, il se crut être le
jouet d'un rêve. Mais de nouvelles détonations
parmi lesquelles son oreille eut bientôt reconnu
le bruit d'une coulevrine, le fit se jeter à bas
du lit et courir à sa fenêtre qui donnait sur la
grande cour.

Là, il vit courir, de tous côtés, les soldats du château, la plupart à demi habillés, comme gens surpris pendant leur sommeil, et sur la plate-forme des tours qui gardaient le pont-levis, il en distingua fort bien un groupe nombreux qui déchargeaient encore leurs arquebusses sur des ennemis, postés sans doute au delà du mur.

Aussitôt il s'empressa de prendre quelques vêtements, saisit son épée, ouvrit sa porte et se mit à descendre les escaliers quatre à quatre pour arriver sur le lieu du combat.

# CHAPITRE XXII

JEAN PREND DES RÉSOLUTIONS FORT GRAVES ET
DONT IL NE PENSE PAS JAMAIS AVOIR LIEU
DE S'APPLAUDIR.

Jean atteignit rapidement la porte de l'une
des tours et mêlé à plusieurs gentilshommes
qui accouraient comme lui, en se demandant
d'où pouvait provenir cette attaque, ce combat nocturne, il allait la franchir, quand arriva
M. de Cessé qui, en sa qualité de capitaine du
château, prit les devants sur eux et les conduisit à la plate-forme ; là on trouva une
dizaine d'arquebusiers qui, fort affairés, fort
échauffés, rechargaient leurs armes, tandis
qu'un gros sergent leur disait d'un air paterne :

— Très bien, mes enfants, ajustez bien, ne
vous pressez pas. La poudre est une marchan-
dise qui a sa valeur comme les autres, et qu'un
soldat économe et craignant Dieu n'aime pas à
gaspiller.

— Pour Dieu, Roulebedaine, s'écria M. de
Cessé, d'où provient tout ce tapage ?

— Monsieur, répondit le brave sergent, ne

voyez-vous point là-bas, dans l'ombre du bois, quelque chose remuer ? Là, à deux cents pas environ, au bout de mon doigt.

— Je le vois, qu'est-ce que c'est ?

— C'est, monsieur, une troupe de gens d'armes qui est venue demander l'entrée du château, assurant qu'ils avaient ici quelqu'un à arrêter. Comtois m'a appelé. J'ai dit à ces cavaliers d'attendre le jour et le bon vouloir de M^me Diane. Mais ils m'ont répondu par des injures ; ils ont prétendu entrer sans retard, et ils ont tiré sur moi. J'ai cru, monsieur, qu'il était conforme à tous les usages de tenir ferme, et le poste sous mes ordres a répondu par une décharge qui doit leur avoir mis quelques hommes par terre, car ils se sont soudain retirés dans ce coin là-bas, où l'obscurité empêche quasiment de les voir.

— C'est très bien Roulebedaine, mon ami, dit M. de Cessé ; mais voici que ces gaillards reviennent à la charge, du moins j'en vois un qui s'avance vers l'entrée du château.

— Vous avez raison, dit Jean et même ce cavalier déploie un mouchoir blanc, preuve qu'il ne se soucie plus des politesses du sergent Roulebedaine.

Chacun fit silence dans le désir ardent de savoir ce que prétendaient les assaillants nocturnes, et le parlementaire, étant arrivé au bord du fossé, parla ainsi :

— Messieurs, au nom du Roi, nous venons réclamer un horrible assassin, hérétique, parricide et digne des plus affreux supplices qui s'est retiré auprès de vous. Si vous ne le livrez pas, vous vous exposez aux suites de la rébellion, et nous en serons quittes pour attendre quelques heures les renforts et le canon qui nous aideront à entrer chez vous, malgré vous !

— Monsieur, répondit le capitaine Cessé, vous nous parlez d'un gibier de potence et nous ne sommes pas dans une tanière. Cherchez vôtre homme ailleurs, il n'est pas ici. Dans tous les cas, vous venez de nuit et avec violence, vous annonçant comme officier du roi. Il nous est bien permis d'en douter, et jusqu'à preuve contraire, vous jugeant sur vos actes, je vous tiens pour un brigand et je vous assure que vous n'entrerez point.

— J'entrerai, s'écria l'officier, et mon capitaine vous traitera tous comme des traîtres. Mais pour faire les choses en forme, je vous somme une dernière fois de remettre sans retard entre mes mains le nommé Jean de la Tour-Miracle, lequel est accusé d'avoir assassiné le grand monsieur de Guise, lieutenant général de ce royaume !

A cette déclaration, on ne peut plus inattendue, le capitaine Cessé, les gentilshommes, les soldats et Jean plus que tous les autres ensemble restèrent confondus de surprise.

— Comment, s'écria le plus intéressé, vous osez dire, misérable, que j'ai commis une action aussi noire? Noble ou manant, vous m'en rendrez raison !

— Ah ! ah ! vous êtes là-haut, mon drôle? répondit le parlementaire ; descendez au plus tôt, vous ferez vos fanfaronnades devant la cour de justice.

— Eh ! quoi ! M. de Guise a été assassiné, s'écrièrent enfin, plusieurs des assistants revenant de leur surprise. Est-il bien vrai?

— Vous le savez mieux que moi, reprit l'officier ; allons, finissons-en ; livrez-nous la Tour-Miracle, il est grand temps qu'il soit éventré, roué vif et qu'on lui coupe les quatre membres !

— Merci, murmura le sergent Roulebedaine ; si on m'en proposait autant, je ne m'empresserais pas d'accourir.

M. de Cessé avait réfléchi un moment. Les affaires étaient fort mauvaises. L'accusation paraissait tellement formelle qu'il fallait bien qu'elle reposât sur quelque base. Mais d'un autre côté, livrer le filleul de sa maîtresse à des gens qui étaient peut-être ses ennemis personnels, c'était encourir une trop grande responsabilité, et il croyait savoir que M<sup>me</sup> Diane ne lui pardonnerait pas ; il se pencha donc sur le créneau et dit :

— Monsieur, si vous êtes officier du roi et

chargé d'une commission importante que vous
dites, vous prendrez bien patience jusqu'à
midi. Pour moi, qui ai l'honneur de commander dans ce château, je vous affirme que vous
n'entrerez ni de gré ni de force avant ce moment, et je vous engage en plus à faire retirer
vos gens de la portée de nos couleuvrines.

— Monsieur, s'écria l'officier d'une voix
furieuse, c'est une haute trahison, et vous en
pleurerez toutes les larmes de votre corps !

— Décampez, répondit Cessé, votre conversation ne m'agrée pas.

Le parlementaire partit au galop, et un moment après, on vit sa troupe se reformer et
disparaître dans les bois. Autant qu'on en put
juger à travers les ténèbres, il y avait bien une
soixantaine de cavaliers pour le moins.

Cependant la plus grande émotion régnait
parmi les gentilshommes. La mort de M. de
Guise était un si grand événement pour tout le
royaume que, bien qu'étrangers à la fortune des
princes lorrains, les serviteurs de M^me Diane,
la plupart, comme on l'a vu, remplis de projets et d'espérances politiques, y voyaient mille
raisons de réfléchir. La façon singulière dont
on apprenait cette mort ne donnait pas moins
de sujets de penser.

— Je vois bien, s'écria Jean, que mon infâme Méré aura commis quelque grand crime,
et que Barbillon ne sera pas arrivé à temps ;

mais je suis persuadé, messieurs, que vous ne doutez pas de mon innocence?

— J'en suis certain en effet, répondit M. de Cessé ; mais mon opinion ne fait rien à votre affaire, et si M. de Guise a bien réellement été assassiné, les juges seront plus avides de pendre et de rouer à tort et à travers que de trouver des innocents. Je vous félicite donc très peu de votre vertu, mais très fort d'avoir les bonnes murailles du château d'Anet pour vous protéger. Mais nous avons autre chose à faire qu'à bavarder. Toutes les garnisons catholiques d'alentour vont nous tomber sur les bras, il s'agit d'être prêt à les recevoir ; je vais m'en occuper, et vous, Beaugeois, allez prévenir M^me Diane de ce qui se passe.

Ayant ainsi parlé, le capitaine Cessé, reprenant, malgré ses cheveux gris, une ardeur toute juvénile, et tout joyeux d'avoir encore, avant de mourir, une occasion de montrer ce qu'il savait faire, s'empressa de prendre les dispositions nécessaires pour la défense de la place confiée à sa garde.

Il fit enlever toutes les provisions disponibles dans les villages voisins, rassembla les paysans les plus vigoureux et donna ordre de leur distribuer des armes ; il nomma pour les commander quelques-uns de ses plus vieux soldats et des partis de cavalerie sortirent du château pour éclairer les routes et annoncer,

quand il y aurait lieu, l'approche de l'ennemi ;
bref, le capitaine Cessé montra qu'il était véritablement homme de guerre.

En moins de deux heures, Anet était devenue
une forteresse dans le sens le plus complet
du mot. La cour était encombrée de charrettes
apportant du blé, des denrées de toute sorte,
des troupeaux de moutons et des bœufs, des
paysans armés, des soldats ; partout régnait
l'agitation et le tumulte, mais aussi l'enthousiasme, car M^me Diane était adorée de ses
vassaux.

Beaugeois, cependant, avait été introduit
devant sa maîtresse et lui avait raconté tout
ce qu'il savait. Magdelaine, présente à cet
entretien, cherchait à peine à dissimuler sa
vive inquiétude, et lorsque Beaugeois eut fini
de parler, elle s'écria hors d'elle-même.

— C'est impossible ! c'est impossible, Jean
de la Tour-Miracle est incapable d'une pareille
infamie !

— En serait-il coupable, répondit M^me Diane
avec hauteur, on ne porterait point la main
sur lui dans mes domaines. Cessé doit connaître son devoir ?

— Il a tout préparé pour une vigoureuse
résistance, madame, dit Beaugeois.

— C'est bien agir et je suis contente. Avant
de livrer mon filleul, j'entends qu'on laisse
démolir le château pierre par pierre.

C'est ainsi que parla cette généreuse M<sup>me</sup> Diane, et maintenant nous revenons à Jean ; il était à se promener dans la cour, répétant pour la millième fois peut-être :

— Scélérat de Méré ! coquin de Bourbet, traître de la Rochefoucauld ! misérable Corisande ! Vais-je donc être roué parce qu'il a plu à M. de Montluc d'accrocher à un arbre la carcasse d'un prédicant !

— Ah ! monsieur, répondait l'enseigne, si chacun de mes hommes et moi-même, nous avions été pendus chaque fois que le sort nous en a menacés, nous aurions perdu bien des vies. Dans un temps comme le nôtre, ce sont là des vétilles et je suis étonné qu'à votre âge vous n'en soyez qu'à votre début.

Arriva M. de Beaugeois qui raconta à Jean le résultat de son entretien avec M<sup>me</sup> Diane.

— Noble et généreuse marraine, s'écria la Tour-Miracle, les larmes aux yeux.

— Je suis de votre avis, répondit Beaugeois, mais voulez-vous m'accorder un moment d'entretien pour causer à cœur ouvert ?

— Très volontiers, parlez monsieur, je vous écoute avec beaucoup de soumission.

— Eh bien ! il paraît que Cessé vient de recevoir les rapports de plusieurs de nos hommes qui viennent du dehors et nous allons avoir affaire à trop forte partie.

— Vous m'effrayez pour ma marraine et

pour moi-même, mais plus encore pour ma marraine.

— Ecoutez-moi sans m'interrompre, et vous comprendrez qu'il n'y a rien ici qui doive nous divertir. D'abord il n'est que trop certain que M. de Guise a été assassiné devant Orléans par un nommé Poltrot de Méré, et tous les bons catholiques sont dans la consternation.

—Ah ! Barbillon, Barbillon, s'écria Jean en levant les mains vers le ciel, de quel affreux malheur ce coquin, ce pendard n'aura-t-il pas à répondre.

— Et, poursuivit M. de Beaugeois, on répète partout votre nom ; vous êtes le complice, dit-on du meurtrier. Il paraît que ce Méré avait un sauf-conduit qui vous appartenait.

— Je vous ai déjà raconté comment cela peut se faire.

— Je m'en souviens ; toujours est-il que l'indignation générale se porte sur vous, et que je ne sais pas même si elle ne finira pas par ébranler la fidélité de notre garnison.

— Quoi ! vous croiriez?

— Je crois que je ne crois rien. Mais jugez en vous-même ; de partout on va nous attaquer ; nous n'avons aucun secours à espérer, et n'est-il pas bien possible que M<sup>me</sup> Catherine profite de cette occasion pour dépouiller M<sup>me</sup> Diane de tous ses biens, avec une apparence de justice.

— Vous m'effrayez, balbutia Jean tout à fait consterné. Ainsi les dangers que je cours sont presque inévitables, et de plus, en y succombant, j'entraînerai dans ma ruine ma noble protectrice ? C'est une horrible vision et à laquelle je suis décidé à me soustraire.

En ce moment le capitaine Cessé s'approcha et on le mit au fait de ce qui se disait.

— En bonne conscience, dit-il, vous êtes dans une passe fort difficile. Je doute peu qu'au moment où nous parlons, il n'y ait une moitié des catholiques de France, je ne parle pas des huguenots, accusés par l'autre du meurtre du duc François. Si quelques malheureux sont déjà entre les griffes des juges, et il y a de ces malheureux, n'en doutez pas, ils mourront, fussent-ils innocents comme les saints anges du ciel. Il ne s'agit ici, pour les messieurs en robe noire, que de montrer leur zèle et de faire fortune, et plus ils condamneront de gens, plus ils passeront pour bons guisards et acquerront de faveur.

— Quel parti prendre ? murmurait Jean en regardant la terre.

— Ah ! si les choses n'étaient pas ainsi, je sais ce que je vous conseillerais, répliqua le capitaine.

— Mais enfin ?

M. de Cessé lui prit la main, et la serrant fortement lui dit :

— Je vous parlerais à peu près ainsi : monsieur de la Tour-Miracle, vous êtes un homme d'honneur ; vous ne pouvez pas, en conscience, pour quelques mois de prison, au bout desquels, bon gré mal gré, il faudra vous rendre la clé des champs, vous ne pouvez pas exposer M<sup>me</sup> Diane à un grand péril, et tant de braves gens qui sont ici à la mort. Soyez donc assez bon pour aller trouver les gens qui vous réclament, et débrouiller votre affaire avec un tribunal qui a soif de la vérité et non pas de sang humain. Voilà ce que je vous dirais ; mais, encore une fois, nous n'en sommes pas là. Si vous mettez les pieds hors de ces murailles, vous êtes un homme perdu ; et comme chevalier et comme chrétien, je me tiendrais pour le dernier des hommes si, par un conseil intéressé, je vous envoyais à une mort aussi inévitable qu'elle est horrible et infamante.

Jean se croisa les bras et fit quelques pas en silence. Les sentiments qui se pressaient dans son âme étaient trop confus pour pouvoir être démêlés. Il concevait les risques sérieux qu'allait courir M<sup>me</sup> Diane ; il sentait, malgré les réticences et le ton amical du capitaine, que le temps viendrait bientôt où il serait regardé par tous les habitants d'Anet comme une sorte de mauvais génie ; et lorsque ces images funestes et humiliantes passaient devant son esprit, il se sentait invinciblement porté à y mettre fin par une résolution courageuse.

Mais, aussitôt, il considérait qu'il s'agissait ainsi de courir non à la mort, mais à mille morts, à des tourments raffinés, à des douleurs sans nom. Il sentait son courage faiblir, alors ; et il retombait irrésolu. Bien plus, cette horrible fin, à vingt ans, au début de sa vie, au moment où tout semblait sourire autour de lui, où il était amoureux, plein de foi dans les plaisirs, dans la gloire, cette fin lui était rendue encore plus hideuse par ce fantôme d'ignominie qui le suivait. Mourir comme un misérable assassin ! sur la roue, traîné sur la claie, peut-être jeté à Montfaucon, c'était, à jamais, le déshonneur de sa famille !

Dans cette cruelle alternative, il cherchait, il trouvait, il repoussait mille moyens impossibles de sortir de presse. Tout à coup, il se frappa le front :

— Eh ! pardieu, capitaine, si je sortais du château sous un déguisement quelconque, je parviendrais peut-être à me soustraire aux poursuites, et je vous tirerais d'embarras.

— Voilà une bonne idée, dit M. de Beaugeois, qui ne paraissait pas approuver tout à fait les idées chevaleresques de M. de Cessé.

— Mon bon ami, repartit ce dernier en souriant, vous ne parviendriez ainsi qu'à un résultat, c'est-à-dire à vous faire arrêter à quelques pas d'ici, et peut-être à vous faire écharper par les paysans. Vous ne connaissez pas le pays, et d'ailleurs, en ce moment, tout le monde arrête tout le monde. Bien que je vous sache dans ce château, je ne serais pas étonné d'apprendre que plus d'une douzaine de la Tour-Miracle, qui ne vous ressemblent ni de près ni de loin, jeunes, vieux, blonds, bruns et gris, n'attestent déjà par leur séjour forcé dans la geôle de plus d'une petite ville, le zèle de messieurs les échevins. Non, ne songez pas à sortir d'ici.

— J'ai pris mon parti, et rien ne m'arrêtera ; s'écria Jean ; abuser de votre loyauté, de la bonté de M^{me} Diane serait une félonie ; je m'en irai !

— Boutade de jeune homme ! Je vous défends de sortir ! Vous résistez ? vous vous obstinez ? vous faites le mutin ? Bon ! Sergent Roulebedaine, arrivez ici et faites défense de ma part à tous les postes, à toutes les sentinelles de laisser sortir M. de la Tour-Miracle. Maintenant, mon cavalier, faites-moi le plaisir d'aller aider le caporal Boullet à apprendre à nos manants comment on charge et on décharge et recharge un mousquet !

Après ces héroïques paroles, le capitaine serra la main de Jean et s'éloigna, ce que Beaugeois avait déjà fait en haussant les épaules. Mais Cessé, voyant que son protégé restait à sa place, plongé dans ses réflexions, revint à lui et lui frappant sur l'épaule.

— Allons, lui cria-t-il, ne soyez pas si enfant ! Qui est-ce qui ne s'est pas trouvé dans
un petit embarras, une fois par hasard ?

— Soyez tranquille, répondit Jean, je vais
aller trouver le caporal Boullet.

Mais Jean était bien résolu à tirer tout le
monde de peine.

Il avisa sous la voûte d'un passage intérieur,
une charrette remplie de sacs et de grandes
mannes vides, qui allait sortir pour aller à la
provision. Il regarda autour de lui. Le conduc-
teur du char rustique s'était éloigné ; personne
n'était là. Il sauta sur la voiture, se blottit dans
une des mannes et se recouvrit d'un sac.

— Allons, je serai roué, se dit-il en soupirant.

A peine s'était-il casé dans son étroite demeure, qu'il entendit un pas lourd venir de
son côté et une voix cria :

— Pas encore parti, Nicolas ? tu n'auras pas
le temps de revenir !

— Ah ! que si, monsieur le sergent ; d'ici
Carville il n'y a pas loin.

— Pars donc, sans plus tarder, et que le diable t'emporte !

La voiture se mit en route. Jean entendit
les bruits divers de la cour pleine de soldats,
d'allants et venants ; il entendit le pont-levis
s'abaisser et les planches résonner sous les
roues de la voiture.

— Adieu, Magdelaine ; adieu, M<sup>me</sup> Diane ;

adieu l'honneur, pensa-t-il, et il faut l'avouer, le pauvre cavalier sentit quelques larmes rouler sur ses joues.

Au bout d'un quart d'heure il jugea qu'il était temps de quitter sa cachette. Il leva le sac, sortit la tête et aperçut au coin du bois une troupe de gens de pied précédée de l'enseigne, de deux tambours et du capitaine à cheval.

— Ayons courage, se dit-il.

Il sauta en bas de la voiture au grand effroi du paysan et s'avança vers l'officier.

— Monsieur, lui dit-il, je me rends à vous. Je suis Jean de la Tour-Miracle, innocent de ce dont on l'accuse ; mais j'espère en la justice de Dieu et des hommes.

— Par tous les diables, j'en suis ravi, s'écria l'officier. Vous vous expliquerez en temps et lieu ; mais je vous tiens et c'est ce qu'il me faut. Ne me reconnaissez-vous pas ?

— Le capitaine Brantôme ! s'écria Jean. Quel bonheur d'avoir un tel geôlier !

— Jusqu'à ce que je vous aie remis à qui il appartient, dit Brantôme, je vous traiterai en gentilhomme, pourvu que vous ne cherchiez pas à vous échapper.

# CHAPITRE XXIII

## Comment barbillon prouve a son maitre combien il lui était attaché.

Pour la première fois, depuis le commencement de ce récit, il devient nécessaire d'abandonner le héros aux embarras de sa destinée, bien qu'ils soient grands hélas ! et d'aller en d'autres lieux que ceux qu'il parcourt au milieu de ses gardes, chercher un rouage bien essentiel de l'action qui, à l'insu du lecteur, s'est mis en mouvement pour jouer aussi son rôle dans cette affaire.

Aussi bien Jean de la Tour-Miracle est entre les mains du capitaine Brantôme qui tâchera, ainsi qu'il l'a promis, de lui rendre le voyage aussi peu désagréable que possible, tout en ayant grand soin de ne pas se compromettre envers les puissants de ce monde en laissant échapper son prisonnier.

La tâche, à la vérité, paraît facile à l'élégant officier. Il sait que Jean est isolé, loin de son pays, sans amis qui s'intéressent à son sort, et ainsi il ne doute pas de pouvoir le garder très bien.

Jean isolé? sans amis? A quoi pense donc le capitaine Brantôme? Mais il est excusable certainement, il ne pouvait se rappeler Barbillon. C'est vers cet honnête serviteur que le lecteur va retourner, s'il lui plaît. Il est peu de doute que l'ingénieux lansquenet ne prépare quelque coup de sa tête, pour prouver d'une manière des plus irréfragables que la nature s'est plu à le douer de tous les genres de talents.

Nous l'avons laissé dans la petite auberge isolé où il était retenu par les beaux yeux de l'hôtesse tandis que Jean le croyait, de la meilleure foi du monde, galopant vers le camp catholique, afin de préparer un logement en fourrière à M. de Méré.

Barbillon resta deux jours dans cette auberge, et la vérité historique exige l'aveu que, pendant ces deux jours passés au coin d'une table entre des brocs de ce petit vin que le bon serviteur avait jugé digne de son attention, il y eut peu d'heures vraiment lucides. Toutefois les yeux de l'hôtesse, commençant à perdre un peu de leur puissance fascinatrice (triste effet de l'habitude!) Barbillon agréa promptement l'idée d'aller chercher d'autres plaisirs sur une scène plus vaste, et après avoir hésité entre plusieurs villes, il se décida pour Auxerre, cité vénérable à plus d'un titre ; il la connaissait

de longue main, et de longue main s'y était
créé d'utiles intimités dans tous les caba-
rets.

Il y aurait hyperbole à vouloir prétendre que
Barbillon eût recherché précisément la meilleure compagnie du lieu. C'était un garçon
trop modeste pour vouloir, avec audace, fréquenter les honnêtes gens ; il se résignait à une
société plus humble, mais, il faut le déclarer,
très joviale. Aussi s'amusa-t-il beaucoup à
Auxerre : dès le premier jour de son arrivée,
l'existence délicieuse qu'il menait était attes-
tée par une immense déchirure dans le dos
de son habit, et par une balafre posée en travers de son visage. Barbillon n'était pas ingrat
envers le sort, et il se jurait à lui-même que,
n'était son maître dont il ne pouvait plus vivre
longtemps séparé, il aurait volontiers passé sa
vie entière dans le cabaret de *la Truie en belle
humeur*, où il avait élu domicile.

Un jour que Barbillon, accoudé sur une des
tables de cet Eden enfumé, jouait à la prime
avec deux braves gens à figure douteuse dont
il s'applaudissait fort d'avoir fait la connaissance, il se sentit frapper sur l'épaule et il se
retourna pour voir quel était l'ami ou l'ennemi
que la Providence lui envoyait.

— Eh bien ! pays, lui dit un grand gaillard
pourvu d'une large barbe rouge, est-ce que
vous ne me reconnaissez pas ?

— Ma foi non, dit Barbillon ; je ne t'ai même jamais vu.

— Tu te trompes, l'ancien. Il est vrai que depuis notre camaraderie j'ai laissé pousser ma barbe, mais nous sommes venus ensemble du Quercy jusqu'auprès de Beaumont.

— Ah ! ventre-diable, s'écria Barbillon, tu es un des estafiers de ce brave capitaine Pierre.

— Je vois que tu as bonne mémoire, reprit l'autre ; on vient de me dire que tu mènes ici un train à manger la mer et les poissons. J'espère que nous allons boire quelque chose ensemble ?

— Nous boirons même plusieurs choses, répondit Barbillon ; attends seulement que j'aie fini ce tour de prime et je te rejoins. Va t'asseoir là-bas.

— Ne me fais pas tenir faction trop longtemps, car j'ai le gosier si sec que j'ai peur de le déchirer en parlant, et ma poche trouée ne contient pas un liard.

— Fais-toi servir et je viens.

En effet Barbillon eut bientôt terminé sa partie, et il rejoignit son compatriote, qu'il trouva mordant à belles dents un morceau de jambon, et s'abreuvant comme une éponge d'un gros vin bleuâtre, digne d'être employé comme teinture.

— Eh bien ! qu'est devenue la compagnie depuis mon départ, dit Barbillon ?

— Ah ! la pauvre compagnie, répondit Lorrain, la bouche pleine, elle est flambée.

— Comment flambée ?

— Oui flambée ; le capitaine Pierrot s'est brouillé avec nous pour l'affaire de ton maître et de son maudit collier. Il nous a quittés avec cinq hommes qui ont voulu le suivre ! On disait qu'il voulait se faire soldat, je ne sais pas ce qu'il en était ; mais tant il y a, que trois jours après, nous l'avons rencontré avec les cinq camarades.

— Et vous vous êtes remis ensemble.

— Nous les avons mis en terre, car ils étaient branchés proprement, sur le bord de la route.

— C'est une très belle fin, dit sentencieusement Barbillon. J'ai toujours aimé ce brave capitaine Pierrot qui était fort le serviteur de mon maître. Ensuite, qu'êtes-vous devenus ?

— Ma foi, continua Lorrain, quand il n'y a plus eu de chef, chacun voulut commander, on s'est battu et il a fallu se séparer. Ce fut dommage, car nous étions là une belle compagnie et qui se moquait des maréchaussées.

— Tout passe, fit observer Barbillon. Et que fais-tu maintenant ?

— Je cherche de l'ouvrage ; si je trouvais quelque capitaine qui voulût m'engager, je le suivrais. Je crois, sans me flatter, qu'il ferait une bonne affaire, car je ne connais pas mon pareil pour crocheter une porte sans faire de bruit. Tu devrais, toi, Barbillon, qui es un homme d'esprit, tu devrais te faire capitaine.

— Ma foi non, répondit le soldat ; j'ai tout à fait renoncé à l'ambition. Ma situation actuelle me suffit. J'ai un très bon maître dont je fais ce que je veux et, comme tu vois, des moments de vacances très agréables. Mais, s'écria-t-il tout à coup en se retournant, quels sont donc les coquins qui font un tel tapage dans la rue? Ma parole d'honneur ! On ne s'entend pas. Je vais leur jeter sur la tête les tables, l'hôtesse et la maison, s'ils ne font pas silence.

— Ah ! monsieur Barbillon s'écria la cabaretière. Vous ne savez pas l'affreux malheur qui est arrivé?

— Un affreux malheur? Qu'est-ce que c'est, sorcière?

— Le grand monsieur de Guise vient d'être assassiné par deux scélérats.

— Assassiné ! s'écria Barbillon en se levant brusquement et en se rappelant enfin la lettre qu'il avait dans sa poche. Assassiné ! Et par qui?

— Par un nommé Poltrot et un autre coquin d'hérétique qui s'appelle la Tour-Miracle.

— Voilà bien des bêtises !

— Des bêtises? Je vous jure que ce sont des vérités. On a mis la main sur le Poltrot ; mais son camarade s'est sauvé, et l'on dit qu'il s'est caché quelque part par ici. Mais il sera bientôt pris, grâce à Dieu et brûlé vif ou écartelé comme il le mérite, le scélérat !

Barbillon vint se rasseoir vis-à-vis de Lorrain ; il était fort pensif ; enfin il prit son parti, versa à boire à son camarade, et lui dit :

— Je suppose que tu ne regarderais pas, pour une bonne somme, à soustraire un homme à la justice ?

— Non, répliqua Lorrain ; je vois qu'il s'agit de ton maître ?

— Certainement ; il est innocent comme l'enfant qui vient de naître ; mais tu ne t'en soucies pas plus que moi.

— Ah ! pour ça c'est bien vrai, s'écria Lorrain en riant. Combien y a-t-il à gagner ?

— Nous arrangerons les choses ; avant tout, nous ne sommes pas assez de deux. As-tu ici des amis ? Pour moi j'ai déjà remarqué cinq ou six braves gens auxquels je vais m'adresser ; mais il faudrait être du moins la douzaine.

— J'ai ton affaire.

— Tu conçois, poursuivit Barbillon, qu'il importe de se hâter. Sois ici dans une heure avec tes hommes. Encore une fois, je paie grassement.

— Tope, dit Lorrain en se levant à son tour, dans une heure je serai ici.

Et il tint parole, car deux heures après, l'alerte Barbillon, escorté d'une douzaine de

pendards, se mit en chemin pour le château
d'Anet. Son projet était de parvenir jusqu'à
son maître, de l'instruire de ce qui se passait
et de le conduire par des chemins à lui connus, soit sur la côte, soit jusqu'en Artois. Malheureusement Barbillon n'arriva devant Anet
qu'une heure après le départ de Jean, et il
apprit sa mauvaise fortune de quelques paysans licenciés par le sergent Roulebedaine.

Il ne se découragea pas et se mit sur la piste
de son maître ; bientôt il aperçut l'escorte, et
grâces aux renseignements qu'il obtint dans
les villages qu'avaient traversés les soldats, il
sut de point en point à quoi s'en tenir sur la
force de la troupe, ainsi que sur le nom du capitaine qui la commandait.

— C'est mon ancienne bande, se dit-il.
Excellente rencontre ! Je saurai bien tirer de
ce hasard pied ou plume pour sauver mon bon
et brave maître !

Il se mit à suivre de loin la compagnie, s'ar-
rangeant de manière à ne pas être vu, non plus
que ses hommes, mais ne se laissant pas trop
devancer. Il continua ce manège tant que le
jour dura.

A la tombée de la nuit, les fantassins s'arrêtèrent dans un hameau, et Barbillon comprit
qu'on y ferait séjour jusqu'au lendemain. Il
attendit patiemment que le crépuscule eût fait
place à l'obscurité, et quand les étoiles commen-

cèrent à briller, il laissa ses hommes tapis dans un fourré à l'entrée du hameau, et s'avançaient sifflant et les mains dans ses poches vers une maison où il voyait deux sentinelles à la porte.

— Qui vive?

— Ami ! Ne faites donc pas les méchants, c'est moi, Barbillon ; je viens rejoindre la compagnie.

— Va trouver le sergent, disent les deux soudards, on nous a défendu de parler à qui que ce soit, et tu sais que le capitaine n'est pas tendre.

— Alors, parlez bas, imbéciles, et avant que j'aille causer avec le sergent, dites-moi un peu ce que vous faites ici.

— Ah ! mon pauvre ami, répondit un des deux gaillards en baissant la voix, nous n'avons jamais fait plus triste métier. Ce scélérat de la Tour-Miracle, que nous gardons là, nous donne un tintoin que tu n'imaginerais pas. Ni jour, ni nuit on ne se repose, et il faut toujours avoir l'œil sur lui.

— Je ne vois pas que vous le gardiez si bien !

— Eh ! il y a, outre nous deux, des hommes dans toutes les chambres du logis, des factionnaires dans le jardin ; et, près du lit du coquin, quatre soldats, le sergent et l'enseigne qui couchent en travers de la porte, sans compter que le capitaine se relève trois ou quatre fois pour aller voir si son homme ne s'est pas envolé ! Nous sommes tous sur les dents.

— Oh ! oh ! dit Barbillon, j'en suis bien aise, car c'est un ladre vert qui ne m'a jamais donné de quoi boire à sa santé le moindre coup de vin.

— Tu auras donc plaisir à le garder, reprit l'arquebusier ; mais va-t-en, encore une fois, on pourrait nous entendre jaser.

Barbillon s'en alla. Ce qu'il avait appris ne lui plaisait point. Décidément, il ne fallait pas songer à enlever Jean cette nuit-là, ni les autres non plus ; les précautions étaient trop bien prises.

— Inventons autre chose, se dit-il.

Il revint à ses hommes et, après avoir un peu réfléchi, il leur donna ses instructions ; il s'assura surtout que son lieutenant Lorrain l'avait bien compris et tiendrait la main à ce que tout fût exécuté à la lettre ; puis il revint dans le village où il se présenta au sergent, qui fut bien aise de le voir de retour. Barbillon était un homme qui savait se faire apprécier partout.

On avertit M. de Brantôme du retour du soldat et aussitôt qu'on lui eût dit que le drôle disait force mal de Jean et l'accusait à tort et à travers, le capitaine ordonna que le lendemain on le mît de garde à la droite du prisonnier qui chevauchait sur un mauvais bidet entre deux files de soldats, l'arquebuse chargée à la main.

La nuit se passa très tranquillement et le matin on se mit en route dans l'ordre accoutumé.

— Ah ! Barbillon, s'écria le captif, tout joyeux de revoir son serviteur, je compte beaucoup sur toi pour me tirer d'affaire ! Qu'as-tu fait de ma lettre ? l'as-tu portée ?

— Quelle lettre ? répondit effrontément Barbillon ; vous ne m'avez jamais rien donné que des coups et je compte bien dire aux juges tout ce que je sais. C'est grande justice qu'on fera, si l'on vous envoie chez les taupes !

— Voilà un misérable, s'écria Jean en s'agitant sur son cheval !

— Ma foi, je crois en vérité que Barbillon sera un bon témoin, reprit Brantôme ! Malgré tout ce que vous m'avez dit, la Tour-Miracle, je ne vous ai point caché que vous me faisiez la mine d'un grand coupable, et il est plus que temps de punir tous les assassins de cet illustre, de cet incomparable M. de Guise !

Brantôme s'exprimait ainsi avec une grande horreur pour le crime ; ce n'est pas qu'il tînt infiniment au prince mort, mais il tenait beaucoup aux princes vivants, et courtisan dans l'âme, il était enchanté d'une si belle occasion de prouver son zèle. Ce qui pouvait en advenir pour Jean lui importait peu, car il le connaissait à peine. D'ailleurs il mettait la faveur de ses maîtres bien au-dessus des autres considérations de la vie.

Jean ne répondit rien aux propos du capitaine ; il avait le cœur blessé, et il se contenta de jeter à Barbillon un regard méprisant que celui-ci soutint on ne peut mieux, mais avec une expression de visage si particulière que celui-ci ne put s'empêcher d'y prêter attention. Il tint donc ses yeux fixés sur le soldat qui, un moment après, relevant imperceptiblement la tête, lui fit un clignement d'œil qui lui donna encore plus à penser. Tout désireux de savoir si ses espérances étaient justes, il ne cessa de le considérer jusqu'au moment où Barbillon, impatienté de cette imprudence, lui cria d'un air rogue :

— Diable, monsieur, êtes-vous sorcier et voulez-vous me donner le mauvais œil ? Voilà tous mes camarades qui s'attendent à coup sûr à me voir devenir boiteux, sourd ou aveugle avant une demi-heure d'ici.

— Insolent ! dit la Tour-Miracle avec amertume.

Puis il soupira en pensant qu'il s'était trompé ; quelle folie que d'avoir espéré en un sacripant comme Barbillon ! Réflexion bien juste ! et cependant le prisonnier espérait encore et de temps en temps regardait son gardien à la dérobée.

Vers midi, la troupe fit halte au bas d'une côte, près d'un petit étang qui longeait une haie épaisse derrière laquelle s'étendait un pâturage d'une certaine étendue. A droite et à gauche, le pays était coupé par des fossés et des clôtures d'aubépines et de ronces. Le capitaine Brantôme descendit de cheval et permit à chacun de prendre du repos, une fois que les sentinelles furent placées.

— Bien que les huguenots soient loin d'ici, fit remarquer le prudent officier, toujours est-il vrai qu'il est bon de se garder, et je ne veux pas que mes drôles en perdent l'habitude. Allons, imbécile, ajouta-t-il en se tournant vers son domestique, apporte-moi le restant du poulet froid d'hier au soir et la bouteille de Bourgogne. M. de la Tour-Miracle déjeunera avec moi. Tant qu'on a la vie au corps, il est agréable de déjeuner n'est-ce pas ?

Cette réflexion, toute sage qu'elle fût, n'obtint de Jean qu'un assez froid sourire. Les soldats assis sur l'herbe, s'empressèrent d'ouvrir leurs bissacs et de faire honneur aux provisions que, de façon et d'autre, honnête ou malhonnête, ils s'étaient procurées.

— Que fais-tu là, sournois ? dit tout à coup Brantôme à Barbillon.

Celui-ci s'était approché du cheval du capitaine, l'avait pris par la bride et le conduisait vers l'étang.

— Mon capitaine, je le mène boire, répondit le soldat. Ce pauvre Annibal est tout essoufflé !

— Allons, mène-le boire, répondit Brantôme en s'asseyant à son tour sur le gazon, et en débouchant sa bouteille. La Tour-Miracle, un coup de vin ?

— Bien volontiers.

— Mon vin est bon ; c'est Mgr d'Alençon qui m'en a donné quatorze bouteilles avant mon départ. Mais que diable veut donc ce coquin de Barbillon avec ses sifflements ? Te tairas-tu, pendard.

— Mon capitaine, vous savez que je suis naturellement joyeux.

En parlant ainsi, il continuait, à mener le cheval du côté de l'étang, hors du cercle des soldats, et tout près de la haie.

Tout à coup une forte détonation se fit entendre ; les deux sentinelles roulent sur l'herbe comme des quilles que la boule vient de frapper, et Barbillon s'écrie d'une voix de tonnerre :

— En avant ! monsieur, sautez sur le cheval et par-dessus la haie.

Ce disant, il mit lui-même l'épée à la main, et tomba sur le sergent qu'il renversa. Les soldats, tout surpris, restaient presque dans l'inaction. Jean, alerte, s'était mis sur ses pieds et avait déjà jeté par terre l'enseigne qui voulait le retenir ; mais voilà que le capitaine Brantôme, non moins leste que son prisonnier, jette sa bouteille, saute au collet de Jean, et tout en se roulant sur l'herbe avec lui, lui crie dans l'oreille :

— Monsieur de la Tour-Miracle, si vous ne vous rendez pas, je vous dague.

Cependant l'enseigne s'était relevé furieux et était accouru au secours de Brantôme. Les soldats s'étaient remis de leur trouble et commençaient à faire de leur mieux. Pour surcroît de malheur, les douze coquins enrôlés par Barbillon ne voulurent pas même attendre le feu de l'ennemi et s'enfuirent, et Barbillon lui-même, combattant tout seul, avec une bravoure bien digne de tous les éloges, reçut sur la tête un coup de hallebarde tellement bien appliqué qu'il ferma les yeux, ouvrit les mains, laissa tomber son arme, et alla choir, lui-même, comme une maison qui s'écroule, le nez dans l'herbe.

— Corps Dieu ! s'écria Brantôme, l'endroit n'est pas sûr ! Enlevez le prisonnier, mettez-le sur le bidet, attachez-lui fortement les pieds et les mains et partons sans regarder derrière nous ! Allons ! de la diligence ! il s'agit de sauver notre peau ! Le premier qui regarde derrière, je lui casse la tête ! Chargez vos arquebuses ! En avant caporal ! Monsieur de la Tour-Miracle, par mon respect pour monsieur votre père, je vous jure que vous ne sortirez pas vivant de mes mains !

— Allons, se dit Jean, il est décidé que je

serai roué ! Comme j'aimerais bien mieux être encore entre les mains des huguenots ! Ce scélérat de Bourbet était un ange en comparaison de Brantôme ! Pauvre Barbillon ! le voilà mort !

# CHAPITRE XXIV

## Barbillon tout trépassé qu'on le suppose remue ciel et terre

Barbillon mort ? Allons donc ! Son maître ne le connaissait pas. Il n'était pas si sot que de laisser trancher ainsi la trame de ses jours par la première hallebarde venue, et d'ailleurs le destin savait d'une façon trop précise ce qu'il devait à cet esprit sublime pour priver si promptement le monde de sa présence.

La hallebarde avait tourné dans la main du soldat, de sorte qu'au lieu de frapper du tranchant, elle avait donné du plat sur le crâne de Barbillon. Cette circonstance n'a rien d'invraisemblable ; elle se présente à chaque instant dans les livres de chevalerie où les coups les plus furieux son portés sans que les héros en souffrent.

Néanmoins, pour n'être pas mortel, le coup n'en avait pas été moins bien appliqué et la victime resta par terre, une grosse demi-heure environ.

Enfin, la connaissance revint peu à peu ;

Barbillon se retourna, se frotta les yeux, s'assit sur son séant et, regardant d'un air hébété autour de lui, réussit à rallier toutes ses idées.

— Diable, diable, se dit-il d'abord en se frottant la tête. J'ai reçu un fameux atout, et bien des gens qui ne sont pas des niais auraient bien pu rester là. Mais je pense à moi et mon pauvre maître? Il court plus que jamais la chance d'être écartelé. Barbillon ! mon enfant, il ne faut pas souffrir cela ! Mais que faire? Si ces misérables lâches, mes amis, n'avaient pas si lestement pris la fuite ! Allons, bah ! n'y pensons plus... Ou plutôt pensons-y pour ne pas leur payer la somme qu'ils se sont fait promettre. Je regrette bien les petites avances qu'il m'a fallu leur faire ; je ne leur donnerai rien de plus !

Barbillon essaya de se lever ; mais il se sentit si faible qu'il ne put se soutenir, et il se rassit sur l'herbe ; puis une idée lui vint :

— Mes associés vont, sans doute, revenir par ici pour me demander leur argent. Dans la faiblesse où je suis, je vais me faire assommer.

Cette réflexion lui rendit quelques forces. Il fit un effort prodigieux et réussit à gagner la haie, où il se blottit dans les feuilles.

Bien lui en prit ; car il entendit tout à coup un bruit de voix, et en riant dans sa barbe, il reconnut ses braves compagnons. Il les entendit se lamenter sur la perte de leur salaire. Ils proférèrent contre lui, s'ils le rencontraient jamais, les plus terribles menaces, ce qui l'amusa beaucoup. A la fin, il les vit s'éloigner furieux, et il se livra tout entier au plaisir qu'éprouvait toujours cette excellente nature d'avoir trompé quelqu'un.

— Du moins, se dit-il, si je n'ai pas tiré de mes avances tout le parti désirable, je m'en suis un peu amusé, et c'est quelque chose. Maintenant, il faut se tirer de là.

Ses sens s'étaient remis. Il éprouvait encore quelques douleurs dans la tête ; mais son corps était trop solidement charpenté pour qu'un coup à tuer un bœuf pût l'ébranler bien longtemps. Il se tira de sa haie, se secoua les membres et se dit :

— Maintenant c'est à Anet qu'il faut retourner, et vivement, il n'y a pas d'autre ressource.

Il partit et arriva.

Il déclina au concierge son nom qui, joint à sa figure, le fit regarder de travers, et son ancienne qualité de valet de la Tour-Miracle qui l'investit soudain d'une haute importance. On le conduisit à M. de Cessé qui lui fit raconter son histoire, histoire, on le pense bien, dont Barbillon élagua certaines circonstances trop personnelles.

— Tu as pour maître, dit M. de Cessé, un brave et honnête gentilhomme, et je suis bien aise de te voir bon serviteur. Je vais prévenir M^{me} Diane de tout ce que tu me racontes, et s'il est possible de faire quelque chose pour la Tour-Miracle, sois sûr qu'on le fera.

— Comment, s'il est possible ? s'écria Barbillon. Tant qu'un homme est vivant il y a toujours moyen de l'empêcher de mourir.

— Tu me plais, repartit M. de Cessé, j'aime les garçons dégourdis. Sergent Roulebedaine, qu'on ait soin de ce drôle et qu'on lui donne bravement à manger et à boire.

M. de Cessé s'empressa de faire demander à M^{me} Diane la permission de se présenter devant elle, pour lui communiquer des nouvelles de son filleul.

La réponse ne se fit pas attendre, le page qui vint chercher M. de Cessé était suivi par Magdelaine qui, pâle, agitée et les yeux rouges comme une personne qui a beaucoup pleuré, s'approcha avec empressement du capitaine.

— Dites-moi, monsieur, dit-elle d'une voix émue, si les nouvelles que vous apportez sont mauvaises ? Je vous en supplie, ne me cachez rien. M. de la Tour-Miracle est mon voisin et mon ami d'enfance, et tout ce qui le touche, surtout dans cette malheureuse affaire, qui compromet à la fois sa vie et son honneur, est bien fait pour désespérer.

— Je comprends cela, mademoiselle, répondit Cessé qui était un homme tout rond et n'entendant malice à rien. Mes nouvelles ne sont pas bonnes, mais, au fond, elle ne disent rien de pire que ce que nous savons déjà.

Magdelaine remercia d'un geste le capitaine, et s'éloigna fort agitée. Le page introduisit Cessé dans l'appartement de M^me Diane.

Lorsque le récit de Barbillon eut été répété et commenté, la duchesse resta quelques instants pensive ; il y avait dans ses beaux yeux mille idées, mille projets qui passaient tour à tour. Enfin elle parla ainsi :

— Il me semble que l'important serait d'intéresser à ce jeune homme le plus d'amis possible, et surtout de gagner du temps. Aujourd'hui les serviteurs des Guise veulent, à toute force, des victimes ; dans quelques jours ils seront plus raisonnables, et ne demanderont pas mieux que de borner leur très juste vengeance aux véritables assassins.

— Je suis de votre avis, madame, répondit le capitaine.

— Eh bien, envoyez-moi Meurongy et Beaugeois, je vais leur dicter des lettres. Choisissez parmi mes gens cinq à six hommes alertes et résolus dont nous allons faire des courriers, et que, dans une heure au plus tard, ils soient à cheval et partis. Allez, mon brave Cessé.

MM. de Beaugeois et de Meurongy s'empressèrent de se rendre auprès de leur maîtresse, espérant que, cette fois, ils allaient se

voir les heureux instruments de quelque profonde combinaison politique, leur rêve de
tous les temps. Mais hélas ! rêve qui ne se
réalisa pas ! Ils eurent la déconvenue d'écrire
des lettres qui s'adressaient, à la vérité, à des
personnes bien capables de jouer un rôle dans
l'État, mais ces lettres ne parlaient que de
M. Jean de la Tour-Miracle et les vieux courtisans, une fois leur besogne faite, eurent
ample matière pour se plaindre de l'incurable
légèreté de leur maîtresse.

— Ah ! s'écriait surtout l'inconsolable Meurongy, est-il bien possible qu'à de tels amis on
n'ait rien à recommander que le salut d'un
petit cavalier gascon !

Cependant M. de Cessé ayant reçu les lettres
les avait confiées à différents soldats dont il
avait éprouvé déjà le dévouement et l'intelligence, et il expliquait au dernier de ces messagers quelle route il devait prendre pour porter
sa dépêche, quand parut Barbillon sortant du
corps-de-garde et suivi du sergent Roulebedaine qui le regardait avec tendresse. Barbillon
avait gagné l'affection du sergent en le reconnaissant pour un vieux camarade des guerres
du Piémont où lui, le drôle, n'avait jamais servi.

— Eh bien, mon capitaine, dit Barbillon,
vous faites travailler tous ces blancs-becs pour
mon jeune maître et vous ne me donnez rien à
faire ?

— Va te reposer, mon ami, répondit M. de Cessé, tu dois en avoir besoin.

— Vous plaisantez, reprit Barbillon, je ne me repose jamais. La commission que vous donnez à ce gaillard-là me convient à merveille. Je la ferai pour lui, et, vous, Roulebedaine, mon enfant, si vous avez quelques égards pour un vieux frère d'armes, faites-moi remplir un cruchon de cette petite chose que nous buvions tout à l'heure et je me mets en route ; il n'est pas besoin d'autres provisions.

— Quel enragé ! dit M. de Cessé.

— Il est fait ainsi, répondit le sergent en pleurant d'admiration. Je l'ai toujours connu ainsi. Aux guerres du Piémont il n'a jamais été autre !

Barbillon se mit en selle et il partit à la tête de tous les courriers, les excitant par ses discours à arriver le plus promptement possible.

Bientôt un des cavaliers se détacha de la bande, en prenant son chemin particulier ; à quelques moments de là, un autre encore fit de même ; puis un autre, puis enfin, Barbillon se trouva seul.

Nous allons le laisser chevaucher grand train, pour suivre le petit jeune homme bien monté, qui, chargé d'une mission comme les autres, se mit à suivre exactement la route qu'avaient prise le capitaine Brantôme et ses gens et son prisonnier.

Bientôt la troupe fut atteinte, et le courrier s'adressant aux soldats qui faisaient l'arrière-garde, leur demanda s'ils étaient bien les hommes du capitaine Brantôme.

— Pardieu oui, pour notre malheur, répondirent les soldats, si tu as à dire au capitaine quelque chose qui puisse l'empêcher de nous faire marcher si vite, sois mille fois le bienvenu !

— Monsieur le capitaine Brantôme, dit le serviteur de M<sup>me</sup> Diane, en jetant un regard oblique sur le prisonnier, voici une lettre que vous ferez bien de lire sans retard.

— Halte ! cria Brantôme à ses gens. Que quatre hommes se tiennent auprès du prisonnier ; que deux autres surveillent ce courrier, et que l'on plante des sentinelles à droite et à gauche de la route !

Ayant ainsi pris ses précautions, le capitaine Brantôme ouvrit la dépêche, et se mit à la lire avec une grande attention. De temps en temps, il détachait ses yeux du papier pour les porter d'un air soupçonneux autour de lui, sur le courrier, sur le captif, sur ses soldats, sur la route et sur l'horizon. Le capitaine Brantôme n'était pas homme à se laisser surprendre deux fois.

Lorsqu'il eut fini sa lecture, il réfléchit pendant quelques secondes, et frappa du pied et donna des signes non équivoques d'impatience.

— M<sup>me</sup> Diane, s'écria-t-il enfin, tient donc

beaucoup à la vie de ce jeune homme?

— Beaucoup, répondit l'envoyé. Dame ! c'est son filleul ; et à cause du malheur qui lui arrive, tout le château est dans la consternation.

— M^me Diane doit pourtant comprendre, reprit Brantôme en se mordant la lèvre d'un air dépité, qu'elle va me faire manquer peut-être une superbe occasion de fortune. Livrer à un grand prince l'assassin de son père! Ce sont là de ces coups de bonheur qui ne vous arrivent qu'une fois dans la vie !

— Monsieur, M^me Diane est sûre que son filleul n'a assassiné personne, et qu'il est incapable de pareille scélératesse.

— Est-ce que cela me regarde, mon cher ami ? Ta maîtresse met mon dévouement à une rude épreuve.

— Il ne s'agit, après tout, que de retarder votre arrivée.

— Je sais bien, je sais bien, continua Brantôme encore plus soucieux ; mais si j'arrive trop tard, on n'aura plus besoin de moi, et tu vois alors que c'est comme si je n'arrivais pas du tout.

— Dame, monsieur le capitaine, réfléchissez! M^me Diane veut absolument que vous n'arriviez pas d'ici à douze jours à Paris.

— Allons, c'est bien. Retourne vers elle, assure-la que je suis son serviteur ; mais dis-lui bien aussi qu'elle me recommandera à l'ambassadeur portugais. J'y compte.

— Soyez-en sûr, monsieur, on vous fera chevalier aussitôt votre arrivée à Lisbonne. Ma maîtresse est fidèle dans ses promesses. Mais vous tiendrez les vôtres ?

— Mordieu, ne t'ai-je pas dit que j'étais le serviteur de M^me Diane ? Va-t-en maintenant, je n'ai plus besoin de toi.

— Non pas, monsieur, répondit résolument le courrier, il faut auparavant que je sache comment vous vous y prendrez pour nous satisfaire.

— Entêté ! marmotta Brantôme ; me voilà dans une belle passe. Allons, mes enfants, dit-il aux soldats, remettons-nous en marche, et tâchons de réparer le temps perdu.

On atteignit l'étape d'assez bonne heure, et on se logea, comme d'ordinaire, dans les meilleurs logis. Le prisonnier fut mis dans une chambre, mais avant qu'on eût placé auprès de lui ses gardes habituels, Brantôme eut avec lui la conversation suivante.

— M^me Diane me met à cause de vous dans un bel embarras ! elle veut que je retarde de douze jours notre arrivée à Paris, et ma foi, elle sait me brider par des considérations si grandes, que je ferai ce qu'elle désire.

— La grande, l'illustre marraine, s'écria Jean ; quel rayon d'espoir, quelle joie inattendue elle fait pénétrer dans mon cœur !

— Je suis content de votre plaisir, dit Brantôme ; car je ne suis pas un tigre, et s'il ne s'était agi pour moi de la bienveillance de Messieurs de Guise, je vous aurais depuis longtemps laissé courir où vous auriez voulu. Cessez donc de me faire grise mine, eh ! aussi bien, s'il vous arrive malheur, vous devrez convenir que je n'en serai coupable en rien !

— Monsieur de Brantôme, répondit la Tour-Miracle, ce qui m'enchante surtout en vous, c'est votre franchise ; vous ne cherchez pas à donner le change sur vos intentions par de vains détours, et l'on sait toujours ce qu'on peut attendre. Aussi ne me gênerai-je pas pour vous dire, de mon côté, ce que je pense en ce moment. Je pense donc que madame ma marraine a dû vous donner de bien bonnes raisons pour vous porter à agir comme vous le faites maintenant.

— Ma foi, mon cher ami, répondit Brantôme en riant, on fera quelque chose de vous, car vous avez l'intelligence prompte. Je ne me vante pas d'être un modèle de désintéressement, et je trouve juste de chercher à faire mon chemin. Mais je suis gentilhomme, et je hais l'hypocrisie. Je vous avoue donc que depuis quelque temps je nourris le dessein de faire une campagne avec les Portugais, car, ici, je n'avance pas. M<sup>me</sup> Catherine, sous pré-

texte que j'ai la tête légère, me fournit grand
nombre d'occasions d'y attraper du plomb ;
mais jamais elle ne songe à me récompenser,
et j'espère gagner mieux en me battant ailleurs.
Or M^{me} Diane dispose de tout le crédit de
l'ambassadeur portugais et me promet que
j'aurai l'ordre du Christ si je ne vous mène
pas trop vite à vos juges ; moi, j'accepte !

— Comment vous y prendrez-vous, répondit Jean, pour concilier tous vos intérêts ?

— C'est ce que vous allez savoir demain.
Pour le moment remontez-vous le courage,
soyez gai, morbleu ! et ne vous inquiétez pas
de l'avenir. On va vous apporter un bon souper
et vos gardes vont venir vous tenir compagnie.
Bonsoir, maintenant, sans rancune !

— Sans rancune, reprit Jean ; et il serra la
main que Brantôme lui tendait en éclatant de
rire.

Jean se trouva en effet, ce soir-là, dans de
moins lugubres dispositions que les jours passés. L'avenir, à la vérité, lui présentait encore
de bien sombres promesses ; mais cet avenir
s'était éloigné. Douze jours ! c'est énorme
quand on s'attendait à n'en plus passer que
deux ou trois sur cette terre. Douze jours !
dans un tel espace il y a place pour bien des
espérances ! La fortune a tant et de si prompts
caprices ! En douze jours, elle a le temps de
changer vingt fois !

Au grand jour, le caporal entra dans la chambre de Jean qui dormait encore en compagnie de ses quatre gardes couchés par la chambre sur des matelas.

— Monsieur, dit le soldat, je viens vous avertir que nous ne pourrons guère nous mettre en route avant deux heures d'ici, car voilà que monsieur le capitaine a eu toute la nuit une fièvre de loup.

— Oh ! oh ! dit Jean, assurez-le que j'en suis bien fâché.

Jean comprit de suite l'enclouure. Le pauvre capitaine Brantôme avait fait appeler, dès l'aurore, l'enseigne et les sergents pour leur déclarer qu'il se sentait pris tout à coup d'un malaise qui, à ce qu'il espérait, ne serait pas long, mais qui, pour le moment, lui enlevait toutes ses forces et ne lui permettait pas de se lever.

A dix heures, le capitaine se trouvant plus malade encore, fit demander un médecin. On lui dit que le village n'en avait pas. Le courrier de M<sup>me</sup> Diane, homme très complaisant et fort connaisseur, sans doute, en diagnostics, déclara que le capitaine avait une fièvre d'un caractère assez fâcheux, et que, sous peine de la vie, il ne fallait pas songer à continuer le voyage avant quelques jours. Du reste, n'ayant plus qu'à s'en retourner d'où il était venu, il enverrait un médecin de la plus prochaine ville.

Toute la compagnie était en désarroi ; on regardait déjà le pauvre capitaine Brantôme comme mort. Vers deux heures le médecin arriva et, après une conférence particulière avec son malade, il confirma tous les dires du courrier.

On résolut donc, et Brantôme en parut désolé, de faire un séjour dans le village. Pour être sûr au moins que le prisonnier ne s'échapperait pas, le capitaine voulut qu'il partageât sa chambre, où un lit de plus fut dressé. Les soldats reçurent défense expresse de s'approcher du logis de leur chef, où Jean, l'enseigne et le médecin furent seuls admis.

Le soir de cette journée où Hippocrate venait, avec un rare désintéressement, de déclarer Brantôme en péril de mort, si un œil curieux avait pu pénétrer, à travers les rideaux soigneusement fermés de la fenêtre, dans la chambre du fiévreux, il l'aurait vu attablé avec son prisonnier et son enseigne, et jouant à toutes sortes de jeux de cartes, probablement pour se distraire un peu de ses terribles souffrances.

Et pendant ce temps, les courriers partis avec les lettres de M<sup>me</sup> Diane faisaient diligence, chacun de son côté, et Barbillon, qui courait la poste comme les autres, ne s'épargnait pas, on peut le croire

# CHAPITRE XXV



BARBILLON DÉPLOIE ENCORE L'INCROYABLE ES-
PRIT D'A-PROPOS DONT LA NATURE S'ÉTAIT
PLU A LE DOUER


Messire Aurèle-Agrippa était assis dans son
cabinet de travail, en son manoir de la Tour-
Miracle. Il était devant la grande table chargée
de manuscrits et de papiers de ce sanctuaire,
et, profondément absorbé, il mettait la dernière
main à ce fameux livre neuvième que nous
avons vu fort avancé déjà au commencement de
cette histoire, et qui devait être le dernier des
Commentaires du vieux seigneur sur les guerres d'Italie. Cette œuvre ne devait le céder en
rien, en éloquence, en beauté, en science, en
prodigieuse connaissance de la chose militaire,
au fameux ouvrage de Jules César, ou même
à celui non moins fameux de Blaise de Montluc. Mais, hélas ! les siècles, dépositaires infi-
dèles de ce chef-d'œuvre qui eût porté à la
postérité la plus reculée le nom de la Tour-
Miracle, ont englouti le volume sans en laisser
trace !

Enveloppé dans sa robe de chambre, messire Aurèle-Agrippa tenait entre ses doigts sa plume à la barbe éraillée ; il la trempait à de courts intervalles, toutes les fois qu'il cherchait un mot ou qu'il corrigeait une phrase rétive, dans un encrier de grès à arabesques d'azur. De temps en temps aussi, en cherchant une pensée qui fuyait, il levait les yeux sur sa cheminée couverte de lampas, où était accrochés sa longue rapière, son casque et sa cuirasse, signes inspirateurs si jamais il en fut.

Il fallait tout l'amour que sire Aurèle-Agrippa avait voué à son livre pour que nous trouvions son esprit occupé de cette sorte. On était toujours en pleine guerre dans toute la province, et les premiers succès des catholiques, en délivrant Lectoure, n'avaient pas empêché les huguenots de se soulever partout et de donner bonne besogne à M. de Montluc et à ses amis ; du reste, on ne s'en plaignait pas. Le seigneur de la Tour-Miracle était donc. comme les autres, sur un qui-vive perpétuel, mais comme son âge le rangeait dans la réserve, il profitait des plus petits moments de loisirs pour rentrer chez lui, déposer le harnais et prendre ses livres. Bien entendu que, pendant qu'il les feuilletait, ses chevaux étaient préparés dans l'écurie, son armure était tenue en bon état, ses gens ne s'éloignaient pas et sa porte était soigneusement close.

C'était donc à son livre neuvième que messire Aurèle-Agrippa consacrait toutes ses
réflexions quand son curé entra dans la salle.

— Monsieur le baron, dit précipitamment
le brave prêtre, je vous apporte des nouvelles.

— Au diable les nouvelles ! mon père, répondit le seigneur ; vous voulez dire, sans
doute, qu'il va falloir remettre la botte à
l'étrier et me distraire de mes travaux ; à moins
toutefois que vos nouvelles ne viennent de
mon fils Jean.

— Hélas ! non, dit le pasteur en soupirant,
je ne sais rien de nouveau de ce pauvre jeune
homme, et j'admire votre stoïcisme.

— Nous autres gens de guerre, répliqua le
baron, nous savons que nous sommes nés pour
courir des dangers, et n'y pas succomber
comme des drôles. Mon fils est prisonnier, je
n'en doute pas, et dans quelque temps je recevrai la demande d'une rançon que je paierai
comme mon père a payé la mienne plus d'une
fois.

— Mais il pourrait être arrivé bien pire à
votre fils, s'écria le curé impatienté de ce calme
paternel.

Messire Aurèle-Agrippa jeta un regard de
travers sur son guide spirituel :

— Je vous croyais trop de piété, monsieur
le curé, pour croire que Dieu, qui est la sagesse
infinie, pût, en m'enlevant mon fils, éteindre

contre toute raison, une famille aussi illustre que la mienne. Mais ne disiez-vous pas que vous m'apportiez des nouvelles? Voyons-les !

— Je venais vous dire que le vieux Castillac a reparu chez lui et que, cette nuit, on a vu se diriger de ce côté une foule de gens, les uns à pied, les autres à cheval, tous armés, et sentant la huguenoterie d'une lieue.

— Ah ! ah ! dit messire Aurèle-Agrippa en se levant avec une ardeur bien juvénile ; mon scélérat de voisin recommence à faire des siennes ; il faut y mettre ordre ! Quelle joie si je pouvais le saisir et exécuter moi-même l'arrêt du Parlement en le faisant pendre sous mes yeux ! Allons, mon père, il ne faut pas lui donner le temps de se mettre en campagne. Je vais appeler mes gens et me mettre en selle.

— Faites, monsieur le baron, répondit le curé ; dans ces temps malheureux rien ne doit empêcher un gentilhomme d'accomplir son rude devoir.

— Rude, dites-vous, mon père? continua le baron en se faisant armer par les valets qui étaient accourus à son appel. Le devoir n'a rien que d'agréable lorsqu'il ne s'agit que d'aller couper les oreilles à ce Castillac.

— Vous ne parlez pas chrétiennement, monsieur le baron.

— Au diable ! on peut passer quelque chose à un vieux soldat qui est bon catholique mais pauvre théologien. J'aurais encore, je crois, pardonné à mon traître toutes ses perfidies. Il en a même fait d'assez plaisantes ; entre autres la pendaison de ce faquin de prédicateur que vous vous êtes évertué ensuite à faire revivre.

— Je n'aime pas les crimes, et encore moins les pardonnerai-je quand ils sont inutiles.

— Si on ne tuait que les gens qu'il faut absolument tuer, on passerait sa vie à trier, et, à la fin, on ne tuerait peut-être personne. Je maintiens que le prédicant fut bien et justement pendu, et Castillac se tira plaisamment de cette affaire.

— Puisque vous lui passez de telles gentillesses, je ne vois pas ce que vous pouvez lui reprocher.

— Je lui reproche, s'écria messire Aurèle-Agrippa d'une voix furieuse, je lui reproche qu'étant un misérable comme il est, il ose songer à marier sa fille à mon fils Jean !

— Sa fille est une jeune personne fort vertueuse, répondit le bon curé, et je souhaiterais que vous eussiez une bru qui lui ressemblât.

— C'est bon. Christophe, mes gens sont-ils prêts ?

— Oui, monsieur. Ils vous attendent.

— Qui sont-ils ?

— Il y a le petit Jacques avec la grosse arquebuse ; Cliquet avec la hallebarde ; le gros rouge du moulin avec la petite pertuisane que

vous avez achetée l'autre jour, et les garçons
de la ferme avec des épées et des rondaches,
en tout dix hommes.

— Hum ! dit le baron, depuis que les huguenots m'ont tué mon gros Pernel, et que Pierre
est allé se promener avec mon fils Jean, mon
armée n'est plus composée que de recrues.
Je vais aller chercher M. de Persignan et
nous cheminerons ensemble contre les rebelles.
Adieu, curé !

— Adieu, monsieur le baron, et ménagez-
vous. Songez qu'à votre âge, il n'est plus
séant de faire le jeune homme.

Le vieux seigneur sans écouter ces salutaires
conseils descendit l'escalier en faisant sonner
ses éperons et en balançant la tête d'un air mar-
tial. Il fit monter son monde à cheval, et après
avoir rencontré à un quart de lieue de chez lui
le gentilhomme qu'il allait chercher et qui
s'était mis en campagne pour la même cause
que lui, il se dirigea avec cette nouvelle compagnie vers le château de Castillac où d'autres
seigneurs catholiques avaient fait dire à M. de
Persignan qu'ils se trouveraient aussi.

Les deux campagnards et leur escorte
avaient pris le même chemin que nous avons
vu suivre à Jean, occupé de pensées bien différentes que celles auxquelles s'abandonnaient
les deux vieillards. La crainte d'une embus-
cade, quelques inquiétudes très judicieuses sur

la valeur de leurs troupes faisaient tous les frais
de leur conversation.

Sur la route ils furent rejoints par divers
détachements catholiques. A l'exception des
chefs, ces petites bandes étaient assez mal
armées et n'avaient pas grand air de vaillance,
et cependant les officiers, confiants dans leur
courage et emportés par cette ardeur haineuse
qui donne aux guerres civiles un si terrible
caractère d'acharnement, ne prenaient que
peu de souci de leur situation misérable et se
flattaient d'être toujours assez forts pour battre
les hérétiques et pour arrêter et justicier Castillac.

Vers le milieu de la nuit, on vit revenir, tout
à coup, les trois ou quatre cavaliers qui avaient
été envoyés en éclaireurs.

Comme messire Aurèle-Agrippa devait à
son âge et à la considération inspirée par ses
talents militaires, l'exercice du commandement suprême de l'armée, ce fut à lui que les
coureurs firent leur rapport. Tous les gentilshommes l'entouraient et prêtaient une oreille
empressée à ce qu'on allait leur apprendre.

— Monseigneur, dit le plus éloquent des
soldats, nous venons de voir, au débouché du
chemin creux, dans la petite plaine qui le ter-
mine, une manière de campement qui ne doit
pas être composé de bons catholiques.

— Et qui te donne cette opinion, mon cher

ami, dit messire Aurèle-Agrippa, en mettant son index le long de son nez, d'un air scrutateur.

— Monseigneur, c'est que les gens que nous avons aperçus de loin, se chauffant près de grands feux, nous ont semblé couverts de bonnes cuirasses et ils ont tous le casque en tête; en outre, on aperçoit des sentinelles qui font meilleure garde que nous ne faisons d'ordinaire.

— En effet, repartit messire Aurèle-Agrippa en fronçant le sourcil, vous avez, vous autres, la triste habitude de vous endormir ainsi que des loirs lorsqu'on vous met en faction ; tandis que les huguenots se gardent comme des anges ou comme vrais soldats, ce qui revient au même. Il y a du bon chez ces gens-là. Combien peuvent être les hommes que nous avons en face?

— Je n'en sais rien, monseigneur, répondit le rustre ; on ne voit que les sentinelles et les groupes qui se chauffent. Le reste doit être couché par terre ; mais il y a beaucoup de chevaux attachés à des piquets.

— Allons, dit le baron, il nous faut ici, messieurs mes amis, payer de nos personnes. M. de Montluc a toujours été d'avis qu'un bon capitaine ne doit s'en fier qu'à lui-même pour faire une reconnaissance. C'était aussi l'opinion de ce grand homme de guerre, M. le maréchal de

Strozzi. Mettons pied à terre et allons vérifier le rapport de nos éclaireurs. Vous autres, mes camarades, tenez-vous ici en repos, les armes prêtes et sans quitter vos chevaux ; il ne faudrait pas qu'en voulant surprendre nous fussions surpris.

Messire Aurèle-Agrippa mit pied à terre ainsi que M. de Persignan et les autres gentilshommes. Tous, enveloppés de leurs manteaux pour cacher l'éclat de leurs armures, s'avancèrent avec prudence sur la route et parvinrent à un endroit où, en se glissant derrière des buissons, ils découvraient parfaitement le camp dont on leur parlait.

Sur une espèce de plateau, une douzaine de feux étaient allumés, des chevaux tout sellés étaient réunis auprès ; sur la terre on distinguait quelques masses noires ; c'étaient, sans doute, des soldats endormis. Plusieurs hommes, des chefs probablement, étaient réunis autour des feux, et bien que la distance fût assez grande, messire Aurèle-Agrippa et ses amis reconnurent parfaitement, dans un de ces capitaines, le seigneur de Castillac, dont un jet de flamme avait éclairé le visage.

— Voici notre gibier, dit le baron à voix basse ; notre devoir maintenant est de nous emparer de lui.

— D'accord, repartit M. de Persignan sur le même ton ; mais réussir me semble mal aisé.

Voici, à cinquante pas de nous, deux sentinelles qui nous apercevront au moindre bruit et j'ai peur que nous ne soyons pas les plus forts.

— Essayons toujours, répliqua le vieux chevalier.

— Mais réfléchissez, monsieur, fit observer un gentilhomme, que ces huguenots sont là pour le moins deux cents bien armés, bien montés, et que nous n'avons pas même autant de paysans fort mal aguerris.

— Si l'on calculait aussi strictement les chances, on ne ferait jamais rien. Messieurs, puisque j'ai l'honneur de vous commander, je prends la responsabilité sur moi et nous attaquerons.

Personne ne souffla plus mot, on revint vers le corps d'armée, et le chef ayant pris ses dispositions, on s'avança sur deux colonnes et dans le plus profond silence vers le campement huguenot.

L'important était de déboucher dans la plaine avant que les protestants n'eussent pris l'alarme. Dans ce cas, on pouvait espérer de les accabler en leur cachant l'infériorité réelle de l'attaquant.

Mais, malheureusement, les sentinelles, comme l'avait prévu M. de Persignan, faisaient bonne garde, et on ne sut prendre de si justes précautions qu'en fin de compte la marche de tous ces lourds paysans ne fît quelques bruits.

Les deux vedettes firent feu de leurs mousquets sur les premiers arrivants, tuèrent trois hommes et se replièrent vers leurs gens en criant comme des brûlés.

— En avant, mes amis, cria messire Aurèle-Agrippa en brandissant son épée, en avant pour la bonne cause !

En un tour de main, les huguenots avaient rajusté leurs montures, et lorsqu'on en vint au choc, on trouva la meilleure partie de ces ennemis en état de tenir tête. Le seigneur de Castillac, portant un casque surmonté d'une plume rouge, se battait comme un lion, et les autres chefs protestants de même, de sorte qu'au bout de quelques secondes les catholiques se virent très vertement menés ; chargés à leur tour, ils faiblirent ; les gentilshommes eurent beau tenir ferme et, malgré leur âge, se conduire avec une valeur qui n'annonçait pas des gens de l'arrière-ban, le désordre se mit dans leurs vassaux et, au grand désespoir du général qui avait ordonné l'attaque, bientôt tout s'enfuit ; tout s'enfuit, ce ne fut pas retraite mais déroute, et déroute aussi complète qu'on en vit jamais. Enflammé de colère et d'indignation, messire Aurèle-Agrippa était résolu à se faire tuer et il ne voulait pas reculer d'une semelle. Heureusement pour lui, il reçut un coup sur la tête qui l'étourdit, et M. de Persignan, plus sage, voyant que la résistance ne menait à rien, saisit la bride du cheval de son vieil ami et, entouré des autres gentils-hommes, piqua des deux et se tira d'intrigue.

Quand le baron de la Tour-Miracle rouvrit les yeux, il se trouva à une bonne demi-lieue du champ de bataille, couché au pied d'un arbre et entouré de ses amis et de quelques serviteurs plus braves que le gros de l'armée.

— Messieurs, dit le vieux seigneur d'une voix lamentable, nous sommes tous déshono-rés.

— Je ne suis pas du tout de votre avis, dit une voix inconnue à côté de lui.

Le désolé seigneur leva les yeux et aperçut un grand drôle, maigre, sec et basané, qui le regardait d'un air assez audacieux.

— Qui es-tu, faquin, lui demanda-t-il, pour oser me contredire?

— Monseigneur, répondit l'autre, je suis votre serviteur Barbillon, valet de monsieur votre fils, et comme vous m'avez tiré des mains des huguenots, qui m'auraient fait un mau-vais parti, je ne trouve pas que vous ayez perdu votre temps. D'ailleurs, vous avez fait une ma-gnifique retraite, et fort savante, je vous jure.

— Si tu es le valet de mon fils, et je le crois à ton air, car il a toujours eu du goût pour prendre des coquins avec lui, tu viens sans doute me demander de l'argent pour payer une rançon.

— Point, monseigneur, je viens vous demander de sa part, de vouloir bien intervenir pour l'empêcher d'être écartelé ou roué, mais plus probablement écartelé.

Barbillon s'expliqua et il n'y eut qu'un cri parmi les gentilshommes. Tous supplièrent messire Aurèle-Agrippa de partir sans retard pour Paris.

— Si vous n'avez pas d'argent comptant, lui dirent-ils, nos coffres vous sont ouverts. Sauvez votre cher fils, voisin, et épargnez la honte de le voir périr misérablement, à toute la noblesse de la province.

Messire Aurèle-Agrippa n'avait pas besoin d'être stimulé.

— Quelle triste journée, s'écria-t-il, apprendre que mon fils unique est dans une telle passe, et encore au moment où je viens d'être battu !

— Allez ! dit Barbillon, monseigneur, vous avez fait, vous dis-je, une superbe retraite, c'est de quoi vous faire honneur, et les ennemis n'ont plus de général, puisque je l'ai tué.

— Tu as tué le général, toi ? dit M. de Persignan. Comment était-il fait ?

— Ma foi, c'était un gros homme avec une plume rouge sur son morion.

— Il a tué Castillac !

Ce ne fut qu'un cri de joie ; tout le monde se félicita d'être débarrassé du traître, et peu s'en

fallut que, sur l'heure même, on ne restât convaincu d'avoir remporté la plus éclatante victoire.

Messire Aurèle-Agrippa rentra chez lui,
suivi de Barbillon, et prépara tout pour son
départ. Il écrivit à M. de Montluc ce qui était
arrivé, et malgré lui cédant à son humeur et à
l'inspiration du terroir, il suivit le conseil de
Barbillon et ne convint pas de sa défaite.
D'ailleurs, il commençait à comprendre que
sa retraite avait dû être fort savante.

La matinée se passa pour le baron de la
Tour-Miracle à mettre un peu d'ordre dans
ses affaires, comme le doit tout homme prudent qui part pour un voyage dont il ne prévoit
pas le terme. Il tira de ses tenanciers tout l'argent qu'il put, fit mettre dans des valises ce
dont il pouvait avoir besoin, sans oublier les
précieux manuscrits de ses commentaires qui
ne le quittaient jamais, et, vers dix heures, suivi
du seul Barbillon et décidé à faire grande diligence, il partit pour Paris, afin de disputer son
fils Jean aux coups de la destinée.

# CHAPITRE XXVI



Nous avons oublié de dire que le village
dans lequel Brantôme avait pris ses quartiers
s'appelait le Bourg-Vieux. Il n'est pas inutile
de le savoir, car ce lieu joue un certain rôle
dans l'histoire de Jean, notre cavalier, et d'ailleurs nous serons obligés de nommer plusieurs
fois cette résidence temporaire.

Les jours avaient passé assez rapides au gré
de la Tour-Miracle, fort lents et fort maussades
au goût de Brantôme. Se tenir loin de Paris au
moment où tous les partisans de Lorraine
s'empressaient autour de la famille du duc
François ; abandonner la cour lorsque M^{me} Catherine, toute heureuse d'être débarrassé d'un
trop puissant ami, était peut-être, et par
exception, en humeur généreuse, c'était une
situation déplorable à tous les égards. Mais
quoi ! Il y allait du succès de notre campagne
de Portugal, cette dernière planche de salut,
cet espoir, le mieux fondé de tous, de faire

parler de soi et de revenir en France avec une renommée assez imposante pour obliger la reine à se servir d'un gentilhomme honoré de la faveur de souverains étrangers. Mais aussi pour atteindre à cette brillante perspective la bonne volonté de M^me Diane était bien nécessaire ; elle pouvait épargner la moitié du chemin.

— Faut-il pour mon malheur, disait vingt fois le jour Brantôme à son prisonnier, que cet ambassadeur portugais ait gardé une si grande vénération pour M^me Diane que si elle lui disait un mot contre moi, je courrais grande chance de ne pas plus réussir dans le pays de ce brave homme que je n'ai fait jusqu'ici dans le mien.

— Mon cher capitaine, répondait Jean, l'expérience que je possède des choses de ce monde est assez mince, mais depuis que nous avons le bonheur de vivre ensemble, je comprends, je vous l'avoue, pourquoi malgré vos mérites éclatants, vous restez toujours capitaine d'une compagnie de gens de pied, sans plus d'honneur, sans plus de faveur.

— Parlez, cher oracle, je vous écoute de mes deux oreilles.

— Vous êtes brave à faire crier merveille, tout le monde sait cela, de plus courtisan jusqu'au bout des ongles et prêt à faire beaucoup pour plaire à vos maîtres ; mais, passez-moi le mot, vous êtes indiscret en diable, et vous avez dans le corps un certain démon qui vous pousse à faire rire aux dépens de n'importe qui ; ainsi, vous donneriez volontiers ma tête aux guisards, mais s'il vous venait à la bouche quelque bon mot sur le feu duc, vous partageriez plutôt mon billot que de ne pas le dire.

— Grand philosophe, vous ne voyez pas mal.

Toutes ces conversations-là, si instructives qu'elles fussent pour les deux causeurs, ne remplissaient pas toutes les journées, et outre le déplaisir de laisser probablement perdre beaucoup de bonnes occasions de fortune, Brantôme était encore et suprêmement malheureux du séjour forcé et prolongé qu'il faisait dans une chambre toujours fermée, toujours obscure, non moins qu'une cabane de Lapon pendant six mois de l'année.

Eh ! eh ! le cher capitaine était malade, le grand jour lui était pernicieux, il fallait donc se confiner dans les ténèbres.

Du reste, le château d'Anet n'oubliait pas son protégé et par la même occasion le gardien du protégé. Le capitaine Cessé avait donné des ordres au majordome, et chaque jour le courrier qui s'acheminait pour aller voir si le capitaine Brantôme tenait sa promesse, était accompagné d'un gros marmiton monté sur un énorme cheval que chargeaient deux mannes absolument comme un timbalier entre ses deux instruments. Vins d'Espagne, vins d'Italie, vins de France, poulardes, chapons, jambons, venaison et le reste, le capitaine Cessé veillait lui-même à ce que Jean et Brantôme pussent jouir au moins des plaisirs de la table, faute d'en avoir d'autres, et Brantôme s'en accommodait à merveille.

— Mon bon ami, disait-il à la Tour-Miracle, quand je vais quitter ma chambre, je ne sais pas trop si je pourrai entrer dans ma cuirasse je me sens engraisser effroyablement.

Jean, lui, n'engraissait pas, parce que, après tout, il avait toujours en vue le Châtelet de Paris et la suite.

Malgré les provisions du capitaine Cessé et la visite journalière du courrier, l'ennui croissait toujours ; du moins, Jean avait pour se distraire ses inquiétudes, mais le malheureux Brantôme n'avait rien. Étendu toute la journée sur son lit, il n'avait même plus de cœur à jouer. Pourquoi aurait-il joué ? L'enseigne, Jean et lui avaient tour à tour gagné et reperdu leur argent ; d'ailleurs, par une fatalité déplorable, ils en avaient chacun fort peu.

On était au sixième jour de cette triste réclusion, il était midi, Brantôme essayait de dormir ; l'enseigne était dans la cour à jouer au palet avec les sergents. La Tour-Miracle se demandait ce qui valait le mieux : la potence, la roue ou la hache, quand le courrier habituel de M^{me} Diane entra dans l'appartement. Il était suivi d'un petit jeune homme qui se tint dans l'ombre à la porte, et auquel personne ne fit attention.

— Eh bien! Gilles, dit Brantôme en bâillant d'une manière effroyable, tu vois que nous sommes toujours à notre poste?

— Oui, oui, monsieur, c'est très bien, on sera fort content au château.

— Si on ne l'était pas, on serait difficile. Mais je n'atteindrai pas les douze jours, mon pauvre Gilles, je mourrai d'ici là d'embonpoint et d'ennui.

— Il faut espérer le contraire, monsieur, je vous apporte des provisions, et le capitaine Cessé vous recommande parmi, un pâté de becs-figues dont il a mangé hier au soir le pareil avec de très grands éloges. Monsieur de la Tour-Miracle, n'avez-vous aucune commission à me donner aujourd'hui?

— Si fait, mon brave, répondit Jean, dis à madame ma marraine que je suis toujours son esclave dévoué, et charge-toi de cette petite lettre que tu remettras à la personne dont le nom est inscrit sur l'adresse.

— Ce n'est pas la peine que je m'en charge, monsieur, votre lettre d'hier m'a été rendue toute fermée et je sais qu'il en serait encore de même pour celle d'aujourd'hui.

Jean froissa avec humeur le papier qu'il remit dans sa poche, et Brantôme se mit à rire.

— Ces diables de Gascons ! s'écria-t-il, et penser que nous sommes tous ainsi faits ! Amoureux, et plutôt de deux femmes que d'une, et de trois que de deux ! Les plus grands malheurs n'y changent rien, et l'on aurait la corde au cou que l'on crierait encore : « Je vous aime ! » Quel est ce petit homme, mon cher Gilles, que tu as amené avec toi et qui se tient là dans un coin, sage comme un enfant de chœur?

— Monsieur, c'est un page italien que M<sup>me</sup> Diane a pris dans sa maison depuis quelques jours. Il joue fort bien du luth et sait par cœur toutes sortes de jolies chansons ; en outre, on peut lui faire déclamer les plus beaux endroits des poètes de son pays et de celui-ci.

— Ah ! voilà bien des talents ! Si nous avions ce jeune homme avec nous, il nous amuserait un peu, et ferait couler le temps plus vite.

— C'est ce que M. de Cessé a dit à M<sup>me</sup> Diane, et on vous a envoyé ce page. Seulement, comme il est gentilhomme, on vous prie d'avoir beaucoup d'égards pour lui, et de ne pas le traiter comme vous feriez vos fantassins.

— Pour qui me prends-tu drôle? s'écria Brantôme en riant. Crois-tu que je ne sache

pas ce que c'est que de me faire doux et humain ? Vraiment, parce que je fais mon devoir
en gardant un homme accusé d'un crime d'État,
vous me ferez bientôt, vous autres, passer
pour un tigre ! Comment s'appelle-t-il, le
seigneur page ?

— Monsieur, il s'appelle Flaminio.

— Approche, Flaminio, approche, mon
enfant, tu n'es pas ici dans une caverne de
bêtes féroces, et bien que le lieu soit fort
sombre, j'en conviens, tu vas te trouver avec
des gens qui adorent Apollon, et la belle musique, et les bons chanteurs. Approche donc,
n'aie pas peur, et donne-moi ta main, mordieu !

Le page était resté à sa place, il tenait son
bonnet de velours noir à la main et le froissait
d'un air d'embarras. Ses longs cheveux tombaient sur sa figure qu'il tenait baissée et il
était évident que, par grande timidité, l'ordre
du capitaine ne lui faisait pas plaisir. Pourtant
il se résolut. Jean assis près de la fenêtre le
regardait d'un air distrait ; il tourna le dos à
Jean et s'avança vers le lit placé dans le fond
de la chambre et tendit sa main dégantée au
capitaine.

— Allons, c'est bien, voilà un brave enfant,
dit Brantôme en serrant cette main. Jolie
figure ! ajouta-t-il en écartant les cheveux.
Jolie figure, répéta-t-il en regardant fixement

le page. Puis il se tut, sauta en bas de son lit, regarda le page, Gilles, la Tour-Miracle et ne souffla plus mot.

Un silence profond régna dans la chambre pendant quelques minutes ; le capitaine se promenait de long en large et souriait sous sa moustache ; en passant devant le petit miroir qui surmontait la cheminée, il donna un tour de doigts aux crocs de sa moustache pour les faire mieux friser et rajusta sa fraise.

— Allons, allons, dit-il en riant, nous allons avoir de la musique et l'existence va devenir supportable ! Maintenant, mon cher Gilles, tu as fini toutes tes commissions ? Tu n'as plus rien à faire ici ? Tu vois que nous ne songeons pas à partir ? Que la Tour-Miracle n'est pas exécuté ? Bonjour et bonne santé ! à demain !

Gilles salua profondément et se retira. Il n'eut pas plutôt fermé la porte que Brantôme se redressant, ornant sa lèvre d'un sourire et se posant avec grâce, ouvrit la bouche pour dire je ne sais quoi à Flaminio, vers lequel il s'était tourné ; mais celui-ci lui coupant la parole sans cérémonie, s'écria :

— Je sais ce que vous allez dire, capitaine, vous m'avez reconnue.

A cette voix Jean fit un cri de surprise, et laissant là ses sombres pensers, accourut et se plaça devant le page :

— C'est bien elle, s'écria-t-il avec une profonde surprise

— Ah ! c'est elle, dit Brantôme, j'en suis charmé ! Mais bien que madame prétende que je l'ai reconnue, j'avoue que je ne la croyais pas à Anet. Je suis confondu !

— Aussi n'en viens-je pas, dit le page. Nous expliquerons tout cela bientôt. Mais auparavant, permettez-moi de vous dire promptement ce qui presse le plus. Vous n'avez pas, sans doute, la prétention de me traiter légèrement ?

— Dieu me damne, répondit Brantôme, j'aimerais mieux... que n'aimerais-je pas mieux ! Mais faites donc au moins, pour être juste, la même question à ce cavalier.

— Je connais bien ce cavalier et je n'ai besoin de lui rien dire...

— Le fait est que le voilà planté ni plus ni moins que la femme de Loth changée en statue. Holà, mon amoureux, réveillez-vous donc ! A ma connaissance, ce n'est pas pour moi que madame vient ici ; ce doit être pour vous !

Mais Jean ne s'empressait nullement de répondre ; la surprise avait fait place à une expression de mécontentement. Jean ne parlait pas évidemment parce qu'il ne voulait rien dire.

Brantôme considérait tour à tour et son prisonnier et Flaminio avec une légère teinte d'ironie dans les yeux.

— Allons, dit-il, M. de la Tour-Miracle, puisque votre mémoire est infidèle, ce que je n'ose dire de votre cœur, malgré certaine histoire de lettre qui commence à me paraître obscure, il faut que je vous fasse faire connaissance avec la plus belle personne de la cour de Navarre ; fléchissez donc le genou, chevalier discourtois, devant M<sup>me</sup> Corisande !

Jean trouva enfin le moyen d'exprimer ce qu'il voulait de la manière qui lui paraissait convenir à la circonstance :

— Madame, dit-il, pardonnez au profond étonnement dans lequel vous me voyez plongé. Votre présence ici, le costume étrange, la situation dans laquelle je vous ai laissée, les idées qui vous occupaient alors, tout cela s'accorde si peu, que je ne sais vraiment que penser, et il me semble être le jouet d'un songe. M. de Brantôme explique, comme il lui plaît, votre arrivée ; mais je sais trop bien et par des bonnes preuves, combien ses suppositions sont fausses. Certes, madame, je ne puis pas croire que mon pauvre mérite ait jamais trouvé grâce devant vos yeux, mais je voudrais pouvoir me dire que vous n'êtes pas l'unique cause du malheur dans lequel je me vois tombé.

— J'en suis l'unique cause, répondit Corisande ; je ne le cache pas, je ne le déments point ; la façon dont j'en ai agi avec vous était odieuse et cruelle ; ma perfidie a surpassé en noirceur toutes les perfidies, et si vous aviez de plus terribles reproches encore à m'adresser, dispensez-vous en, je me les suis faits !

Corisande parlait avec beaucoup de véhémence, ses beaux yeux noirs brillaient d'un éclat sombre et magique, tout son corps si frêle et si charmant tremblait comme une feuille d'arbre, sous l'empire de son agitation ; elle ne pleurait pas, elle avait le regard sec comme l'acier, comme la flamme.

Brantôme la regardait avec une admiration qu'il ne cherchait pas à déguiser.

— Cordieu ! madame, que vous êtes belle, s'écria-t-il, et s'il est vrai que vous ayez à peu près perdu ce cavalier, je voudrais être à sa place pour exiger, en réparation, de n'être étranglé que par vos belles mains !

— Mais, si je vous ai fait tant de mal, continua Corisande avec fierté, j'avais aussi une excuse. N'étiez-vous pas l'assassin de mon frère ? Je le croyais du moins, on me l'avait persuadé et toute légère que je fusse alors, je n'eus que trop de facilité à prêter l'oreille aux instigations de Pierre Lescout. Je vous ai compromis ; je veux vous sauver.

— Voyons comment vous prétendez vous y prendre, interrompit Brantôme ; car ceci, remarquez-le, s'il vous plaît, me regarde directement. Je suis, en ce moment, le représentant unique de la justice royale, et pour sauver monsieur, c'est à moi qu'il faut s'adresser.

— Mais, s'écria Jean, vous me faites jouer ici un rôle des plus désagréables. Madame, vous m'avez sans doute beaucoup nui ; moi, de mon côté, je me suis conduit comme un fou.

— Bon, dit Brantôme, nous rentrons dans notre sujet ; mon ami Jean est ou a été amoureux.

— Mais je n'ai pas besoin, continua la Tour-Miracle que vous veniez maintenant vous perdre avec moi ! Que si vous êtes assez généreuse pour intervenir en ma faveur, vous pouvez le faire d'une manière bien facile et qui ne vous engage pas. Ecrivez à mes juges, à ceux du moins qui le seront ; allez même à Paris ; suppliez M. de La Rouchefoucauld de témoigner de mon innocence, qui lui est si bien connue, et vous m'aurez sauvé, et je vous garderai une reconnaissance bien supérieure à l'indignation qu'aurait pu faire naître en moi la perfidie de vos amis. Pourquoi me voir ? pourquoi venir ici, dans un camp, au milieu de soldats, qui, demain, vont savoir ce qu'est le page Flaminio et jouer avec votre réputation ? Ne voyez-vous pas devant vous M. de Brantôme et ne le connaissez-vous point ? En vérité, madame, vous avez cessé d'être sage ; les regrets, ce me semble, vous

ont troublé la tête, et, pour finir, ce n'est pas
votre place ici !

— J'y suis, répondit Corisande, et je veux y
rester.

— Entendez-vous bien cela? dit Brantôme ;
ingrat que vous êtes ! savez-vous bien que toute
la noblesse de France donnerait avec joie ses
titres et ses terres pour votre bonheur? Madame, vous avez bien mal placé votre cœur,
et je crois que notre homme a d'autres amours.

Corisande était très pâle, mais elle n'écoutait
pas Brantôme et tendait ses yeux obstinément
fixés sur ceux de Jean qui, suivant sa coutume
en pareille circonstance, commençait à sentir
que sa fermeté, sa résolution, sa prudence,
toutes ses vertus de résistance, désertaient les
unes après les autres ou étaient du moins bien
ébranlées.

Il prit un ton plus doux et, comme pour
chercher un meilleur terrain, il changea de
sujet :

— Comment avez-vous pu venir, madame?
D'où vient que Gilles nous a dit que vous faisiez partie de la maison de ma marraine?

— Tout est facile avec de l'argent, répondit
Corisande ; j'en ai donné à cet homme et il
a dit tout ce que je voulais ; mais, s'écria-t-elle
en frappant du pied, n'est-il donc pas possible
de parler sans avoir un témoin? Monsieur de
Brantôme, je suis votre amie, mais vous com-

prenez qu'en venant ici, j'ai bien des choses à dire qui n'ont pas besoin d'être entendues. En êtes-vous là que je sois obligée de vous dire de vous retirer ?

— Diable, pensa Jean, je ne la croyais pas encore aussi hardie !

— Madame, reprit Brantôme, je vous obéirais volontiers si je pouvais sortir de ma chambre ; mais vous devez savoir que je suis très malade. Je ne puis pas non plus vous laisser mon prisonnier en garde dans quelque coin de la maison où je ne serais pas, attendu qu'il a trop bon goût pour ne pas préférer vous suivre à me revenir. Ainsi force m'est d'assister à votre entretien, et n'étant pas curieux de mon naturel, j'en suis au désespoir. Je pourrais, à la vérité, vous dire que je vais m'asseoir dans un fauteuil et m'efforcer de dormir par discrétion, mais je vous assure que je vous tromperais car, jamais de ma vie, je n'ai été aussi éveillé.

Corisande fit une petite moue ravissante ; elle se tordit les doigts avec colère et puis elle frappa encore du pied et dit :

— Restez donc, monsieur !

Puis elle se tourna vers Jean et le regardant fixement dans les yeux avec une expression de sentiment passionné capable de fondre des montagnes de glace :

— Vous m'aimiez, lui dit-elle.

— Oui, je vous aimais, répondit Jean d'une voix émue. Mais qu'avez-vous fait de cet amour? Vous en avez profité pour me conduire où je suis. Sans vous, je me serais échappé de Beaumont, je n'aurais pas prêté le nom de la Tour-Miracle à un assassin. Certes, madame, je vous aimais et comme un fou et plus que je ne le devais ! Qui ne le comprendra en voyant votre beauté, votre grâce infinie? Je vous aimais, mais je suis tout heureux de vous le dire : Je ne vous aime plus !

# CHAPITRE XXVII

## Jean ne sera pas écartelé ; mais son cœur est tiraillé d'une étrange manière

Jean prononça ce terrible : « Je ne vous aime plus ! » d'une voix un peu étouffée et ce cri venait peut-être plus de sa conscience, que de son cœur. Après l'avoir proféré il resta comme surpris lui-même de sa hardiesse et il regarda Corisande d'un air incertain et presque craintif.

Elle, de son côté, parut troublée et frappée cruellement ; elle fit même un mouvement pour quitter la chambre et ne plus revenir et Brantôme, que cette brusque conclusion aurait médiocrement satisfait, allait même intervenir, quand elle se remit et continua ainsi cette conversation délicate :

— Vous ne m'aimez plus, dit-elle, je vois que vous mentez. Il n'est pas possible que vous ayez changé si fort. Votre amour je le possédais, n'est-ce pas, lorsque je vous ai fait tomber aveuglé dans tous les pièges qu'on a voulu vous tendre. Et que faisais-je alors pour exalter votre cœur et rendre votre tête si folle ? Un regard, un mot, un serrement de main, la plus frivole faveur suffisait. Je vous dominais et vous étiez mon esclave.

— Je ne veux plus l'être, répondit Jean, vous m'avez trop fait souffrir et non seulement vous ne m'aimez pas, mais je vous conjure de me dire la vérité, vous me trompiez avec un autre ?

— Je croyais vous tromper, reprit Corisande d'un air triste, et comme absorbée dans de nouvelles pensées ; un cavalier que mon frère me destinait pour mari était dans la ville et me faisait des visites secrètes. Je l'encourageais alors pour vous faire de la peine. Mais, laissons cela ; dans cette nuit de bal où je vous ai vu attaqué et trahi par tout le monde ; où je savais qu'il n'était pas une âme qui ne vous fût hostile, la compassion d'abord, la honte ensuite ont ouvert mon cœur pour en chasser la haine. N'avez-vous pas vu mes regards ? N'avez-vous pas reçu ma lettre ? ne me répondez pas encore ! Je sais comme vous avez méprisé ces marques de mon repentir ! Alors, je n'ai pas hésité longtemps, j'ai vu qu'à mon tour j'étais atteinte par la passion que j'avais jouée ; j'ai quitté Beaumont, j'ai su que vous étiez prisonnier je vous suivrai à Paris, il me sera facile de vous défendre. Vous ne m'aimez plus ? ajouta-t-elle en souriant, tandis que sa douce voix tremblait. Soit, vous mentez, je vous l'assure ; mais punissez-moi, vous en avez sujet ; repoussez ma main que je vous offre ; condamnez-moi, vengez-vous ; je resterai ici, je vous sauverai et alors vous verrez bien qu'il vous faut aimer celle qui se sera perdue pour vous !

— Mes enfants, dit Brantôme d'un air paternel, permettez-moi d'intervenir ; je suis fort touché de tout ce que je viens d'entendre et j'avoue, ou plutôt je me pique, qu'il ne faudrait pas m'en dire seulement le quart pour me rendre fou de joie, comme le plus fou des gens qu'on enferme ! Mon bon la Tour-Miracle, vous écoutez tranquillement des choses que vous ne devriez entendre qu'à deux genoux et le front dans la poussière ! Quoi ! Mme de Peyrecave vient vous sauver, et elle vous sauvera, je n'en doute point ; elle vous offre sa main qui est si douce à tenir ; son cœur qui est si enivré, sa fortune qui est si belle, son crédit qui est si grand, et vous faites la mine ! C'est ce qui s'appelle, entre médecins, être frappé d'aliénation mentale. Madame, j'ai été fort amoureux de vous, je m'en fais gloire ; vous m'avez dédaigné, vous m'avez même fort maltraité, et j'ai failli, à la suite de ce malheur, me très mal conduire envers vous, par manque d'habitude d'être ainsi éconduit ; mais tout cela ne m'empêchera pas de prendre ici hautement votre parti ! Corbleu, madame, ne faites pas attention au silence de ce cavalier ; le malheureux a en tête une amourette qu'il a retrouvée au château d'Anet ; questionnez-le et il vous avouera tout !

Le bon Brantôme se rassit, après avoir ainsi, dans son opinion, jeté de l'huile sur le feu. Mais cette amourette, dont il venait de parler pour la seconde fois, Corisande paraissait très résolue à ne pas s'en soucier. Elle n'avait pas cessé de regarder Jean qui, longtemps, avait tenu les yeux baissés, et puis qui, vers le milieu du discours du capitaine, les avait relevés, avait rencontré ceux de Corisande et, ma foi, quand Brantôme eut achevé sa harangue, les deux amants souraient en se regardant.

Mais, de même que les gens qui s'endorment en écoutant la lecture d'une tragédie se réveillent en sursaut quand cesse le bruit nasillard qui leur procurait le sommeil, de même Jean sortit de son amoureuse contemplation quand Brantôme eut fini de parler, et bien qu'il n'eût fait aucune attention à ce qu'avait dit le capitaine, toujours est-il qu'il avait eu l'oreille frappée par le mot *amourette*, et il sortit de son extase involontaire pour commenter la pensée méchante de Brantôme, et c'était fort loyal de sa part.

— Madame, s'écria-t-il donc, je l'avoue, je me suis trop pressé de vous dire que je ne vous

aimais plus. Quand vous êtes loin, je vous déteste ; quand je suis devant vous, je ne puis,
quoique je veuille, quoique je fasse, me soustraire à l'empire que vous avez pris sur moi.
Ainsi donc, puisque vous le voulez, je vous
aime et je ne sais pas m'en défendre ! mais...

— N'en dites pas davantage, interrompit
Corisande ; je ne veux rien entendre de plus.
C'est à M. de Brantôme que je parlerai main-
tenant. Vous voyez, ajouta-t-elle en se tour-
nant vers le capitaine, que M. de la Tour-
Miracle va devenir mon époux.

— Oui, s'il n'est pas écartelé, dit en saluant
l'amoureux éconduit.

— Il ne le sera pas, je vous le jure, j'ai toutes
les preuves à donner pour établir son innocence. La paix entre les catholiques et les protestants se traite en ce moment, et M. de la
Rochefoucauld est prêt à témoigner en faveur
de Jean.

— Un moment, s'écria celui-ci, je crois que
je vais finir par me fâcher tout à fait. On me
traite, d'honneur, comme un enfant ! Vous
voulez m'épouser ? Mais, madame, laissez-moi
vous dire que je n'y consens pas ! Cela est
vrai, je vous aime ! je vous aime malgré moi,
contre toute justice, contre toute raison ; mais
enfin je vous aime ! Ce n'est cependant pas
une raison pour vous épouser. Ce que vous
disait à l'instant le capitaine est très vrai ; si je

vous aime, j'aime aussi ailleurs et j'aime quelqu'un qui ne m'a jamais trahi, jamais trompé...
jamais beaucoup écouté, non plus, j'en conviens ; mais enfin, si mal reçu que je sois, je
prétends rester très fidèle, et voilà pourquoi
je ne peux pas vous épouser.

— Retenez bien cela, je vous prie, madame,
fit observer Brantôme d'un air fin ; cela vaut
la peine d'être entendu, et il faut que notre ami
soit bien diablement épris, car on lui renvoie
toutes ses lettres sans les lire, et il n'en est,
comme vous voyez, que plus décidé à la constance.

Jean crut bien, pour le coup, avoir tout à fait
découragé Corisande. Elle se tut un moment
en regardant la terre ; puis, secouant sa jolie
tête par ce mouvement si plein de charme qui
lui était familier :

— Laissons pour ce qu'elle vaut cette erreur
de votre âme, dit-elle ; je sais bien ce qu'est
ma rivale et je sais aussi ce que je suis ; j'ai fait
parler ce courrier. Il paraît qu'elle est belle,
ma rivale, et charmante ; mais elle est fille de...
Pourquoi insisterais-je ? Je ne la hais pas ; si
elle vous aime, c'est qu'elle a le même cœur
que moi ; seulement elle se laisse adorer sans
vous rien répondre, et moi je veux vous chérir,
même maltraitée. C'est assez causer de toutes
ces choses. Vous savez, Jean, vous savez, monsieur, ce qu'est le page Flaminio ; je resterai

avec vous, et maintenant, laissons le temps couler, nous verrons ce qu'il vous apportera.

— Oui, madame, répondit Brantôme, voilà qui est parler sagement ; permettez-moi de n'ajouter qu'une parole ; si, par un hasard merveilleux, monsieur demeurait toujours insensible, laissez-moi espérer que vous jetterez enfin un œil de pitié sur le plus malheureux amant qui ait paru depuis que les amants sont maltraités, et que, dans cette auberge de village, vous oublierez les rigueurs dont vous m'avez accablé l'année dernière à la cour.

Corisande se mit à rire et la conversation se termina là. Jean n'en fut pas fâché. Il ne savait déjà plus que répondre aux paroles de sa belle maîtresse ; non pas que sa raison fût terrassée par la logique féminine ; mais lorsque Corisande parlait, il écoutait beaucoup plus ses yeux que sa voix et se laissait ensorceler presque sans résistance. Et puis il avait une autre raison. Il se sentait à demi vaincu, parce qu'il se trouvait ridicule.

— La peste ! se disait-il en lui-même, je suis comme le beau Pâris et les dames se disputent ma petite personne. J'en suis très aise, sans doute, mais je ferai rire à mes dépens ; car, enfin, à moins de me faire turc, je ne peux pas épouser tout le monde, et j'aimerais mieux qu'on me laissât agir à ma fantaisie. Mais il est écrit, là-haut, que je passerai ma vie, au

moral et au physique, à être emprisonné.
Veuille le ciel qu'au physique tout cela ne
finisse pas très mal ! Quant au moral, les choses
ne sont jamais en telle extrémité qu'on n'en
puisse pas revenir.

Certainement, si les deux gentilshommes et
le page étaient restés longtemps seuls ensemble, la conversation aurait recommencé de plus
belle ; d'ailleurs Brantôme ne s'en tenait pas ; il
essayait à nouveau toute la puissance de son regard et de ses airs penchés sur Flaminio, Jean
commençait à ne pas trouver cela bon, et Corisande avait encore bien des choses à dire à la
Tour-Miracle ; l'enseigne entra heureusement
et il fallut bien changer de thème, et puis vint le
médecin. On parla de mille choses différentes.
Une partie d'échecs s'engagea dans un coin
entre le docteur et Jean. L'enseigne se mit à
donner des conseils ; Corisande se trouva ainsi
en tête-à-tête avec Brantôme.

Ce qu'elle dit au capitaine ne nous est pas
parvenu. Elle lui dit beaucoup de choses, et
des choses très sérieuses probablement, car il
écoutait avec beaucoup d'attention et répondait avec non moins de vivacité. Si la remarque
en est faite ici, ce n'est pas qu'on y attache
d'autre importance, mais Jean y prenait beaucoup de part et le démon de la jalousie le tour-
mentait bien fort. Enfin, il termina la partie
d'échecs aussitôt qu'il le put, et il vint mettre

un terme à l'entretien qui lui déplaisait tant.
Quand il s'approcha du couple retiré dans un
coin, Corisande le regarda tendrement et lui
serra la main à la dérobée comme pour le remercier du tourment qu'il voulait bien res-
sentir.

— Le diable ! se dit Jean, plus j'avance,
plus je me fourvoie, plus je m'attache ! Tout
ceci devient par trop sérieux. Je n'aime que
Magdelaine, par Jupiter ! Et cette divine,
cette ravissante que voici m'enivre et me fait
tout oublier.

Le capitaine Brantôme fit à la fin du souper
une déclaration des plus inattendues. Probablement c'était le résultat de son entretien
avec Flaminio.

— Mes amis, dit le capitaine, je suis très
ennuyé de ma maladie et fort décidé à me porter mieux immédiatement.

— Vous n'y pensez pas, s'écria la Tour-
Miracle ; nous ne sommes qu'au sixième jour ;
n'allez-vous pas manquer à votre parole ?

— Mon cher prisonnier, n'ayez pas peur,
répondit Brantôme, je sais ce que je veux, et
vous ne vous trouverez pas plus mal. Enseigne,
vous direz ce soir aux sergents que je vais beaucoup mieux, et que je serai en état demain de
faire la revue de la compagnie. Ouf ! j'aurai
plaisir à me remuer les jambes, et j'espère que
tout le monde sera content de moi.

— Je le pense aussi, dit le page en accom-
pagnant ces gracieuses paroles d'un sourire à
l'adresse du capitaine. Ce que fait M. de Brantôme est très judicieux ; il agit ici d'après des
ordres supérieurs.

— Très supérieurs à tous ceux que je pourrais recevoir jamais, vinssent-ils de notre saint
Père le Pape ou du roi très chrétien. Ainsi,
enseigne, vous avez entendu ?

— Parfaitement, répondit l'officier.

— Maintenant il est temps que chacun se
retire, reprit le page, qui donnait des comman-
dements et des approbations avec une remarquable facilité. La nuit est déjà bien avancée
et il faut que l'on dorme.

Brantôme cligna de l'œil d'un air malin.

— Et vous, seigneur page, où comptez-vous
prendre vos quartiers ?

— A deux pas de cette maison, dit Flaminio
avec sang-froid ; je suis venu d'Anet avec deux
domestiques qui m'ont déjà, sans doute, fait
préparer un appartement tel quel, dans la maison que je me suis fait indiquer.

— C'est au mieux. Adieu donc, messieurs,
adieu donc, beau page, mon ami ! Demain
matin le pauvre capitaine Brantôme va commencer à recouvrer la santé ; mais je vous
assure que, d'autre part que du côté physique, il est bien malade, ce pauvre gentilhomme !

— Qu'a-t-il donc? demanda Flaminio d'un air narquois.

— Je vous l'expliquerai tout au long quand vous voudrez, répondit Brantôme d'un air fin.

Jean s'écria avec humeur :

— Corps diable ! je tombe de sommeil ! Aurez-vous bientôt fini toutes ces sornettes !

Flaminio lui envoya un baiser et disparut pendant que l'enseigne et le docteur se faisaient réciproquement les honneurs du pas.

Quand le capitaine et la Tour-Miracle se trouvèrent seuls :

— Savez-vous bien, lui dit ce dernier, que les airs que vous prenez avec M^{me} Corisande ne me plaisent pas? Dans toute autre circonstance, je me tairais, peut-être, pour ne pas me donner l'air d'un fat, mais puisque vous savez aussi bien que moi mes affaires, je vous défends péremptoirement, entendez-vous bien, de toucher le bout du gant de M^{me} de Peyrecave, et tout capitaine que vous êtes, je trouverai moyen de vous faire entendre raison.

— Ta ! ta ! ta ! répondit Brantôme, a-t-on jamais vu chose pareille? Ne savez-vous donc pas que je puis vous faire donner des étrivières par quatre-vingts hommes, et qu'on ne se bat pas avec un prisonnier ? Je suis fâché que nous n'ayons pas ici un précepteur, car vous n'êtes pas d'âge à avoir fini votre éducation.

Aux mots *étrivières* et *quatre-vingts hommes*, Jean avait sauté sur la porte, poussé les verrous, puis s'emparant d'une épée accrochée au mur, il poussa si vivement Brantôme surpris et sans arme que celui-ci, en reculant, alla tomber à la renverse sur son lit ; Jean, pâle de colère, lui mit le genou sur la poitrine, la main à la gorge et lui appuyant la pointe de sa lame sur le cœur :

— Appelez donc vos quatre-vingts hommes, je vous prie, vous me ferez plaisir, et je vous passe ceci au travers du corps !

— Archi-fou ! criait Brantôme, moitié riant, moitié étouffant ; enragé ! diable à quatre ! Lâchez-moi, je me rends secouru ou non secouru. Vous n'y pensez pas, la Tour-Miracle, de me faire une pareille algarade ? C'est que, ma foi, il m'aurait tué !

— Comme un chien ! répondit Jean encore tout furieux.

— Merci de la comparaison ! Là, je ne veux pas me quereller avec vous. A quoi bon ? Votre Corisande ne m'aime pas, et si je vous faisais quelque estafilade, vous êtes si jeune qu'on dirait que je vous ai assassiné.

— Pourquoi causez-vous dans un coin avec M^me de Peyrecave ?

— Eh ! malheureux, il n'est question que de vous ! Admirez donc la séduction infinie de cette femme qui, me sachant si amoureux d'elle que je suis, peut concevoir la pensée de m'intéresser à mon rival et y réussir. Vous ne savez pas ce qu'elle me propose ?

— Que propose-t-elle ?

— De laisser aller ma compagnie à Paris, sous la conduite de mon enseigne, et de m'en aller avec vous et avec elle à Anet ! Oui, ma foi, elle prétend que c'est folie à moi que de vouloir vous mener en prison ; elle jure qu'innocent comme vous l'êtes, elle saura vous en faire sortir au bout de deux jours, et que, si je prends mon parti en brave, que je renonce à plaire, en cette affaire, aux princes lorrains, je plairai bien davantage à M$^{me}$ Diane. D'ailleurs, dit-elle, les princes lorrains se soucieront médiocrement de moi et d'une prise qui ne leur servira pas. Elle ajoute encore quelque chose, l'enchanteresse ! Eh ! quelque chose de bien séduisant !

— Qu'ajoute-t-elle ?

— Elle dit que si vous la trompiez jamais, elle écouterait mes prières et consentirait à m'épouser. Qu'en dites-vous ?

— Elle vous dupe, répondit Jean avec quelque fatuité.

— Je le sais bien ; mais je ne peux pas faire que je ne sois séduit.

— C'est comme moi. D'ailleurs si je retournais à Anet, je reverrais la femme que j'aime, que j'aime réellement, capitaine, avec toute mon âme et sans combats, et certainement le sortilège qui me tient, en ce moment, esclave des beaux yeux de Corisande, cesserait à l'aspect de ma véritable souveraine.

— Je sais bien, reprit Brantôme en riant, que vous trouverez à votre tour d'excellentes raisons pour me faire aller à Anet. Aussi, je ne vous demande pas conseil. Je suis même résolu à vous conduire à Paris. Après tout, je dois faire mon devoir.

— Je commence cependant à espérer que j'aurai la vie sauve, répliqua Jean en riant, et vous allez vous donner beaucoup de mal, peut-être pour vous brouiller avec tout le monde.

Brantôme réfléchit un moment et tomba dans une profonde perplexité, et enfin il s'écria d'une voix de tonnerre :

— Que le diable vous emporte, vous, votre marraine, votre domestique et votre maîtresse ! Vous m'avez mis dans un affreux guêpier ! Je ne peux me résoudre à rien. J'ai eu la sottise de promettre que demain je serais déjà valide ; j'ai envie de manquer de parole. Dans tous les cas, la nuit porte conseil ; allons nous coucher ; je trouverai peut-être, en dormant, un moyen de sortir d'affaire.

Le pauvre capitaine embarrassé et le prisonnier s'embrassèrent pour marquer qu'ils ne se gardaient pas rancune ; ils éteignirent la lumière et cherchèrent à trouver le sommeil.

Cependant, il y avait longtemps déjà que Corisande avait envoyé à Anet un de ses deux domestiques qui, bien monté, y fit parvenir une lettre cette nuit même.

# CHAPITRE XXVIII



JEAN RETOURNE AU CHATEAU D'ANET OU IL EST
FORT BIEN REÇU, MAIS SON CŒUR N'EST PAS
DÉLIVRÉ DE SES INCERTITUDES

Le lendemain de bon matin, Brantôme parut devant le front de sa compagnie qui trouva, ainsi que lui-même l'avait prévu, que la fièvre ne réussissait pas mal à son capitaine. Il fit à ses hommes un éloquent discours sur les devoirs des soldats, qui étaient surtout de ne jamais abandonner leurs chefs, et il leur fit savoir que probablement il se verrait obligé de les laisser aller tout seuls à Orléans, se sentant encore trop faible pour les commander et ayant besoin de prendre quelque repos. Et puis il congédia sa bande.

Vers onze heures, deux messagers entrèrent dans le village ; ils venaient des côtés opposés de l'horizon, ils portaient des casaques très différentes et leurs livrées n'étaient pas les mêmes ; mais ils se ressemblaient en ce point qu'ils faisaient claquer leurs fouets de la manière la plus joyeuse du monde.

Ces deux messagers mirent pied à terre devant la demeure du capitaine et se firent mener en sa présence.

— Oh ! vertubleu, s'écria Brantôme, à l'aspect d'un des courriers, vous portez les couleurs des Lorrains, mon ami ? Et quel est celui ou celle qui vous envoie vers moi ?

— C'est M<sup>me</sup> de Nemours, dont je vous apporte une lettre, monsieur ; je serais arrivé plutôt si j'avais su où vous trouver, car la plus grande diligence m'était recommandée ; malheureusement, vous n'êtes pas facile à découvrir.

— Je relève de maladie, mon enfant ! Voyons ta lettre.

Il prit la missive et la déploya en grande hâte.

— Ce sont certainement des reproches et l'ordre d'arriver avec mon prisonnier. Allons, de nouveaux embarras !

Il lut. La lettre était conçue comme voici :

« Monsieur de Brantôme, j'ai appris, par des personnes qui sont fort attachées à ma maison, que vous aviez arrêté un gentilhomme appelé la Tour-Miracle, et qu'on accusait d'avoir pris part au crime détestable que toute la France déplore avec nous. Je vous prie de rendre, sans tarder, la liberté à ce gentilhomme, attendu qu'on me l'a recommandé pour fervent catholique et très innocent dans cette affaire. En tout, je vous remercie de votre zèle, et suis toujours votre bonne amie. »

— Lisez cela, dit Brantôme à Jean, et moi je vais passer à l'autre épître.

Jean n'eut besoin que d'un coup d'œil pour comprendre ce dont il s'agissait.

— Ainsi, je suis libre, s'écria-t-il avec transport !

— Comme l'oiseau dans l'air, répondit Brantôme tout en lisant l'autre papier.

— Eh bien ! j'en profite, continua Jean, pour courir tout droit à Anet, et sans attendre, car je pars à l'instant.

— Vous me donnerez bien le temps de mettre mes bottes, reprit le capitaine.

— Comment ! venez-vous donc avec moi ?

— Certainement. Voici une belle page de la main de ce bon Cessé qui m'invite, de la part de sa maîtresse, à venir au château, et qui m'assure qu'on y est merveilleusement disposé en ma faveur. Maintenant que vous êtes libre, qu'irais-je faire à Orléans ou ailleurs ? Je m'attache à vos pas, et nous allons prendre un peu de bon temps à Anet, jusqu'à ce que je parte pour le Portugal.

— Voilà qui est très bien arrangé, reprit Jean ; mais que dira M<sup>me</sup> Corisande ? Croyez-vous que nous puissions ainsi la laisser ? Et d'autre part, nous ne sommes pas libres de la mener avec nous. J'avoue que je vais à Anet pour la fuir, et qu'en même temps il m'est difficile de l'irriter par un procédé si mauvais. Voilà que j'y réfléchis.

— C'est bien heureux, répondit Brantôme. Pour moi, il y a longtemps déjà que j'y ai pensé, et je vous assure que je serais resté ici si j'avais eu l'espérance de lui servir d'écuyer.

— Je ne le permets pas, s'écria Jean, et je resterais plutôt !

— Eh ! mon ami, ne vous emportez pas ; M^{me} Corisande est partie au petit jour et nous épargne la peine de contester.

— Partie !

— Partie ; et elle ne nous fait rien dire. De sorte que nous n'avons pas à nous inquiéter de ce qu'elle est devenue.

— Allons, capitaine, c'est pour le mieux ; nous n'avons plus qu'à nous mettre en route. M^{me} Corisande a paru ici comme la fée qui débrouille les situations embarrassées, et elle a disparu quand elle a vu tout le monde d'accord. Cette femme est un ange.

— Ou un diable ! mais puisque nous voilà seuls, partons à notre tour.

Les dispositions furent bientôt faites. L'enseigne donna son cheval à Jean et monta sur celui d'un des messagers ; la compagnie de soldats prit, sous sa conduite, le chemin d'Orléans, à la grande joie des habitants du village que fatiguait singulièrement la présence de ces gens de guerre ; et une demi-heure après, Jean et Brantôme, suivis d'un domestique et du courrier de M^me Diane, se mirent en chemin pour Anet.

Leur conversation roula particulièrement sur la manière prompte et décisive dont M^me de Nemours était intervenue dans leurs affaires. Brantôme ne s'en montra que très peu étonné.

— Remerciez-en M^me Diane, dit-il ; je ne doute pas que ce ne soit à sa protection que vous devez d'être libre si tôt.

— J'admire, fit observer Jean, que ma marraine, depuis qu'elle a quitté le monde, et qu'elle vit dans une retraite si absolue, ait pourtant conservé quelque pouvoir.

— Que voulez-vous dire? Elle a beaucoup de pouvoir, repartit Brantôme. Dans le temps de sa puissance tout le monde a eu à se louer ou à se plaindre d'elle ; les gens, qui gouvernent aujourd'hui les différents partis, étaient de fort petits compagnons quand elle régnait, et la plupart ont conservé pour elle une déférence involontaire. Je crois bien que si elle s'avisait de bâtir sur cette déférence des projets de quelque étendue, elle se tromperait, mais comme elle n'a jamais recours à ceux qui se disent ses amis que dans des affaires de petite importance, comme la vôtre par exemple, personne ne se refuse à la servir et à acquérir

à peu de frais la réputation de personne recon-
naissante, si difficile à posséder pour les gens
de cour. Voilà tout le secret. Je parie que
M^me Diane a fait assiéger toutes les personnes
influentes par leurs amis ; M^me de Nemours
a écrit la première : je ne serais pas surpris
de recevoir encore une douzaine d'autres
supplications tendant à vous rendre la liberté,
et je commence à croire que cette affaire-ci,
bien ménagée, peut, outre la faveur de
M^me Diane dont j'ai surtout besoin en ce
moment, m'acquérir de très précieuses ami-
tiés.

— Je vois, mon cher capitaine, qu'au milieu
de toutes les difficultés de la vie, vous ne perdez
jamais de vue vos intérêts.

— Eh ! mon cher enfant, je ne les oublie
que trop souvent ! Lorsqu'on est comme moi
indiscret, facilement amoureux, étourdi, que-
relleur et surtout railleur, il faut bien intriguer
un peu pour se tenir au moins à la surface de
l'eau !

La journée était belle, et bien que le moindre vent enlevât aux arbres des myriades de
feuilles rougies, jaunies, tourbillonnantes, la
nature était ravissante à voir. Quand les deux
cavaliers entrèrent dans la longue avenue au
bout de laquelle paraissait, tout petit encore,
le château d'Anet, perdus qu'ils étaient entre
le dôme immense des grands arbres unis par-

dessus leur tête et la verdure de la pelouse qui s'étendait sous leurs pieds, eux et leurs chevaux semblaient presque des nains. Les corbeaux et les geais, tranquilles possesseurs du feuillage royal, volaient çà et là à leur approche. La solitude était profonde, ils ne rencontrèrent qu'un fauconnier qui allait essayer un gerfaut sur les bords d'un marécage voisin.

Lorsqu'on les aperçut de la porte, quelques soldats se groupèrent sur la tourelle, et à l'agitation que les deux cavaliers virent de loin régner dans ce groupe, Jean comprit qu'on l'avait reconnu. Et en effet la porte s'ouvrit, le pont-levis s'abaissa avant qu'il n'ait eu la peine d'en faire la demande.

Maître Patru, le concierge, s'empressa d'accourir, le bonnet à la main, pour souhaiter la bienvenue au filleul de sa maîtresse, mais il avait à peine commencé sa harangue que celui-ci se trouva dans les bras du capitaine Cessé qui le serrait à l'étouffer et lui exprimait dans les termes les plus énergiques sa satisfaction de le revoir.

— Le diable m'étrangle, jurait le vieux soldat, si j'ai depuis longtemps éprouvé une si grande joie ! Je ne puis vous dire, cher enfant, toute l'estime que m'a inspirée pour vous votre fuite, bien que je me sente disposé à vous en tancer vertement, car, après tout, vous avez manqué à toute discipline en méprisant mes ordres ! Mais je ne suis pas un Caton et vous avez agi généreusement, bravement ! Vous couriez au-devant d'atroces supplices, mon ami ! Quel est ce cavalier que vous ne me présentez pas ? Mais je suis fou de le demander, c'est ce vaillant capitaine Brantôme qui nous a donné tant de tintoin !

— Vous devinez très juste, monsieur, dit Brantôme en s'avançant à son tour. J'ai bien des indulgences à solliciter de M<sup>me</sup> Diane et des amis de notre ami. Mais pour vous, qui êtes un soldat, vous savez ce que c'est que le devoir militaire.

Cessé branla la tête en souriant d'un air qui ne donnait pas tout à fait raison à la prétention de Brantôme, pourtant il serra cordialement la main que celui-ci lui tendait, en disant :

— Tout est bien qui finit bien ! mais ce jeu aurait pu finir très mal ! Soyez pourtant le très bienvenu. M<sup>me</sup> Diane aura la plus grande joie de vous voir, sans doute, ainsi que tous ces messieurs auxquels je vous présente.

En ce moment les gentilshommes de la maison arrivaient avec autant de hâte que le permettaient et la gravité de leur caractère et la faiblesse de leurs jambes. On recommença les embrassades, on s'enquit des nouvelles aventure de Jean et du capitaine ; l'un et l'autre les racontèrent à bâtons rompus, et comme Brantôme allait entamer intrépidement l'histoire du page Flaminio, Jean lui poussa vivement le coude et lui fit signe de se taire.

En toute autre circonstance, il est plus que douteux que Brantôme eût obéi à l'injonction de son jeune camarade, mais ici tout le monde parlait à la fois ; les réflexions, les explications, les demandes se croisaient, on ne laissait pas finir les réponses et, au grand plaisir de Jean, le sujet délicat fut esquivé ; mais Brantôme se promit bien de narrer l'aventure plus à loisir et de bien vanter, comme il convenait à son humeur peu modeste, tout l'esprit qu'il avait montré dans cette circonstance difficile.

Malgré l'intérêt dont M^{me} Diane avait fait preuve pour son filleul, l'heure de son audience habituelle ne fut pas avancée d'une minute. Tout se passa à Anet avec la régularité ordinaire et si ce n'est dans l'appartement de M. de Meurongy où tout le monde s'était rendu et où la conversation était fort animée, le silence le plus édifiant régnait partout.

Déjà, pour la seconde fois, Jean venait de raconter l'histoire de la lettre de M^{me} de Nemours.

— Songez, messieurs, s'écria-t-il, quelle éternelle reconnaissance je dois à madame ma marraine ! car c'est elle, j'en suis sûr, et d'ailleurs M. de Brantôme me l'a très bien expliqué, qui a obtenu de la femme du pauvre duc assassiné, cette faveur insigne, cette marque de justice qui me délivre !

— Il ne fallait pas moins, dit Brantôme en se rengorgeant, pour me faire renoncer à ce qui était mon devoir envers MM. de Guise, que j'ai toujours profondément honorés.

— Un moment, dit M. de Cessé ; M^me Diane a sans doute fait beaucoup pour vous, mon cher Jean ; mais il est impossible, si elle a pensé toutefois à employer M^me de Nemours en votre faveur, que sa lettre ait pu parvenir à cette princesse ou à son entourage, car M^me de Nemours est à Lyon et le courrier n'aurait pas encore eu le temps d'arriver dans cette ville ; à plus forte raison d'en apporter une réponse.

Il n'y avait rien à répondre à cet argument. Jean et Brantôme se regardèrent stupéfaits. La même pensée leur vint en même temps. Jean éclata de rire, Brantôme fronça le sourcil.

— Ventrebleu ! s'écria celui-ci, je suis joué comme un écolier !

— Qu'y a-t-il, demanda tout le monde avec empressement.

— Ce qu'il y a, messieurs, je vais vous le raconter, et vous m'en donnerez votre avis.

— Monsieur de Brantôme, mon cher capitaine, mon excellent ami, dit Jean d'un air de supplication, je vous en conjure, songez à ce que vous allez dire !

— J'y songe, j'y songe, je le sais par cœur, et je ne me tromperai pas d'une syllabe, soyez-en sûr. L'histoire est trop belle par elle-même pour qu'on n'y puisse rien ajouter sans la gâter.

— Je vous en conjure, Brantôme ! Votre mauvaise humeur va vous rendre ridicule, et plus tard vous vous repentirez de votre indiscrétion.

— Si je m'en repens, je me consolerai ; mais j'étouffe d'indignation, et je n'aime pas à jouer le rôle d'un sot ! Écoutez donc, messieurs, une aventure des plus curieuses et que je vous donne pour toute fraîche, car c'est hier qu'elle s'est passée.

Au moment où, au grand désespoir de Jean, Brantôme prenait l'attitude inclinée d'un homme qui va raconter quelque chose de très méchant, un domestique entra et dit à M. de Cessé qu'on le demandait à la porte du château.

— Que me veut-on ? répondit le capitaine.

— Monsieur, c'est une manière de piqueur qui insiste beaucoup pour vous parler. Il se dit porteur d'une nouvelle qui ne vous paraîtra pas sans importance.

— Allons ! j'y vais. Mais, je vous en prie, monsieur de Brantôme, ne commencez pas votre récit avant mon retour ; je suis trop cu-

rieux de savoir ce que notre ami paraît avoir
tant de désir de tenir secret.

— Allez donc vite, répondit Brantôme, car
j'étouffe, et une heure de silence me mettrait
au tombeau.

Un quart d'heure s'écoula avant que M. de
Cessé fût de retour, et Jean l'employa, malgré
l'opposition de tous les vieux gentilshommes,
curieux comme des gens désœuvrés, à renouveler auprès de Brantôme toutes ses prières,
toutes ses menaces pour l'engager à se taire ;
mais il n'avait rien pu gagner quand le capitaine du château reparut.

—Que tous les diables emportent les parents
et surtout les parentés ! s'écria-t-il. Messieurs,
retardez, je vous en prie, pour un moment, le
récit qu'on nous promet. Imaginez-vous qu'il
m'arrive une nièce, fille d'une de mes sœurs,
que je n'ai jamais vue qu'une fois, quand elle
avait cinq ans. La petite gaillarde a dû grandir
depuis lors, car il y a vingt ans de cela. Elle
m'a écrit ce matin qu'elle viendrait peut-être,
j'espérais qu'elle changerait d'avis, mais la
voilà qui accourt. Son carrosse est au bout de
l'avenue ; je suis venu pour vous confier mon
ennui, car je déteste les femmes ! Partout elles
ne savent apporter que le trouble et le désordre.
Adieu donc ! attendez-moi, je vous quitte et
je vais recevoir ma nièce Corisande.

— Votre nièce Corisande ! cria Brantôme

d'une voix d'énergumène ! Vous êtes l'oncle de Mᵐᵉ de Peyrecave?

— Ah ! vous connaissez ma nièce? Est-elle gentille?

— Gentille? C'est-à-dire qu'elle est adorable ! Mais je veux bien que toutes les fièvres que je suis censé avoir eues m'assaillent à la fois, si je ne comprends rien à tout ceci ! Décidément, je ferai mieux de ne pas raconter mon histoire !

— Voilà qui est parler, et comme je connais aussi Mᵐᵉ de Peyrecave, reprit Jean, allons audevant d'elle. Aussi bien madame ma marraine ne nous recevra pas encore avant une demi-heure d'ici.

Ceci voulait dire : Je ne verrai pas Magdelaine d'ici-là ; allons donc voir Corisande.

Le bon Cessé fut tout charmé de la résolution des deux jeunes gens, attendu qu'il ne savait trop comment s'y prendre pour recevoir une dame, fût-ce même sa nièce. Les vieux gentilshommes, toujours guetteurs et écouteurs, se mirent de la partie, de sorte que Mᵐᵉ de Peyrecave descendit de son carrosse, appuyée sur le bras de son écuyer en présence d'une noble et nombreuse compagnie.

Elle s'empressa de baiser la main de son oncle avec une tendresse respectueuse et ce charme qui la rendait si irrésistible. Le brave Cessé fut tout d'abord fasciné. Il embrassa sa charmante nièce et trouva même la hardiesse de lui dire qu'il ne l'aurait pas crue aussi jolie. Il lui fit encore un compliment de condoléance assez inutile sur la mort récente de son mari, et il conclut par envoyer un page à M<sup>me</sup> Diane pour lui demander la permission de présenter la nouvelle arrivée ce jour-là même.

Brantôme et Jean eurent chacun une part différente de l'accueil de Corisande ; c'était justice ; mais Brantôme fut assez content de sa part pour trouver la force de se taire... pour le moment.

Une demi-heure après tout le monde se rendit au salon où M<sup>me</sup> Diane attendait les arrivants au milieu de sa cour féminine.

Elle daigna baiser Jean sur le front et donner sa main au capitaine Brantôme.

Jean avait déjà trouvé parmi les dames les yeux de Magdelaine ; ces yeux-là lui souriaient comme ils ne l'avaient jamais fait encore ; sa belle amie était un peu pâle, un peu souffrante, mais cet air de langueur lui allait à ravir. Jean ressentit un ineffable bonheur à la contempler, et puis involontairement une idée de comparaison se glissa dans l'esprit du curieux ; il se retourna vers Corisande ; en ce moment M<sup>me</sup> Diane embrassait la nouvelle venue qui, le regardant avec une indicible coquetterie et le corps à demi penché, semblait belle assez

pour tourner la tête d'un père de l'église:
De telle sorte que le cœur de Jean fût assez excusable de rester suspendu entre ces deux divines personnes, comme le tombeau de Mahomet entre le ciel et la terre.

# CHAPITRE XXIX



Barbillon vient se mêler d'une affaire qui
ne le regarde en aucune façon

Raconter toutes les incertitudes, tous les
combats de Jean avec lui-même pendant les
jours qui suivirent ce mémorable retour au
château d'Anet, ce serait se lancer dans une
analyse infinie de tout ce qu'une âme mobile
et ardente peut avoir d'inconséquence. Il ne
faudrait donc pas un livre, mais trente, mais
quarante, pour arriver au bout d'un semblable
travail.

Brantôme, on le pense bien, n'avait pas
manqué de raconter toute l'histoire de Jean
avec M^me Corisande, et aux gentilshommes, et
aux dames qui l'avaient redite à leur maîtresse ; de sorte que tout le monde assistait
avec grande curiosité à cette sorte de lutte que
deux amours d'espèces assez différentes se
livraient dans l'esprit de Jean.

Magdelaine était toute belle, et belle comme
une petite sainte, on l'a déjà vu ; si elle était
pâle et frêle, cette pâleur et cette délicatesse

lui donnaient un attrait presque irrésistible, et pour accompagner cette apparence sérieuse et touchante, Magdelaine avait un esprit très grave, très ferme, très habitué aux contrariétés de la vie, et avec cela une âme qui savait, quand elle le voulait, rester muette, mais qui n'en avait pas moins beaucoup de choses à dire, très bonnes à entendre pour un amant.

Et Jean s'en doutait bien. D'ailleurs il ne pouvait plus douter que Magdelaine ne l'aimât tendrement ; tendrement n'est pas assez, c'est passionnément qu'il faut dire et M<sup>me</sup> Cléonyce et M<sup>me</sup> Myrto, dont le cavalier s'était gagné les cœurs par ses éloges dans la nuit du souper avaient fait les indiscrètes et lui avaient raconté que, pendant son absence, Magdelaine avait passé les jours et les nuits dans un abattement profond, et que si quelqu'un venait à prononcer devant elle le nom de la Tour-Miracle, elle ne pouvait s'empêcher de tressaillir.

Jean qui ne se sentait pas tout à fait aussi digne de cette tendresse qu'il l'eût souhaité, chercha quelque peu à faire le modeste.

— Vous vous trompez, sans doute, mesdames, dit-il ; mon mérite n'est pas assez grand pour que l'on m'aime de cette façon. Magdelaine songeait peut-être à monsieur son père, qui a fait tant et tant d'escapades qu'il doit se trouver à cette heure dans une mauvaise passe,

et voilà qui est bien fait pour attrister un cœur
aussi noble que le sien.

— Vous vous trompez, seigneur Jean, lui
répondit-on ; Magdelaine n'est attachée à son
père que par devoir. Il l'a toujours rendue fort
malheureuse, et voilà bien des années déjà
qu'elle a prévu sa ruine. Nous l'avons vue se
lamenter sur le sort du vieux Castillac et sa
douleur ne ressemblait pas à celle qu'elle
éprouvait pendant que vous étiez sous la garde
du capitaine Brantôme. Vous êtes aimé, très
aimé et vous ne le méritez pas, ingrat mortel
que vous êtes !

— Que dites-vous là, mes belles dames ?
s'écria Jean ; mais il en resta à l'exclamation
parce qu'en devisant plus au long, il n'était
pas sûr de ne pas se fourvoyer.

Car son humeur, naturellement insouciante
et joyeuse, l'emportait du côté de Corisande.
L'âme de la belle veuve était passionnée, elle
aussi ; mais passionnée brillamment, vivement,
d'une façon qui prenait au cœur celui qu'elle
aimait et qui, lui montrant toute l'étendue de
son bonheur, lui rendait impossible de le re-
pousser. Cet amour-là, c'était une mine de
diamants ; non pas enfouie dans les entrailles
de la terre et qu'il fallait fouiller dans l'obscurité, dont il fallait deviner plutôt que voir
toutes les richesses ; non, pardieu ! c'était une
mine à ciel ouvert ; toutes les pierreries étaient

à la surface, et on pouvait les prendre en étendant la main.

Et puis, que de bonne humeur constante dans ces beaux yeux ! quelle perpétuelle flatterie ! quelle adoration éloquente ! Et connaît-on beaucoup de cœurs masculins qui ne se laissent pas piper par ces mots : *Je vous admire,* encore plus que par ceux-là : *Je vous aime ?* Corisande, il est vrai, n'était pas toujours gaie ou tendrement éprise, elle était jalouse quelquefois ; oui, mais alors on la voyait en colère et elle était si belle, si belle dans cet état que c'était à souhaiter qu'elle ne se calmât jamais. Par ainsi, Jean était fort embarrassé ; son cœur allait de Magdelaine à Corisande, de Corisande à Magdelaine, se décidait trente fois par jour et n'arrivait à se fixer ; Jean était donc fort embarrassé.

Brantôme, lui, ne l'était pas du tout. Il avait repris son entière bonne humeur. M^{me} Diane le traitait avec beaucoup de distinction, et Corisande lui ayant décidément enlevé toute espérance, il s'était tourné du côté de M^{me} Myrto et avait déjà confié à Jean, à M. de Cessé et à bien du monde enfin, qu'il croyait avoir des raisons de se tenir pour très fortuné.

Ce fut sur ces entrefaites que l'on vit débarquer un beau matin, en trois bateaux, un personnage important, qui n'était nul autre et rien de moins que messire Aurèle-Agrippa en personne.

Quand nous disons, en nous servant d'une antique et bien significative expression, que le vieux seigneur arriva en trois bateaux, c'est que nous tenons à faire connaître la pompe et la magnificence dont il s'était entouré. Il avait pris un écuyer, un page et quatre valets armés de mousquetons ; cela lui coûtait fort gros, mais il se devait à lui-même, pensait-il, de ne pas paraître devant M<sup>me</sup> Diane dans un moindre équipage.

— Eh bien, monsieur mon ami, lui dit la duchesse en lui tendant sa belle joue, quand il se présenta à son audience, voilà bien des années que nous ne nous sommes vus.

— Oui, madame, répondit le baron, voilà bien des années pour moi, et ces années-là ont bien neigé ma tête ; mais à peine y a-t-il des mois pour vous.

— Et à quelle bonne fortune dois-je attribuer la joie de vous revoir ? continua M<sup>me</sup> Diane.

— C'est à mon désir de tirer mon fils Jean des griffes de mon ami Brantôme. Il est venu me chercher au fond de ma province, une espèce de drôle appelé Barbillon, qui m'a remis une lettre de votre divine main, où j'ai appris bien des choses inquiétantes. Le moment était mal choisi pour me donner cette respectée missive, car j'étais en campagne contre les huguenots, et en train de soutenir une des plus savantes retraites qu'on ait encore exécutées dans notre siècle.

— Je connais votre grande science militaire, monsieur mon ami, reprit M^me Diane en souriant et je ne doute pas que vous n'ayez fait des prodiges. Mais ma lettre ne vous disait pas de venir ici, quoique vous y soyez le bienvenu.

— Aussi ai-je d'abord couru à Paris, puis de là à Orléans ; à Paris j'ai trouvé des mines fort sombres. Mon ami, M. de Montluc, m'avait fait expédier plusieurs recommandations pour les gens du conseil de sa majesté, et on ne me reçut pas très bien. Tout le monde paraissait avoir grand peur des Guise. Et puis, tout à coup, toute la mauvaise humeur se calma ; on me dit que mon fils était tout à fait disculpé, que son innocence était claire comme le jour et que je pouvais être assuré qu'il ne courait aucun danger de la part de la justice.

« Mais où est-il ? demandai-je. C'est ce qu'on ne sut pas me dire. On me déclarait bien qu'il avait dû être arrêté aux environs d'Anet par le capitaine Brantôme ; mais son gardien ne l'avait pas conduit à Paris : peut être s'était-il dirigé sur Orléans, peut-être sur Poitiers, pour le remettre entre les mains du jeune duc Henri de Guise. Dans cet embarras, le drôle dont je vous ai parlé, et qu'on appelle Barbillon, me persuada de venir ici vous demander de ses nouvelles. Il m'apprit en outre certains détails dont je demanderai un compte sévère à monsieur mon fils. Et voilà, madame, comment j'ai le bonheur de me trouver devant vos yeux.

— Et vous arrivez, dites-vous, avec des dispositions de gronder? reprit M<sup>me</sup> Diane. Tenez pour assuré que je ne vous le permets pas, monsieur mon ami. Vous viendrez me parler demain matin, après la messe, et je crois que nous serons très satisfaits l'un de l'autre.

L'audience finit ici, et quand messire Aurèle-Agrippa rejoignit son fils, il le trouva en grande conférence avec l'honnête Barbillon, plus fringant, mieux disposé que jamais, et attendu avec impatience dans la cour par ce brave sergent Roulebedaine qui tombé sous l'empire de cet esprit supérieur, voulait absolument reconnaître en lui un ancien compagnon.

— Ah ! ah ! dit messire Aurèle-Agrippa, vous interrogez ce drôle? Il m'en a appris de belles sur votre compte !

— Eh ! qu'a-t-il pu dire, mon père? Je crois devoir vous avertir, dans tous les cas et avant toute autre explication, que nul valet, barbier ou escamoteur, n'est plus menteur que Barbillon.

— Je sais par expérience que le coquin est pétri de toutes les mauvaises qualités. Je ne saurais nombrer tous les tours qu'il m'a joués sur la route, jusqu'à me compromettre avec des charretiers. Soyez certain que je l'aurais livré dix fois à la justice des villes par où nous passions, si le misérable n'avait le talent diabolique de racheter toutes ses scélératesses par je ne sais quelle adresse d'à-propos, quelle chance inouïe ! Il s'est toujours arrangé de manière à m'être indispensable.

— Oui, monseigneur, s'écria Barbillon avec une mine radieuse, comme j'ai heureusement débuté auprès de vous ! Avec quelle adresse je vous ai débarrassé d'un de vos anciens amis !

— C'est vrai, c'est vrai, répondit messire Aurèle-Agrippa en secouant la tête ; je désire vivement, pour la morale publique et l'honnêteté, à tous moments outragés par toi, coquin, te voir solidement pendu à une bonne potence ! Mais j'aurai la douleur, je l'avoue, de ne pouvoir remplir moi-même cet acte de justice : tu m'as fait un trop grand plaisir. Savez-vous bien, mon fils, que ce gaillard-là a tué le vieux Castillac ?

— Il l'a tué ! s'écria Jean.

— Parfaitement tué ! Et d'un coup de pistolet à ce qu'il dit. Mais je ne m'en suis pas fié à sa parole ; des témoins m'ont rapporté le fait, et quelque étonnant que vous le trouviez, pour la première fois depuis qu'il existe, votre Barbillon n'a pas menti.

— Alors, continua Jean, votre haine pour M. de Castillac a pris fin mon père, et puisque ce gentilhomme est mort sur le champ de bataille...

— Un moment, interrompit messire Aurèle-Agrippa, je vois tout d'abord où vous allez en venir. J'ai promis à M^{me} Diane de ne pas vous tancer aujourd'hui comme vous le méritez ; mais je vais pourtant vous donner quelques petits avis.

— Monsieur, je vous écoute avec respect.

— Comment ! avec respect, faquin ! cria l'irascible baron. Je trouve que depuis tes voyages tu as pris un verbe assez et trop ferme. Baisse le ton, corps Dieu, baisse le ton ou tu t'en trouveras mal. Je continue, j'ai promis de ne pas m'emporter et je ne m'emporte pas ! Mais sache, sacripant, que si tu me parles jamais d'épouser Magdelaine de Castillac, je te jette à la porte de chez moi, je ne te donne pas de quoi acheter un morceau de pain, je te déshérite et je te maudis. Entends-tu, pendard ? Comprends-tu, drôle ! Ah ! c'est que j'entends que tu marches droit ! Voyez-vous ce blanc-bec qui s'avise de disposer lui-même de sa sotte personne. Tu épouseras M^{me} Corisande de Peyrecave, entends-tu bien ?

— D'où la connaissez-vous, mon père, s'écria Jean tout surpris.

— C'est Barbillon qui m'en a parlé, et j'avoue que j'ai été touché des choses très bien séantes qu'il m'a dites à ce sujet. Comment diable? mais, M^me Corisande est d'une très bonne maison. Les Lescout sont fort anciens, presque autant que nous. J'ai été un peu vif avec Gaspard, peut-être, mais on ne peut pas se garder toujours rancune ; d'ailleurs M^me Corisande paraît te regarder d'un très bon œil, à ce que m'a dit Barbillon ; elle est fort riche et très aimée de la reine de Navarre ; elle l'est aussi de la reine Catherine ; nous la ferons catholique. Elle y a du penchant, à ce que m'a dit encore Barbillon. Et d'ailleurs, elle est jolie, agréable à voir, aimable à entendre converser. Que te faut-il de plus? Tu as fait mille folies pour elle... Je suis de l'avis de Barbillon, il faut que tu l'épouses.

Jean était stupéfait de deux choses ; d'abord de voir son père insister tellement sur une idée qu'il ne lui supposait même pas ; ensuite de voir ce respectable vieillard, le plus absolu des hommes, citer avec autant de complaisance l'avis de Barbillon. Il prit la parole pour se défendre un peu contre une aussi chaude attaque.

— Mon père, je suis loin de me refuser à l'obéissance que je vous dois ; pourtant laissez-moi vous faire remarquer que c'est moi qui me marie et non pas vous ; que...

— Ne rougissez-vous pas, monsieur, interrompit Barbillon, de venir faire ici écouter à monseigneur, le plus expérimenté des pères, ce langage insensé inventé par une jeunesse perverse pour résister à la légitime autorité paternelle !

— Ne prêche pas, coquin ! cria messire Aurèle-Agrippa ; toutes ces belles sentences que tu prononces vont mal dans ta bouche. Va-t-en au diable et laisse-moi catéchiser ce maroufle que le ciel m'a donné pour fils !

— Non, monseigneur, je ne m'en irai pas avant de lui avoir dit que sa M<sup>lle</sup> de Castillac est une mijaurée d'une tournure commune, d'un aspect désagréable, dont la naissance n'est d'ailleurs rien moins que relevée et qui n'a pas trois sous à elle appartenant en honnête propriété.

— Ah ! mon père, je vous en supplie, dit Jean, permettez-moi de casser les os à Barbillon ! Vous n'exigerez pas de moi que je laisse couler patiemment un tel flux d'insolences !

— Je conviens, répondit messire Aurèle-Agrippa, que Barbillon mérite une correction sévère ; mais outre que ce qu'il dit me chatouille l'oreille, je veux vous apprendre à modérer la vivacité de votre humeur. Suis-moi donc, Barbillon, et pour vous, monsieur, je vous engage à faire votre cour à M<sup>me</sup> de Peyrecave ; quant à l'autre donzelle, si vous l'approchez à six pas, je vous donne ma malédiction !

— Et je vous déshérite ! ajouta Barbillon, en imitant la voix de monseigneur.

Jean resta seul. Il était exaspéré, et toute la journée il ne put retrouver le calme.

— Y pense-t-on, se disait-il ; moi qui suis embarrassé entre deux charmantes femmes, qui ne sais vers laquelle pencher, qui les aime toutes les deux éperdument, on vient m'ordonner aussi durement de choisir ! Mais c'est n'avoir aucune compassion de mon cœur ! C'est me traiter comme un esclave. Quelle indignité ! Certainement ce coup-là part de Corisande ; elle aura voulu perdre sa rivale. Elle aura payé Barbillon. Cela lui ressemble bien, la perfide ! ne marchant jamais que par des voies détournées. Ah ! mon Dieu ! cela lui coûte si peu de tromper ! Hier, elle a fabriqué une fausse lettre de M$^{me}$ de Nemours pour forcer la main à Brantôme ; aujourd'hui elle intrigue pour qu'on me sépare de Magdelaine ! Mordieu, c'est horrible, c'est épouvantable ! Mais nous verrons ! Ah ! l'on veut me donner des malédictions ! On veut me déshériter ? Eh bien j'aime Magdelaine, moi, cordieu ! Et je l'épouserai à la barbe de mon père, de Corisande, de ma marraine et du genre humain. Ah ! ah ! nous allons voir et nous allons bien rire ! Il faut que j'aille parler à Brantôme ! Quant à Corisande, je m'en soucie maintenant comme d'une paille.

Jean courut chercher Brantôme ; il le trouva dans un coin du jardin, couché sur l'herbe et méditant sur un sonnet destiné à la belle Myrto.

— Brantôme, s'écria le cavalier ; toutes mes hésitations sont finies ; j'adore Magdelaine, je n'aime qu'elle. Il faut que je l'épouse et mon père me le défend, que dois-je faire ? Que feriez-vous à ma place ?

— Hum ! il faudrait en causer avec votre belle !

— Bah ! dès que je lui aurai dit que mon père n'y consent pas, elle ne voudra seulement pas m'entendre.

— La peste ! voilà une personne délicate en diable ! Qu'imaginer donc ?

— C'est ce que je vous demande.

— Répugneriez-vous à un joli petit enlèvement ?

— Moi, pas du tout ! mais je vous avoue que je ne sais comment m'y prendre !

— Enfant ! j'en ai, moi, une très grande habitude et nous allons organiser cela. Et quand voulez-vous que nous nous mettions en besogne ? car c'est le premier point qu'il faut fixer.

— Le plus tôt possible !

— Ce soir ?

— Va pour ce soir !

— Je vais prendre mes mesures, dit Brantôme en mettant son sonnet commencé dans sa poche, et vous m'en direz des nouvelles ; de votre côté, sachez où on peut trouver votre dame.

Les deux amis se séparèrent et au moment où Brantôme tournait une allée, il trouva devant lui Barbillon qui lui sembla sortir de terre :

— Mon capitaine, dit le drôle, je vais, j'espère, servir dans cet enlèvement, car c'est moi qui ait enfin décidé monsieur mon maître à en finir de ses deux amours.

— Tu m'expliqueras cela, dit Brantôme. Viens avec moi !

# CHAPITRE XXX

CECI EST LE DÉNOUEMENT DE L'HISTOIRE ET ON
Y APPREND LE SORT ULTÉRIEUR DES PERSON-
NAGES

Par un hasard qui semblait bien prouver
que la fortune ne désavouait pas la résolution
que Jean venait de prendre, Magdelaine et
son amoureux se rencontrèrent à quelques
pas de l'endroit où venait d'avoir lieu le complot des deux amis.

Magdelaine se troubla un peu à la vue du
jeune homme, mais prenant la parole la première !

— Ecoutez-moi, lui dit-elle, je n'ai que
quelques paroles à vous adresser.

— Ecoutez-moi vous-même, lui répondit-il
vivement, j'en ai beaucoup à vous dire.

— Cela ne se peut, répliqua Magdelaine ;
M<sup>me</sup> Cléonice va me rejoindre et nous ne
pouvons parler devant elle. Votre père est
ici et ne voudra pas entendre parler de
vos projets anciens ; d'ailleurs, vous aimez
M<sup>me</sup> Corisande ; je vous en supplie, si vous

avez conservé pour moi un reste, le plus faible reste de votre ancienne affection, ne prolongez pas un jeu qui m'humilie et ne vous fait pas honneur. Adieu pour toujours !

— Vous n'y entendez rien, s'écria Jean avec impatience et en lui prenant la main. Je vous adore et n'aime que vous seule et ne veux aimer que vous ! Mais voici M^{me} Cléonice ; sachez seulement que mon père consent à tout, qu'il est au mieux avec le vôtre... Je vous expliquerai tout cela demain matin !...

— Où donc ?

— Pendant la chasse.

Magdelaine voulait refuser ; elle n'en eut pas le temps, et d'ailleurs, qui pourrait assurer qu'elle ne fût pas charmée au fond du cœur de ce rendez-vous qu'elle n'avait pas donné ? Cléonice paraissait, et Jean s'était enfui à toutes jambes.

Le lendemain, comme le cavalier l'avait su de Cessé, la chasse se mit en route plus brillante que jamais. M^{me} Diane pour monter à cheval, n'avait voulu accepter d'autre main que celle de messire Aurèle-Agrippa, resplendissant d'orgueil, comme aux plus heureux jours de sa jeunesse. De plus, elle avait daigné proposer au vieux baron d'écouter la lecture de ses commentaires. Messire Aurèle-Agrippa lui eût donné sa vie avec bonheur.

Cette fois nous ne suivrons pas la chasse ;

nous avons bien autre chose à faire, Jean, la
veille au soir, s'était amplement consulté avec
Brantôme ; les deux sages avaient combiné
des mesures très habiles ; il nous faut voir
comment Jean s'y prit pour les faire réussir.
D'abord il salua Corisande avec toute la grâce
dont il était capable, et l'aida à monter à cheval. Il lui rendit avec usure ses sourires, et,
chose merveilleuse, en songeant au coup
d'Etat qu'il méditait, il ne sentit aucun re-
mords.

— Ah ! se dit-il seulement, mon père veux
que je vous épouse ! Vous intriguez pour me
forcer la main, et, sans égard même pour le
pouvoir de vos charmes, vous appelez à votre
aide votre autorité tyrannique? Eh bien, nous
allons voir !

Et pendant qu'il pensait des choses aussi
disgracieuses, il se confondait en compliments;
mais aussitôt que la brillante compagnie se
trouva en forêts, quand le cerf fut lancé et que
le gros des chasseurs, ou pour mieux dire, des
chasseresses, ne songea plus rien qu'à la poursuite, Jean poussa son cheval auprès de celui
de Magdelaine et dit à la jeune fille :

— Voici le moment de nous entretenir ; il
ne s'agit plus que d'en trouver l'endroit.

— Je ne veux pas m'éloigner de mes compagnes, voulut répondre Magdelaine.

Mais Jean, fort effronté, prit son cheval

par le mors, et donnant de l'éperon au sien, partit avec sa proie dans une allée latérale. Il aperçut de loin Corisande qui s'arrêtait surprise, et qui, cédant à un premier mouvement, parut d'abord vouloir troubler l'infidèle. Mais elle ne céda pas à cette tentation irréfléchie, et Jean ne la vit plus.

Il ne prononçait pas un mot ; Magdelaine effrayée de la rapidité de la course, et d'ailleurs très émue et ne sachant trop ce qui allait arriver, gardait aussi le silence. Les cavaliers arrivèrent ainsi au lieu qu'avait fixé Jean à Brantôme pour leur rendez-vous et la consommation de leur entreprise. Brantôme devait s'y trouver avec deux chevaux frais et un carrosse bien attelé, et Jean, mettant bon gré mal gré Magdelaine dans la voiture, ne devait plus avoir d'autre souci que celui de se justifier auprès de son père, de sa marraine, de Corisande, de Magdelaine elle-même ; mais il est à craindre que le cavalier gascon ne fût assez avantageux pour regarder cette partie de sa tâche comme la plus facile.

Le lieu du rendez-vous était un rond-point de la forêt. Au milieu de la pelouse était une table de pierre, et c'était près de cette table que Jean s'attendait à trouver son confident et tous les ustensiles de l'enlèvement.

Quel ne fut pas son désarroi, lorsqu'au lieu du seul Brantôme et de son postillon, Jean se

trouva tout à coup en présence de M^{me} Diane,
de son père et de toute la cour ! Du reste il ne
prit pas le change sur la cause de ce qu'il
voyait :

— Brantôme aura parlé ! se dit-il.

Et il envoya Brantôme à tous les diables.

M^{me} Diane ne laissa pas son filleul languir
bien longtemps dans l'attente de son sort :

— Quoi ! lui dit-elle, c'est ainsi que vous
tranchez les difficultés ? C'est une méthode de
lansquenet que vous avez là, mon filleul. Vous
êtes bien heureux d'avoir un père aussi tendre
et aussi indulgent que monsieur le baron.

Jean tourna à demi la vue du côté de messire Aurèle-Agrippa. Il voulait s'épargner au
moins la moitié de cette physionomie féroce.
Mais sa surprise fut grande lorsque l'œil qu'il
considérait lui apparut tout bénin et tout pla-
cide ; alors il prit le courage d'envisager en
face l'auteur de ses jours, et en effet le baron
souriait à son fils de la meilleure grâce du
monde.

— Jean, lui dit-il, M^{me} Diane, cette illustre
princesse, veut bien me permettre de vous
expliquer en deux mots les motifs de mon
changement. Elle daigne servir de mère à
M^{lle} de Castillac, elle dote cette jeune personne qui, d'après le rapport qu'on m'en a
fait, est ornée de mille vertus, et que je vois
douée de beaucoup d'attraits. M^{me} Diane

m'ordonne, en outre, d'oublier mes ressentiments pour le pauvre défunt ; je suis chrétien et j'obéis volontiers. Ma bru, approchez que je vous embrasse.

Magdelaine n'avait pas encore appris la mort de son père. Elle donna de justes larmes, non à la mémoire du personnage, mais en offrande à la piété filiale ; de sorte que la joie universelle fut dans ce moment un peu troublée. Néanmoins Magdelaine ne parla pas de refuser la main de Jean et tout le monde revint du côté du château, convaincu et avec raison que la noce se ferait aussitôt que les bienséances du deuil seraient satisfaites.

Comme cet événement n'eut lieu que quelques mois après et par les soins du vénérable curé de la Tour-Miracle, en présence de M. de Montluc, de M. de Persignan et de la fine fleur de la noblesse gasconne, nous dirons d'abord ce que devinrent les différents personnages qui ont figuré dans cette histoire.

Pour Corisande, elle quitta son oncle, M. de Cessé, le jour même des fiançailles de Jean avec Magdelaine, sans prendre congé de personne et le cœur navré de chagrin. Elle était tellement désespérée, que de huguenote, elle se fit catholique pour pouvoir se mettre dans un couvent. Mais la douleur ne tint pas devant l'ennui. Au bout de six mois la belle veuve était rentrée dans le monde et elle y

épousa le capitaine César de Bourbet, qui
avait quitté le parti des princes pour rentrer
dans le sein de l'Église et qui était sur le point
d'être fait maréchal de France. Lorsqu'elle
revit Jean de la Tour-Miracle, quelques dix
bonnes années avaient passé sur leurs têtes à
tous deux. Mais elle était encore charmante.
Elle revit son ancien amant avec une véritable
joie et se montra très bonne amie, non seulement de lui, mais de sa femme, et les servit
l'un et l'autre fort chaudement.

Le capitaine Brantôme alla se battre en
Portugal, où M^me Diane lui tint parole ; il eut
l'ordre du Christ. On sait depuis ce qu'il
devint : le plus spirituel Gascon que la Gascogne ait jamais enfanté

Quant à Barbillon, ce fut toute une autre
affaire, comme on peut bien s'en douter. Le
soir même de ses fiançailles, Jean qui avait
à demi oublié ses motifs de rancune contre cet
incomparable serviteur, lui demanda cependant pourquoi il avait cherché à lui faire épouser Corisande.

— Elle t'avait payé, maraud, pour influen-
cer mon père?

— Je vous jure que non, monsieur, et je
n'avais même nulle envie de la voir devenir
votre femme. M^lle Magdelaine était votre
fait, et j'ai travaillé pour que vous l'épousiez.
Vous ne me comprenez pas? C'est cependant

bien simple. A vous voir hésiter entre la brune
et la blonde, j'ai jugé tout d'abord que nous
en avions encore pour un bon mois à attendre
votre décision. J'ai fait appuyer M^{me} Corisande
par votre père, bien certain que cela seul vous
déciderait pour l'autre ; je vous ai jugé d'après
moi.

— Insolent !

— Vous voyez que je n'ai pas eu tort.

— Mais pourquoi favorisais-tu Magdelaine ?
Voilà qui serait curieux à savoir.

— Si je vous le dis vous allez vous fâcher.

— Non, je te jure, mon bon Barbillon,
répondit Jean ; tu peux parler en toute liberté ;
c'est aujourd'hui indulgence plénière et je te
laisse bavarder à ton aise. Dis-moi donc comment Magdelaine a fait pour mériter ta toute
puissante protection.

— Ah ! monsieur, c'est bien naturel, repartit Barbillon d'un air attendri. N'est-elle pas
fille d'un bon et véritable coquin ? Je me suis
fait raconter là-bas, en Gascogne, quelques-
uns des tours de ce vieux Castillac ; il y en a
d'admirables, monsieur, de spirituels autant
que possible ; des tours qui ne se pourraient
payer au poids de l'or et dont moi seul, peut-
être, je serais capable. J'ai été bien fâché,
depuis ce temps, d'avoir tué un si grand maître. Je devais ma protection à sa fille et je n'ai
pas manqué de la lui accorder. Je souhaite

que messieurs vos futurs enfants aient un peu de l'esprit supérieur de leur aïeul.

— Je te remercie de ton souhait, répliqua Jean, j'espère qu'il ne se réalisera pas. Je t'invite à bien cacher à ma femme que tu as tué son père ; tu comprends qu'elle ne pourrait plus te voir.

— Monsieur, je le cacherai d'autant plus que je voudrais arracher cette page, quoique fort belle d'ailleurs, de l'histoire de ma vie.

Barbillon tint parole et ne se vanta jamais de son coup de pistolet. Lorsque Jean fut marié et de retour dans son domaine, Barbillon vu ses grands services, fut admis dans la maison. Le vieux messire Aurèle-Agrippa, malgré son despotisme habituel, écoutait volontiers les avis de l'ancien lansquenet et ne détestait pas sa conversation. Malheureusement cet état de tranquillité profonde ne convenait guère à la nature turbulente du soldat aventurier. Il trouva bientôt moyen de se brouiller avec tous les paysans du voisinage ; peu s'en fallut qu'il ne mît le pays sens dessus dessous. Pendant longtemps, Jean l'enmenait lorsqu'il allait à la cour où à la guerre ; mais Jean finit par s'établir d'une manière plus régulière dans son manoir, et Barbillon, bien qu'arrivé à un âge ou d'ordinaire les cheveux sont tout blancs et les idées fort tranquilles, quitta le service de son bon maître et alla courir les hasards qui l'avaient tant de fois ballotté. Plusieurs fois il fut mis en prison et ne s'en inquiéta pas ; dans une autre circonstance, on le condamna à être pendu ; Jean intervint et Barbillon échappa à la justice. Enfin, à soixante-quinze ans, comme il escaladait le toit d'une maison fort élevée pour aller voir sa belle emprisonnée par un mari jaloux, il se laissa choir sur le pavé et se tua.

Il nous reste à parler de Jean, notre héros, celui dont nous avons suivi, à travers tous leurs méandres, les aventures de jeunesse, notre *prisonnier chanceux*, en un mot.

On devine assez que le séjour d'Anet, qui lui avait été si agréable autrefois, le lui était devenu bien plus encore, maintenant qu'il était en toutes façons au comble de ses vœux. M<sup>me</sup> Diane, se relâchant de sa sévérité, lui permit de demeurer auprès d'elle, avec sa fiancée et son père, pendant plusieurs mois. Profondément touché de cette faveur, il s'ingénia de tout son pouvoir à plaire à sa marraine et comme la chose était faite depuis longtemps, il arriva à lui inspirer la plus maternelle tendresse. Ce ne furent que fêtes de tous les genres pendant tout le temps que Jean demeura au château. Les soupers pareils à celui auquel il avait assisté, se renouvelèrent surtout plus d'une fois, et messire Aurèle-Agrippa, qui y fut invité, se ressouvint d'en avoir vu de pareils à Florence et à Milan.

— Mais, dit galamment le baron, nulle part je n'ai vu et ne crois pas que personne ait vu tant de beauté et tant d'esprit réunis d'une même fois. Tantôt l'esprit s'accouple avec la laideur, tantôt la beauté se marie avec la sottise, mais la beauté et l'esprit ensemble, et à profusion ! cela ne se voit qu'aux soupers de M<sup>me</sup> Diane.

Jean eut quelque peine à empêcher son père de prêter l'oreille aux imaginations des politiques du château. Le plan de M. de Beaugeois souriait surtout à l'auteur des Commentaires, et surtout après la savante retraite qu'il avait dirigée tout récemment, messire Aurèle-Agrippa se sentait en verve de livrer bataille. M<sup>me</sup> Diane intervint à propos, et d'après sa prière expresse, messire Aurèle-Agrippa renonça à la mettre sur le trône de France.

Un matin, à la chasse, M<sup>me</sup> Diane dit à Jean:

— Vous ne pouvez pas, mon filleul, rentrer pour toujours dans votre manoir et mener, à votre âge, la vie qui convient à votre père.

— Certainement non, madame, répondit, Jean, aussi ai-je résolu, sauf votre approbation, de prendre du service dans l'armée royale.

— Je pensais que c'était votre intention, continua M<sup>me</sup> Diane, et pour vous épargner l'ennui des sollicitations et des démarches auprès des grands, qui ne sont pas toujours aimables, j'ai fait agir pour vous, et voici qu'hier soir on m'a remis ce papier qui vous concerne.

Jean déploya le papier ; c'était une commission de lieutenant dans la compagnie de chevau-légers du maréchal de Saint-André.

Jean se distingua fort dans les différentes guerres civiles, et il eut une heureuse carrière ; s'il ne devint pas maréchal de France, c'est que, fort peu ambitieux, aussitôt qu'il eut passé cette fougue de jeunesse qui l'avait porté à aimer le fracas et les choses imprévues, il se retira chez lui et vécut fort tranquillement. C'est ainsi du reste que se conduisait, et que se conduisit jusqu'à la révolution française, cette pauvre noblesse de province qui semblait n'exister que pour servir dans les armées, sans avancer grandement, mais en y mangeant son avoir et s'y faisant casser les membres ; quand le gentilhomme était vieux, il rentrait chez lui sans rien demander à l'État et on n'en parlait plus.

Une particularité remarquable de la vie de notre héros, c'est que très souvent il fut fait prisonnier ; mais de même que dans la partie de ses aventures qui nous est connue, il se tira toujours fort heureusement de peine, et il n'y eut pas même une seule de ses prisons qui ne tournât à son avantage. Comment la destinée s'y prit-elle pour soutenir un semblable paradoxe? c'est ce que nous ne savons pas ; mais elle y réussit toujours, et les amis et les compagnons de Jean, étonnés de cette circonstance si remarquable de sa fortune, lui donnèrent le surnom du *Prisonnier chanceux,* car donner des surnoms était alors fort à la mode.

Ce bonheur ne fut pas de trop pour donner çà et là quelque joie à Magdelaine, que les turbulentes escapades de son mari tenaient presque toujours dans l'inquiétude. Lorsqu'il se mettait en campagne, elle n'avait pas de satisfaction qu'elle ne le sût prisonnier ; et quelquefois, il faut l'avouer, elle resta des années sans que Jean lui donnât ce plaisir. Mais, par exemple, il lui revint souvent assez mal accommodé, avec une bonne blessure dans les chairs, une balle par-ci, une estocade par-là, un bras ou une jambe cassés ; c'était alors du chagrin jusqu'à ce que le cher blessé fût en état d'aller rattraper d'autres horions. Dans ces occasions-là, Barbillon était le seul qui pût consoler un peu la famille ; il avait une façon de présenter les choses, de raconter les faits, d'analyser la blessure qui tendait toujours à établir que monsieur le baron devait être tenu fort heureux d'avoir été si mal arrangé.

A part ces inquiétudes pour la vie de son époux, Magdelaine passa une vie fort tranquille et très heureuse. Jean se montra toujours plein de tendresse et de complaisance pour elle, et quand l'amour eut disparu il se trouva à sa place ce respect que les hommes de ce temps-là accordaient à la ménagère.

Et puis il y avait deux ou trois marmots qui jetaient les fauteuils par terre, faisaient dans la maison un tapage infernal, et ne laissaient à personne le temps de s'ennuyer, grand sujet de satisfaction !

Et vous, lecteurs et lectrices, nous vous souhaitons également, en finissant, ce qui peut vous agréer ; non pas des enfants bruyants et tapageurs, si vous en avez déjà ; non pas des amours, si vous n'en voulez plus ; non pas des aventures romanesques, des coups d'épée, des captivités heureuses même ; non pas même des bosses au front, toutes faveurs que le sort serait très mal reçu de distribuer à notre siècle ; et d'ailleurs tous ces souhaits-là ne sont pas de notre compétence. Mais nous vous souhaitons, ce qui nous touche davantage, mille sujets d'amusements ; nous vous souhaitons de ne feuilleter que des livres qui ne vous ennuient pas, et nous souhaitons par-dessus tout enfin que le présent volume que vous allez fermer de vos mains, ne vous laisse pas contre son auteur une impression désagréable.

ACHEVÉ D'IMPRIMER LE
15 DÉCEMBRE 1924 PAR
L'IMPRIMERIE FLOCH,
À MAYENNE (FRANCE).